Saskia Louis

Ein bisschen Vertrauen, bitte!

Verliebt in Eden Bay 2

Bibliografische Information der Deutschen Nationalbibliothek:
Die Deutsche Nationalbibliothek verzeichnet diese Publikation in der Deutschen Nationalbibliografie; detaillierte bibliografische Daten sind im Internet über http://dnb.dnb.de abrufbar.

Erstausgabe Januar 2018
Lektorat: Marie Weißdorn
Korrektorat: Klaudia Szabo

Coverdesign: Sarah Buhr - Covermanufaktur
unter Verwendung von Motiven von
© Stock.adobe.com, © Shutterstock.com
sowie © Depositphotos.com

ISBN: 9783748190677

Herstellung und Verlag: BoD –
Books on Demand, Norderstedt

Über die Autorin:

Saskia Louis kam 1993 in Herdecke mit einer Menge Fantasie zur Welt, die sie seit der vierten Klasse nutzt, um Geschichten zu schreiben. Zusammen mit ihren zwei älteren Brüdern wuchs sie in der Kleinstadt Hattingen auf, doch über die Jahre hat sie ihr Zuhause in unterhaltsamer Frauenliteratur und Fantasy gefunden. Heute lebt sie in Köln und wünscht sich, dass Menschen mehr singen als schimpfen würden. Ihr größter Traum ist es, den Soundtrack zur Verfilmung eines ihrer Bücher zu schreiben.

Für alle, die bei dem Wort Vertrauen
zusammenzucken.
Wenn du schwimmen lernen willst …
… musst du ins kalte Wasser springen!

Prolog

Eden Bay, 2003

Lieber Sawyer,

ich habe das Problem des Lebens ergründet: Wir Menschen machen uns absichtlich unglücklich.

Wir wollen haben, was wir nicht haben können. Wir lieben, was wir nicht lieben dürfen. Wir kämpfen, obwohl wir aufgeben sollten. Wir warten, auch wenn es längst zu spät ist. Wir halten an Beziehungen fest, die ihr Ablaufdatum längst überschritten haben.

Und ich hasse dich dafür, dass du der Grund bist, dass ich das endlich verstanden habe.

Ich hasse jede Träne, die ich deinetwegen vergossen habe. Ich hasse es, dass du mir mein Baumhaus als Zufluchtsort genommen hast. Ich hasse es, dass ich überall dein Gesicht sehe. Und am meisten hasse ich es, dass ich so schlecht darin bin, dich zu hassen. Dass du der einzige Mensch bist, der wüsste, wie er mich trösten könnte – und dass du nicht hier bist, um mir zu helfen.

Ich bin so wütend auf dich, Sawyer. So verdammt wütend. Du hast dich nicht einmal verabschiedet. Es ist, als wärst du niemals hier gewesen.

War das dein Ziel? Wolltest du mich so sehr verletzen, dass es mir leichter fällt, dich zu vergessen?

Ich weiß nicht, wo du bist, Sawyer. Vielleicht erreicht dich dieser Brief auch gar nicht. Ich habe keine Ahnung, wie das in der Army funktioniert. Es ist mir auch egal. Könntest du mir nur einen Gefallen tun?

Lass dich bitte nicht umbringen. Du schuldest mir noch eine Erklärung. Und einen Abschied.

Katie

P.S. Ich wollte dir den Anhänger im Umschlag zum Geburtstag schenken. Du bist gegangen, bevor ich es tun konnte – und es käme mir falsch vor, ihn zu behalten. Also nimm ihn. Er wird auf dich aufpassen.

Kapitel 1

Eden Bay, 2003

Lieber Sawyer,

wenn die Leute doch wissen, dass ich aggressiv bin, warum machen sie mich dann darauf aufmerksam, dass ich aggressiv bin? Kannst du mir die Logik dahinter erklären?

Ich weiß, dass ich gemein bin. Dass ich gereizt und ungeduldig bin. Mir ist klar, dass ich mich zusammenreißen sollte. Aber seit Jared weg ist, ist Mom unerträglich geworden. Sie wird nicht müde, mir die Fehler aufzuzählen, die Dad in ihrer Ehe gemacht hat.

Aber hey, ich habe ein Auto von Dad bekommen. Als Entschuldigung dafür, dass er mich im Supermarkt angeschrien hat. Ich hatte die Einkaufsliste vergessen.

Gott, nach der Schule bin ich sofort hier weg. Vielleicht ziehe ich zu Jare nach New York. Er braucht jemanden, der auf ihn aufpasst. Sonst schwängert er noch die halbe Stadt.

Lass dich nicht umbringen. Du schuldest mir noch eine Erklärung. Und einen Abschied.

Katie

Kate Sullivan fiel es schwer, ein guter Mensch zu sein.

Es war nicht so, dass sie nicht wusste, wie sich ein Vorzeigeexemplar ihrer Spezies zu benehmen hatte. Sie sah es nur oftmals nicht ein, sich die Mühe zu machen. Denn es war so verdammt anstrengend.

Wenn ihr die Schlange an einer Kasse zu lang war, drängelte sie sich unauffällig vor. Wenn eine Möwe einem Kind das Eis aus der Hand wegschnappte, lachte sie laut. Wenn ihre Mutter anrief, hob sie meistens nicht ab. Und ja, wenn ihr jemand den Parkplatz klaute, dann brüllte sie den inkompetenten Vollidioten lauthals an.

»Ich stehe seit drei beschissenen Minuten hier!«, schrie sie dem bärtigen Mann entgegen, der mit puterrotem Gesicht aus seinem Auto stieg. Er sah aus wie eine heruntergekommene Version des Weihnachtsmanns, die anstelle von Milch eine Menge Bier getrunken hatte. »Ich habe artig geblinkt und gewartet. Ich habe alles richtig gemacht, so wie Gott das Parken vorgesehen hat, also fahren Sie mit Ihrem rostigen Rentier woanders hin oder ich ramme Ihnen eine Delle ins Heck!«

Ja, sie würde dieses Jahr wohl auf Santas Liste der unartigen Kinder landen, aber dieses Risiko nahm sie gern in Kauf. Ihre Geduld für selbstsüchtige, parkplatzstehlende Menschen – die auch noch Socken in Sandalen trugen! – war leider vollkommen aufgebraucht. Dieser Morgen ordnete sich noch hinter einer Reifenpanne in der Wüste und einem toten Katzenbaby ein. In zwanzig Minuten hatte sie einen Termin, ganz abgesehen davon, dass schlimme Dinge passieren würden, wenn sie innerhalb der nächsten dreißig Sekunden keinen Donut in der Hand hielt.

»Es tut mir sehr leid«, sagte Bad Santa süffisant grinsend und hob die Schultern. »Sie waren einfach etwas zu langsam, Miss.«

Und das von dem Mann, der schneller rollen als gehen würde! »Zu *langsam*«, fuhr sie ihn feindselig an, stieg aus und umrundete ihre Motorhaube. »Na, dann fangen Sie mal an zu rennen. Dann sehen wir ja, wer gleich zu langsam ist!«

Erschrocken – womöglich, weil Kate so tat, als würde sie eine Waffe aus ihrer Jackeninnentasche ziehen – stolperte der Mann einen Schritt nach hinten. Panik leuchtete in seinen Augen auf und hektisch blickte er sich um.

Kate trat bedrohlich auf ihn zu.

»Es ist doch nur ein Parkplatz!«, quietschte er und stolperte genau dann über die Bordsteinkante, als ein Streifenwagen um die Ecke bog. »Polizei!«, schrie der Mann sofort und wedelte mit den Armen herum. »Polizei! Hilfe!«

Kate verdrehte die Augen und ließ die Hand sinken, mit der sie nach ihrer imaginären Waffe gegriffen hatte. Möglicherweise war sie einen Schritt zu weit gegangen. Aber die Männer heutzutage waren einfach viel zu schreckhaft. Alle Männer … bis auf das Vorzeigeexemplar, das soeben aus dem Polizeiauto stieg. Dunkelbraune Haare, hellbraune Augen, achtzig Kilogramm Muskelmasse und zehn Kilogramm Testosteron, verpackt in einem einzigen Mann.

In ihrem Magen setzte ein Fallgefühl ein. So wie jedes verdammte Mal, wenn sie den düsteren Cop sah, der ihr den Schlaf und den letzten Nerv raubte.

Klasse. So viel dazu, dass der Morgen nicht mehr schlimmer werden könnte.

Sawyer Wright war Ex-Navy Seal und jeder Zentimeter seines Körpers, von dem viel zu ernsten, kantigen Gesicht bis hin zu den langen Beinen, zeugte von seiner Arbeit für Uncle Sam. Leider hatte er die nervige Angewohnheit, seinen Mund zu öffnen, sonst hätte Kate ihn schon längst auf ihren Kaminsims gestellt.

Sie presste die Lippen aufeinander und senkte den Blick. Normalerweise ging sie Sawyer so gut wie möglich aus dem Weg, aber in einer Kleinstadt wie Eden Bay hielten sich die Möglichkeiten eines Versteckspiels in sehr überschaubaren Grenzen. Vor allem, wenn man denselben Freundeskreis hatte. Und so sehr sie es genoss, Sawyer anzuschreien … Sie hasste es, dass es so verkrampft zwischen ihnen war. Dass sie sich in seiner Gegenwart nicht einfach normal benehmen konnte.

Tief durchatmend schloss sie die Augen. Es war egal. Es war, wie es war, und sie würde Sawyer niemals zeigen, was für eine Macht er über sie hatte.

Besagter Polizist schloss die Autotür und hob eine Augenbraue. »Gibt es ein Problem?«, fragte er mit seiner kühlen Cop-Stimme, die Kate zur Weißglut trieb. Sein Blick huschte über die beiden Autos zu dem rotgesichtigen Mann und blieb verdächtig lang auf Kate liegen.

Es war offensichtlich, *wen* er für das Problem hielt.

»Sie ist verrückt!«, rief der Mann und deutete mit dem Zeigefinger auf sie. »Sie wollte mich attackieren.«

Kate sah keinen Sinn darin, diesen Vorwurf zu verneinen. Es war die absolute Wahrheit.

»Los, verhaften Sie sie! Sie hat eine Waffe!«, schrie der Mann weiter.

Sawyer seufzte schwer. »Sie hat keine Waffe. Sie hat nur eine Menge Fantasie.«

»Woher wollen Sie das wissen?«

»Weil ich sonst längst tot wäre«, erklärte er sachlich.

Damit lag er gar nicht so falsch. Immerhin wusste Kate, wie man schoss. Dank eines besorgten Bruders und der Stadt New York City.

»Er beschmutzt den Ruf des Weihnachtsmanns und hat mir den Parkplatz geklaut«, legte Kate bemüht ruhig die Fakten dar.

Sawyers andere Augenbraue folgte und forschend glitt sein dunkler Blick über ihr Gesicht. »Es geht um einen Parkplatz?«

»Es geht um sehr viel mehr als das! Es geht darum, dass ich im Recht liege … und um Donuts«, korrigierte Kate ihn aufgebracht.

»Ah«, machte Sawyer und blickte auf seine Armbanduhr. »Es ist noch nicht einmal neun Uhr.«

»Und? Was hat das mit irgendetwas zu tun?«, fragte Kate verwirrt.

»Nichts. Aber normalerweise lässt du dir morgens mehr Zeit damit, auszurasten.«

Ja, eigentlich hatte Kate es sich zur Regel gemacht, vor neun nicht herumzuschreien. Aber besondere Situationen erforderten besondere Maßnahmen.

»Warum verhaften Sie sie denn nicht endlich?«, forderte der Bärtige noch immer zornig. »Ist das nicht Ihr verdammter Job?«

Sawyer verengte die Augen und fixierte Stupid Santa. Sofort hob dieser die Hände und stolperte nach hinten.

»Ich gehe besser«, sagte er hastig.

Sawyer nickte. »Tun Sie das.«

»Er geht nirgendwohin, bevor er sein Auto nicht umgeparkt hat«, sagte Kate ungläubig. Sie wollte einen weiteren Schritt auf den parkplatzstehlenden Bastard zumachen, doch Sawyer blockierte sie mit seinem breiten Rücken.

»Gehen Sie«, sagte er bestimmt, während Kate versuchte, an seinen blöden Muskeln vorbeizusehen. Es war aussichtslos. Ihre Beine waren mindestens fünfundzwanzig Zentimeter zu kurz. Sie hätte Sawyer jetzt gerne geschlagen, aber wenn sie sich die Hand brach, würde das ihre ganze Tagesplanung durcheinanderbringen. Deswegen sank sie zurück auf die Fersen und verschränkte die Arme.

»Dein Job ist es, diese Stadt zu schützen. Nicht, mich wütend zu machen, Sawyer«, fuhr sie ihn an.

Er wandte sich zu ihr um und neigte nachdenklich den Kopf zur Seite. »Abgesehen davon, dass es mich freut, dass du mich offensichtlich für Batman hältst – ich kann multitasken. Und es liegt mir einfach, dich aufzuregen. Ich muss mir nicht einmal viel Mühe geben.«

Einen Polizisten zu attackieren, ist eine Straftat, Kate.

»Schön«, sagte sie augenverdrehend und machte eine wegwerfende Handbewegung. »Spiel du nur weiter Batman. Ich hole mir meinen Donut.«

Zu gehen, war die einzige, erwachsene Lösung. Sawyer und sie kommunizierten schlechter als ein schwerhöriger Papagei mit einem Delfin.

Doch als sie sich umdrehen wollte, legte sich eine warme, raue Hand um ihren Arm. Kleine elektrische Impulse sprangen von Sawyers Fingern auf ihre Haut und kletterten ihre Wirbelsäule hinunter. Sawyer schien etwas Ähnliches zu spüren, denn er ließ sie abrupt wieder los.

»Warte, Katie«, murmelte er.

Kates Nackenhaare stellten sich auf und ihr Magen zog sich zusammen. »Hör auf, mich so zu nennen«, flüsterte sie und wandte sich widerstrebend um.

Sawyer wusste genau, dass sie es hasste, wenn er ihr diesen Namen gab. Denn jedes Mal, wenn er von seinen Lippen rollte, fühlte sie sich in der Zeit zurückversetzt. Jedes Mal saß sie wieder im Baumhaus, Sawyers Hände warm um ihr Gesicht gelegt, seine Lippen hart auf …

»Du blockierst die Straße«, ignorierte er ihre Bitte.

»Nein, *du* blockierst die Straße«, korrigierte Kate ihn schnaubend und nickte zum Streifenwagen, hinter dem sich der Verkehr der Hauptstraße staute.

»Ja, der Unterschied ist nur, dass ich als Polizeichef die Straße komplett schließen dürfte. Du nicht. Also, setz dich ins Auto und fahr weiter.«

»Nicht ohne meinen Donut.«

»Ka…«

»Es geht ums Prinzip, Sawyer. Ich verlange Gerechtigkeit!«

Schnaubend schüttelte er den Kopf. »Du musst dich beruhigen, Katie. Wenn du diese Situation rational betrachtest, ergibt es absolut keinen Sinn, wie sehr du dich über diesen Parkplatz aufregst.«

»Aber Dinge sind nicht immer rational, Sawyer!«, erklärte sie genervt. »Wenn ich Santa jedes Barthaar einzeln rausreißen will, weil er meinen Parkplatz klaut, dann ist das eine emotionale Reaktion – aber eine gerechtfertigte! Natürlich verstehst du das nicht, denn Emotionen übersteigen deinen Horizont. Gefühle sind ja eine Verschwendung deiner Zeit.«

»Ich fühle Dinge, glaub mir.«

»Hunger zählt nicht.«

Sawyer verengte die dunklen Augen … und schien alle Antworten, die er suchte, in ihrem Gesicht zu finden.

»Wie geht es deiner Mutter, Kate?«, fragte er leise.

Unfreiwillig zog sich ihr Herz zusammen und sie ließ die Arme sinken. Offensichtlich war sie ein offenes Bilderbuch.

Denn ja, meistens nahm sie die Anrufe ihrer Mutter nicht an. Heute Morgen hatte sie den kolossalen Fehler begangen, ihre eigenen Regeln zu brechen.

Sie wandte den Blick ab. »Ihr geht es gut, aber offensichtlich nicht so gut wie meinem Vater. Das ist logischerweise ein riesiges Problem, für das ich die Verantwortung trage. Schließlich ziehe ich ihr Dad vor. Ich habe ihn letzten Monat einmal mehr angerufen als sie. Kurz bevor ich einen Öltanker im Atlantik versenkt und Eisbären mit meiner Harpune gejagt habe. Denn ich trage die Schuld an allem.«

Sawyer seufzte schwer. Einen Moment lang sah es aus, als strecke er die Hand nach ihr aus, doch auf halbem Wege überlegte er es sich anders.

Sie berührten sich nicht. Das war eine ihrer ungeschriebenen Regeln.

»Vergiss das Telefonat, Kate«, sagte er mit gedämpfter Stimme. »Es ist nicht deine Aufgabe, sie glücklich zu machen.«

»Dinge zu vergessen, ist nicht mein Stil«, sagte sie gezwungen ruhig. »Das ist eher deine Expertise, oder?«

Sawyer rieb sich mit der Hand über Augen und Nase. »Fahr weiter, okay?«

»Ich habe noch keinen Donut in der Hand.«

»Kate, auf der Wache liegen drei Strafzettel mit deinem Namen drauf.«

»Ja, damit du öfter an mich denkst.«

Er schnaubte. »Zwing mich einfach nicht, dir einen vierten auszustellen, okay?«

Prustend leckte sie sich über die trockenen Lippen. Als ob. »Was genau ist dein Problem, Sawyer?«

»Du meinst, abgesehen davon, dass du wie eine blinde Frau mit Gehörproblemen fährst?«

»Ich fahre wundervoll und kreativ. Ich bin eine Inspiration für den Straßenverkehr.«

Sie hätte schwören können, dass Sawyers Mundwinkel zuckten, doch sie war nicht sicher. Sie gab sich immer Mühe damit, ihn nicht allzu genau anzusehen.

»Wir beide wissen, dass du deinen Führerschein nur bekommen hast, weil du mit dem Fahrlehrer geflirtet hast.«

Das war korrekt, aber nicht relevant. »Es ist verdammt sexistisch von dir, zu sagen, dass Frauen schlecht Auto fahren!«

»Ich sage nicht, dass Frauen schlecht Auto fahren. Ich sage, dass *du* schlecht Auto fährst. Wenn du deinen Wagen nicht gleich von der Straße entfernst, muss ich dir einen Strafzettel geben.«

»Und was musst du tun, wenn ich dir den Mittelfinger zeige?«

»Dir Handschellen anlegen, um deine Hände unter Kontrolle zu bringen.«

Bei dem Wort *Handschellen* sprang augenblicklich ein Bild in Kates Kopf. Ein freundlicher Vorschlag ihres Gehirns, wie man die Metallringe noch sinnvoll einsetzen könnte.

Hitze sammelte sich in ihrem Unterleib und ihr Mund wurde trocken. Ihr Blick wanderte zu Sawyers Lippen. Nur für einen kurzen Moment. Doch lang genug, um den Polizisten zu einem wissenden Lächeln zu animieren.

Ruckartig machte Kate einen Schritt zurück. »Verhafte mich das nächste Mal einfach, dann kann ich mir ein allzu langes Gespräch mit dir ersparen«, murmelte sie und stieg in ihr Auto. Bevor sie losfuhr, zog sie einen Zettel aus ihrer Mittelkonsole, auf dem zwei Namen prangten. Widerstrebend klaubte sie einen Kugelschreiber aus ihrer Handtasche und machte einen Strich unter Sawyers. Diesen Monat führte er mit sieben zu sechs. Doch der September hatte gerade erst angefangen und wenn sie etwas in den letzten fünfzehn Jahren gelernt hatte, dann eines: Sie würde Sawyer nie wieder leichtfertig gewinnen lassen.

*

Es gab zwei Dinge in Sawyer Wrights Leben, die ihn ernsthaft ins Schwitzen brachten. Dunkle, enge Räume – und Kate Sullivan.

Er legte zehn Kilometer zurück, ohne auch nur einen Tropfen Wasser zu verlieren. Er war erst gestern bei einem seiner Freelance-Einsätze, die er für die Drogenverfolgungsbehörde DEA erledigte, mit einer Waffe bedroht worden und hatte nicht einmal mit der Wimper gezuckt. Er war dreimal nach Afghanistan ausgerückt und war öfter aus einem Flugzeug gesprungen, als einkaufen gewesen.

Aber fünf Minuten mit Kate und schon wurden seine Handflächen feucht. Schon wurde sein Mund trocken, sein Nacken steif und sein Herz schwer.

Genervt rieb er sich über das stoppelige Kinn und sah den zerschrammten Rücklichtern von Kates Schrotthaufen hinterher.

Sawyer belog sich nicht selbst. Das war nicht sein Stil. Er wusste genau, warum Kate eine solche Reaktion bei ihm hervorrief: Er wollte sie. Immer.

Vierundzwanzig Stunden am Tag, sieben Tage die Woche.

Aber ebenso wusste er, dass er diesem Drang nicht leichtfertig nachgeben würde. Denn Kate und er … Sie waren zu explosiv. Sie waren mehr als nur eine schlechte Idee. Sie waren die Umweltkatastrophe, die die Energievorräte der Welt erschöpfen würde. Das Feuerwerk, das nicht in den Himmel, sondern auf eine Tankstelle zuschoss. Das war ihm mit achtzehn klar gewesen und auch fünfzehn Jahre später hatte sich nichts daran geändert.

Allerdings half es ihm nicht im Geringsten, dass Kate ausschließlich in engen Röcken herumlief und unnormal oft ihren Rücken dehnte, um ihre Brüste dabei nach vorne zu strecken. Ihrer Meinung nach verliehen ihr die zugeknöpften Blusen und Bleistiftröcke ein professionelles Aussehen. Aber Sawyer wusste es besser. Sie zog sich allein deswegen so an, um ihn wahnsinnig zu machen.

Ein Hupen riss ihn aus seiner Trance. Er wandte den Kopf und sah in die fragenden Gesichter von vier Autofahrern, die ungeduldig hinter dem Streifenwagen warteten.

Seufzend stieg er ein und fuhr die Hauptstraße hinauf, bis er nach rechts in die Seitenstraße bog, in der sich das Polizeipräsidium neben die Feuerwehrwache und das Krankenhaus reihte. Er parkte, grüßte Rick und

Steve, zwei der Feuerwehrmänner, die gerade in der gegenüberliegenden Lagerhalle verschwanden, und stieß die Tür zum Präsidium auf. Er hatte Arbeit zu erledigen und keine Zeit dafür, über Kates Röcke zu fantasieren.

»Hey«, grüßte er Bart Simmons, seinen 75-jährigen Rezeptionisten, der sich mit seiner Arbeit bei der Polizei etwas zu seiner Rente dazuverdiente.

»Hallo, Chef«, meinte Bart grinsend und klickte hastig das Solitärspiel von seinem Desktop weg.

»Ist irgendetwas Wichtiges passiert?«, wollte Sawyer wissen.

»Nein, noch nichts los heute Morgen. Genug Zeit, um ein wenig Papierkram zu machen.«

Mensch, das war ja klasse. Den Luftsprung würde er dann in seiner Mittagspause machen.

Er stieß die Tür zu seinem Büro auf und wollte sich in den Sessel hinter dem Schreibtisch sinken lassen. Doch da saß schon jemand.

Mit verengten Augen betrachtete er sein grinsendes Gegenüber, bevor er über die Schulter fragte: »Bart, hast du einen hässlichen Mann in mein Büro gelassen?«

»Ja, habe ich.«

»Und das hast du mir nicht gesagt, weil …?«

Bart schien verwirrt. »Na, du hast gefragt, ob irgendetwas Wichtiges passiert ist. Nathan hielt ich nicht für wichtig. Er ist ständig hier.«

Sawyer seufzte schwer und machte dann eine fahrige Handbewegung in die Richtung seines besten Freundes, um ihn zum Aufstehen zu bewegen. »Du arbeitest hundert Meter weiter, Nate«, stellte er fest. »Ich weiß ja, dass du dir seit ein paar Monaten das Gehirn rausvögeln lässt, aber dass es schon so schlimm geworden ist, habe ich nicht geahnt.«

Nathan lachte leise und verschränkte die Arme im Nacken. »Erst nennst du mich hässlich, dann dumm … Willst du gleich noch an meinen Zöpfen ziehen oder mir lieber sofort deine Liebe gestehen?«

Gott, Nathan war viel zu fröhlich, seitdem er seine neue Freundin Maya hatte. Das gefiel Sawyer nicht. Klar, er wollte, dass Nathan glücklich war und all den anderen Scheiß – aber doch nicht in seinem Büro!

»Willst du jetzt irgendetwas Bestimmtes oder bist du nur hier, um meinen Tag zu versauen?«, fragte Sawyer betont freundlich.

Amüsiert hob Nathan einen Mundwinkel. »Meine Güte, wer hat dir denn in den Kaffee gespuckt?«

Eine kleine, kurvige Blondine. »Ich muss arbeiten, Nate. Ich weiß, dass ihr Feuerwehrmänner nur auf der faulen Haut liegt und auf euren Glanzmoment wartet, aber ich habe einen richtigen Job.«

»Du hast gestern der alten Mrs. Lesiki über die Straße geholfen und die Terrassenglühbirne meiner Mutter ausgewechselt, also bist du derjenige mit dem richtigen Job?«

»Ja. Oder hast du gestern Nacht auch fünfzig Kilogramm Heroin sichergestellt?«

Nathan schnaubte. »So ein kleiner Angeber. Ist auch egal. Deswegen bin ich nicht hier.« Er faltete die Hände auf dem Schreibtisch. »Ava hat mich darauf angesetzt, dafür zu sorgen, dass du dir dieses Jahr keine Ausrede einfallen lässt, nicht auf unseren Zeltausflug mitzukommen.«

Sawyer stöhnte. Jedes Jahr im September, zum Anfang des Indian Summers, fuhren seine Freunde für ein Wochenende zum See. Lagerfeuer, Wandern und Zelten standen auf dem Programm. Sawyer wohnte schon seit zwei Jahren wieder in Eden Bay, war der jährlichen Tortur aber bisher entkommen.

Er hatte nichts dagegen, im Zelt zu schlafen. Herrgott, er konnte selbst mit einem Stein als Kissen einnicken. Das Problem war, dass Ava beschlossen hatte, jährlich auszulosen, wer die Nacht mit wem unter einem Plastikdach verbringen würde, damit es keinen Streit gab. Das damit einhergehende Risiko war einfach viel zu groß. Zwanzig Zentimeter neben einer halbnackten Kate in einem Zelt zu liegen, stand wirklich nicht weit oben auf seiner To-do-Liste. Sawyer war kontrolliert – aber kein Heiliger.

»Ich bin beschäftigt, Nate«, sagte er deswegen gelassen.

»Den ganzen September über?«

Jap, jetzt schon. Und wenn er jedes Wochenende Papierkram erledigen musste. »Ich fürchte.«

»Ich glaub dir kein Wort.«

»Es ist ja auch gelogen. Aber ich komme trotzdem nicht mit. Ich habe in Afghanistan genug auf dem Boden geschlafen.«

Nathan verdrehte die Augen. »Ernsthaft? Du spielst deine patriotische Soldatenkarte aus?«

Ja. Funktionierte jedes Mal. »So sieht es aus.«

»Ava wird damit nicht zufrieden sein«, warnte ihn Nathan.

Mit Avas Zorn konnte er leben. Mit Kate, die womöglich im Schlaf stöhnte, nicht.

»Du willst wirklich nicht freiwillig mitkommen?«, wiederholte Nathan.

»Nein.«

Sein Freund verzog das Gesicht und sah ihn entschuldigend an. »Dann werde ich dich leider dazu zwingen müssen.«

Sawyer hätte womöglich einen Lachanfall bekommen, aber Gefühlsausbrüche lagen nicht in seiner Natur. Deswegen hob er nur amüsiert die Augenbrauen. »Und wie willst du das machen?«

»Indem ich dir drohe«, erklärte Nathan sachlich.

Dabei wünschte Sawyer ihm viel Glück. Er war nicht sonderlich leicht einzuschüchtern. »Dann droh mir mal«, sagte er schnaubend.

»Okay. Wenn du nicht mitkommst, werde ich Kate verraten, dass du ihr abends mit dem Auto nach Hause folgst, um sicherzugehen, dass sie gut ankommt. Oder ich erzähle ihr, dass du das Haus deines Onkels restaurierst, um es zu verkaufen, und nicht vorhast, sie als deine Maklerin zu engagieren.«

Es war, als hätte Nathan ihm einen Eimer Eiswasser in die Hose gekippt.

Mit leicht geöffneten Lippen starrte er ihn an.

»Überlegst du gerade, auf welche Art du mich am besten umbringen kannst?«, fragte Nathan interessiert und stand auf.

Ja, und ihm waren bereits fünf effektive Methoden eingefallen. Man würde seine Leiche niemals finden.

Mitleidig klopfte Nathan ihm auf die Schulter. »Du bist Soldat, Sawyer. Du solltest es besser wissen, als deine Achillesferse so offen zur Schau zu stellen. Und meinst du nicht, dass es langsam an der Zeit ist, euer Kriegsbeil zu begraben? Es wird allmählich albern, euch dabei zuzusehen, wie ihr auf imaginären Scherben umeinander herumtanzt.«

Was für eine bescheuerte Frage. Natürlich wurde es Zeit! Aber Kate war so verdammt verschlossen. Es gab nur eine einzige Emotion, die sie bereit war, zu zeigen: Wut. Das war besser als nichts, oder?

Sawyer wusste, dass er im schweigsamen Glashaus saß und mit sehr lauten Steinen warf, aber … es schien unmöglich für Kate und ihn, an einen Punkt der Normalität zu gelangen. Er konnte nur daran denken, ihr jedes sarkastische Wort von den Lippen zu küssen, und sie war noch immer wütend auf ihn.

Weil er ihr eine Erklärung schuldete. Und einen Abschied.

»Komm schon, Sawyer, stell dich nicht so an. Vor ein paar Monaten hast du mir einen Vortrag darüber gehalten, dass ich meinen Scheiß zusammenkriegen soll. Jetzt gebe ich dir deinen Rat zurück: Was immer zwischen Kate und dir vorgefallen ist, bereinige es. Und komm mit zum Campen. Es ist das erste Mal, dass Maya dabei ist.«

Sawyer sah ihn düster an. »Seit du eine Freundin hast, bist du verdammt leicht zu beeinflussen.«

Nathan grinste. »Ich weiß. Aber ich bekomme eine Menge Sex. Und danach macht Maya mir ein Sandwich. Ich komme klar.«

Sawyer rieb sich mit Zeigefinger und Daumen über die Augen. »Woher wusstest du bloß, dass ich das unbedingt wissen wollte?«

»Du bist doch nur eifersüchtig, weil ich gutes Essen und Sex bekomme und du nichts von beidem.«

Ja, wenn er ehrlich war, dann war er tatsächlich etwas neidisch. Er könnte ein paar Nächte heißen Sex gebrauchen.

Am besten mit Kate.

Sawyer stöhnte innerlich.

Er sollte sich eine Ablenkung suchen. Heute Abend, im *Sullivan's*. Da liefen immer genug Frauen rum. Es würde nur schwer werden, eine zu finden, die noch nicht mit Jared – der Barkeeper und sein anderer bester Freund – geschlafen hatte. Und wenn Kate da war, würde er ohnehin keine anrühren. Denn wenn man Cupcakes vor der Nase hatte, warum sollte man dann nach einem Apfel greifen?

»Ich überleg mir das mit dem Camping«, meinte Sawyer schließlich vage. Nathan würde ja sonst doch nicht gehen.

»Du kommst mit«, beharrte sein Freund und richtete den Zeigefinger auf ihn. »Lass Violet für dich einspringen.«

Violet war seine 55-jährige Deputy, die alle restlichen Schichten übernahm. Um die 5411, mit der neu zugezogenen Maya nun 5412, Einwohner Eden Bays unter Kontrolle zu halten, brauchte es lediglich drei Mitarbeiter. Es half außerdem, dass die meisten ein wenig Angst vor Sawyer hatten. Die jüngeren Bewohner, weil sie wussten, dass er bei den Navy Seals als Sniper gearbeitet hatte. Die älteren, weil sie ihn noch von vor fünfzehn Jahren kannten.

Sawyer war mit vierzehn nach Eden Bay gezogen. Kurz nachdem seine Eltern bei einem Autounfall ums Leben gekommen waren und das Sozialamt beschlossen hatte, ihn bei seinem Onkel unterzubringen.

Die Stadt hatte ihn nicht unbedingt mit offenen Armen empfangen. Was womöglich daran lag, dass er zusammen mit seinen neu gewonnenen besten Freunden Jared und Nathan am dritten Tag nach seinem Umzug die Kuhherde seines Onkels Gerry freigelassen und die Hauptstraße hinuntergetrieben hatte. Oder mit sechzehn mit Gerrys Schrotgewehr den städtischen Stromverteiler erschossen hatte, sodass die Stadt drei Tage lang im Dunkeln hatte leben müssen. Dann wäre da noch das illegale Autorennen, das er mit achtzehn in die Wege geleitet hatte, bei dem ein kleiner Junge beinahe ums Leben gekommen war.

Ja, Sawyer hatte sich in seiner Jugend nicht sonderlich mit Ruhm bekleckert. Wenn ihm damals jemand gesagt hätte, dass er in fünfzehn Jahren wieder hier wohnen und Polizeichef sein würde, hätte er – so wie die gesamte Stadt – laut gelacht. Wenn er ehrlich war, hatte er Eden Bay den Großteil seines Lebens aus tiefstem Herzen gehasst. Die Stadt war zu klein, zu leise gewesen. Sie war ihm aufgezwungen worden. Ihm war immer klar gewesen, dass er sie irgendwann weit hinter sich lassen würde.

Trotzdem war er jetzt wieder hier. Bei der einzigen Familie, die er noch hatte. Seinen Freunden.

Als er aus der Army ausgetreten war, hatte er einen Plan verfolgt. Einen Plan, den er noch nicht hatte umsetzen können. Aber der Zeitpunkt würde schon noch kommen.

Sawyer blinzelte und riss sich zurück in die Realität. »Ich überlege es mir«, wiederholte er schroff und nickte zur Tür. »Und jetzt lass mich in Ruhe und rette ein Huhn oder so.«

Nathan verdrehte die Augen. »Einmal. Einmal habe ich ein Huhn gerettet und die Leute reden immer noch davon!«

»Wenn es um ihre Eier geht, verstehen die Menschen keinen Spaß. Schönes Gespräch. Raus.«

Schnaubend klopfte Nathan ihm ein letztes Mal auf die Schulter, bevor er verschwand. Sawyer schloss die Tür, lief um den Schreibtisch herum und glitt in seinen Ledersessel.

Seufzend ging er den Stapel Post durch, der auf seinem Tisch lag. Da er ohnehin mehr Zeit auf der Wache als zu Hause verbrachte, ließ er sich seine Privatpost auch hierherschicken. Der erste Umschlag war ein Beschwerdebrief von Mrs. Lesiki. Das laute Rauschen des Meeres würde sie beim Schlafen stören, er solle doch bitte etwas gegen diese Ruhestörung unternehmen. Der Zweite war ein Bewerbungsschreiben von Benjamin Kavanagh, der gerne bei der Polizei anfangen würde. Es war bereits der dritte Brief, den Sawyer von ihm erhielt, aber er konnte nicht viel für den Sohn des Feuerwehrchiefs tun. Eden Bay war klein, sie brauchten keinen weiteren Polizisten, wie er dem Jungspund schon mehrfach verklickert hatte. Abgesehen davon, dass Benjamin nicht darum herumkommen würde, die Polizeischule zu besuchen.

Kopfschüttelnd legte er die beiden Papiere beiseite, bevor er den letzten Brief betrachtete. Er sah nur kurz auf das bläulich schimmernde Siegel in der oberen linken Ecke und warf ihn dann in den Mülleimer unter seinem Schreibtisch. Sie sollten endlich aufhören, ihn zu belästigen.

Gähnend streckte er die Arme über den Kopf und ließ seine Schultern kreisen, während er an den Campingtrip dachte.

Wahrscheinlich würde er mitgehen. Und sei es nur, um den Respekt vor sich selbst nicht zu verlieren. Er würde mit Kate reden. Sie waren erwachsen. Die Sache war fünfzehn Jahre her. Es musste doch möglich sein, wie normale Menschen miteinander umzugehen.

Und wenn er gerade dabei war, würde er auch den Weltfrieden herbeiführen und die Lösung für die Energiekrise finden.

Anscheinend lag ein arbeitsintensiver Tag vor ihm.

Kapitel 2

Eden Bay, 2004

Lieber Sawyer,

ich habe gestern Steven Meyer zu seinem Abschlussball begleitet. Wir gehen jetzt seit vier Monaten miteinander aus. Wir haben getanzt, getrunken … Wir haben all das gemacht, was man auf einem Ball tun sollte.

Am Ende hat er mir gesagt, dass er mich liebt. Ich habe ihm gesagt, dass er Spinat zwischen den Zähnen hat.

Offensichtlich war das die falsche Antwort. Er war zumindest aufgebracht und hat mir vorgeworfen, ich hätte ihm falsche Hoffnungen gemacht.

Ich verstehe nicht ganz, was er erwartet hat. Das Wort Liebe hat viel zu viel Macht. Wie kann er so leichtsinnig damit um sich werfen? Obwohl es doch innerhalb eines Wimpernschlags missbraucht und zurück an seinen Kopf geworfen werden kann?

Ich vertraue ihm nicht. Vielleicht ist das mein Problem. Ich mag ihn, er ist nett und offen, aber … ich würde ihm kein einziges meiner Geheimnisse anvertrauen. Bei dir hatte ich irgendwie nie ein Problem damit. Aber du konntest mir meine Gedanken ohnehin schon immer aus dem Gesicht ablesen. Ich schätze, dir habe ich vertraut, Sawyer – und sieh, was mir das gebracht hat. Nichts für ungut.

Dad zieht morgen nach Florida. Ich bin so erleichtert. Mom weint immer noch viel, aber nur, wenn sie weiß, dass ich hinsehe. Es ist, als würde sie mir tagtäglich eine Botschaft entgegenschreien: Sieh dir an, was dein Vater mit mir gemacht hat!

Wenn verheiratet zu sein bedeutet, unglücklich zu werden, dann sollte ich das vielleicht ganz von meiner Lebensagenda streichen.

Hast du die Worte »Ich liebe dich« schon einmal in den Mund genommen? Ich habe es nicht getan. Jetzt bin ich froh, dass du mich damals nicht hast zu Ende sprechen lassen.

Lass dich nicht umbringen. Du schuldest mir noch eine Erklärung. Und einen Abschied.

Katie

Die kleine Hafenstadt Eden Bay lag in einem Tal zwischen drei Bergen. Mit ihren steinigen Wanderwegen, dem glitzernden Lake Lily und den dicht bewachsenen Wäldern bot sie so manchen Outdoorfanatikern und dem ein oder anderen Indian Summer Touristen ein fantastisches Ziel.

Die meisten Leute, die hier lebten, waren entweder in Maine geboren und wollten nicht aus der wunderschönen Gegend weg, oder waren zugezogen, weil sie Arbeit als Fischer oder in der Gastronomie gesucht hatten.

Und dann gab es noch Adam.

Adam Malone war gebürtiger New Yorker, reicher als Gott und unfähig, einen Baum zu fällen – aber dazu in der Lage, die ersten hundert Stellen von Pi aufzusagen und die Firewall des FBIs zu umgehen. Er passte ungefähr so gut nach Eden Bay wie ein Alpaka in Kates winziges Wohnzimmer. Oder ihr Bruder Jared in ein Kloster. Kate hatte ihn während ihrer Studienzeit in New York kennengelernt, als er für kurze Zeit mit Jared als Barkeeper gearbeitet hatte. Kurz darauf hatte er sein Start-up-Unternehmen für mehrere Millionen Dollar verkauft. Als Kate und Jared zurück nach Eden Bay gezogen waren, war er einfach mitgekommen. Er hatte alle Häuser gekauft, die gerade auf dem Markt waren, und nie ein Wort darüber verloren, warum er die Metropole gegen die Kleinstadt eingetauscht hatte. Adam meinte, er könne seine Geschäfte von überall aus führen und sehne sich nach Ruhe. Kate glaubte ihm kein Wort, fragte aber längst nicht mehr nach. Für sie war es ohnehin besser, wenn er blieb. Erstens, weil er einer ihrer besten Freunde geworden war. Zweitens, weil die Wohnung, in der sie lebte, ihm gehörte und er ihr skandalös wenig berechnete. Drittens, weil sie all seine Immobiliengeschäfte regelte, die er *aus Spaß, so nebenbei* machte. Kate würde auch gerne mal so nebenbei zwei Millionen Dollar machen.

Sie parkte ihren alten Toyota vor Adams Haus, das etwas außerhalb des Stadtkerns mit Blick aufs Meer lag, und schlenderte die Einfahrt hinauf. Adam hatte es sich zur Angewohnheit gemacht, mit Musik auf den Ohren zu arbeiten, und Kate deshalb schon vor Ewigkeiten einen Schlüssel für sein Haus gegeben.

Wenn man es genau nahm, war Adam ihr Boss. Da er jedoch ein vergesslicher, wenn auch liebenswerter und genialer Idiot mit schlechtem Frauengeschmack war, verwechselte Kate ihn oftmals mit ihrem Bruder. Und von dem ließ sie sich ja auch nicht vorschreiben, was sie zu tun und zu lassen hatte.

Adam mochte von Natur aus bescheiden sein, aber seine Wohnsituation war es definitiv nicht. Sein Haus hatte zwei Stockwerke, helle Parkettfußböden, eine komplett verglaste Rückwand, einen Garten, der größer als Eden Bay selbst zu sein schien, und zwei Pools. Außerdem gab es da eine Tür, die in seinen Keller führte und mit mehr Securitysystemen geschützt wurde als die Kronjuwelen der Queen. Wenn Kate danach fragte, was Adam denn so Kostbares verstecke, zuckte der immer nur die Achseln und meinte »Technik«.

Harper, eine Freundin von Kate, behauptete jedoch, dass Adam eine geheime Barbiepuppensammlung verbarg, die ihm peinlich sei. Ausschließen konnten sie es nicht, obwohl Kate eher zu einem Teilchenbeschleuniger tendierte … oder einem Haufen geklonter Schafe.

Adam saß mit dem breiten Rücken zu ihr in seinem Arbeitszimmer und starrte auf gleich fünf verschiedene Computerbildschirme. Der Erste zeigte die derzeitigen Aktienkurse. Der Zweite eine Aneinanderreihung von Symbolen, Zahlen und Buchstaben, die Kate als Programmiersprache erkannte. Der Dritte einen Asiaten, mit dem Adam offenbar gerade über Skype kommunizierte. Der Vierte ein überquellendes Mailpostfach. Und auf dem Fünften spielte Adam gerade hochkonzentriert Pinball, während er immer mal wieder was in einer fremden Sprache in sein Headset sagte. Kate tippte auf Chinesisch, es hätte aber auch Klingonisch sein können.

Kopfschüttelnd betrachtete sie, wie Adam jedes Mal, wenn er den Pinball verlor, eine Mail beantwortete oder etwas an seiner derzeitigen Programmierung ergänzte. Als er sich schließlich von seinem Gesprächspartner verabschiedete, fragte sie laut: »Dir ist klar, dass du ein Problem hast, oder?«

Überrascht wandte er sich um. »Du hörst dich an wie meine Mutter.«

»Sie scheint eine weise Frau zu sein.«

»Na, sie hat mir auch erzählt, dass mir von Popcorn die Zähne ausfallen und Weizenmehl aus den Knochen niedlicher Tiere gemahlen wird.«

»Weise, aber nicht perfekt.« Sie durchquerte den Raum, zog einen Stapel Papier aus ihrer Handtasche und legte ihn vor Adam auf den Tisch.

Misstrauisch beäugte er ihn. »Was ist das?«

»Ein toter Baum mit Tinte drauf.«

»Ja, der Part war mir klar. Aber was soll ich damit?«

»Das sind die Bewerber für dein Haus an der Ecke Mainstreet.«

»Ah … und ich wiederhole: Was soll ich damit?«

»Es ist dein Haus, du solltest entscheiden, wer dort wohnt«, erklärte Kate langsam.

Adam verzog das Gesicht und rieb sich mit den Händen über die Augen. »Mach du das, ich habe dafür keine Geduld.«

Kate seufzte frustriert. »Warum kaufst du andauernd Häuser, wenn du doch keine Lust hast, dich um sie zu kümmern?«

Verwirrt sah Adam sie an, bevor er herzhaft gähnte und meinte: »Dafür habe ich doch dich.«

Sie verdrehte die Augen und besah sich Adams müdes Gesicht. »Hast du heute Nacht überhaupt geschlafen?«

»Nein, aber ich habe hunderttausend Dollar gemacht. Was hast du zwischen zwei und acht getan?«

Düster sah sie ihn an. »Ich habe davon geträumt, wie ich dir eine runterhaue. Willst du rausfinden, ob ich eine Hellseherin bin?«

Adam lachte und fuhr sich mit der Hand über die kurz geschorenen schwarzen Haare. »Dafür habe ich dich eingestellt, Kate. Für deine charmante Ader. Übrigens, ich habe gestern ein Boot gekauft.«

»Du hast was?«

»Ein Hausboot gekauft. Es liegt am Pier. Das kannst du auch vermieten.«

Ungläubig schüttelte Kate den Kopf. »Ich habe mir gestern ein Eis gekauft und du dir ein Boot?«

»Ja, ich weiß, mein Leben ist fantastisch. Also.« Er stieß sich vom Schreibtisch ab, rollte ein paar Meter nach hinten und stand auf. »Der Papierkram liegt unten auf dem Wohnzimmertisch. Das Boot könnte einen Schwung Farbe gebrauchen, funktioniert ansonsten aber noch einwandfrei. Kümmerst du dich darum?«

»Klar. Wenn ich das nächste Boot bekomme.«

Adam grinste und tätschelte ihr den Kopf. »Ich überleg's mir.«

»Du hast wirklich zu viel Geld«, bemerkte Kate trocken und steckte die Bewerbungsunterlagen zurück in ihre Tasche. »Es wundert mich, dass du überhaupt noch Toilettenpapier kaufst und nicht einfach Fünfzigdollarscheine nimmst.«

»Mach ich doch, aber nicht im Gästeklo. Ich will nicht angeben.«

Seufzend folgte Kate Adam aus dem Arbeitszimmer. »Wenn ich dir also nicht die Bewerbungsunterlagen vorbeibringen sollte, weswegen bin ich dann hier?«, wollte sie wissen.

Es klingelte an der Tür.

»Deswegen«, sagte Adam und winkte sie durch den Flur.

»Ist das der Typ, der dir seine Yacht und sein Flugzeug verkaufen will?«, fragte sie im Plauderton.

»Sei nicht albern. Meine Yacht liegt in New York an und mein Privatflugzeug habe ich letzten Monat verkauft. Ich reise lieber per Helikopter. Nein, das ist ein Arbeitskollege aus New York, der ein Ferienhaus sucht. Ich habe ihm erzählt, dass ich da ein paar schöne habe, und ihm angeboten, bei der Suche zu helfen.«

»Du meinst, du hast ihm angeboten, dass *ich* ihm bei der Suche helfe?«, korrigierte Kate ihn säuerlich.

Adam sah über die Schulter und runzelte die Stirn. »Habe ich das nicht gesagt? Ist auch egal. Ich vergesse immer, welche Häuser mir gehören, da ergibt es Sinn, dass du ihm die besten zeigst.«

»Was du eigentlich sagen willst, ist also: Kate, ich habe keinen Bock mit dem Typen herumzukurven, mach du das.«

Er grinste. »Wir verstehen uns schon ohne Worte! Er fährt heute Abend zurück nach New York, kommt aber übermorgen wieder. Dann hast du noch Zeit, morgen die Häuser herzurichten.«

»Morgen ist Samstag!«, beschwerte sie sich.

Adam hielt mit der Hand an der Türklinke inne und runzelte die Stirn. »Heute ist Freitag? Das kann nicht sein. Dann hätte ich das letzte Mal vor zwei Tagen gegessen.«

Augenverdrehend schlug Kate ihm gegen den Hinterkopf. Sie musste sich dafür auf die Zehenspitzen stellen, aber das war es wert. »Adam. Dafür, dass du so verdammt übernatürlich klug bist, bist du der dämlichste Kerl, den ich kenne.« Dann dachte sie an ihren Bruder, der die letzten acht Jahre damit verbracht hatte, Frauenhöschen zu sammeln wie ein langweiliger Spießer Briefmarken. »Na ja, der zweitdämlichste.«

»Damit kann ich leben. Kümmerst du dich trotzdem am Wochenende darum?«

Kate seufzte schwer. »Schön. Aber dann schenkst du mir zu Weihnachten das versprochene Boot.«

»Kann ich nicht machen, dann wollen alle eins und prompt ist der Hafen voll. Aber ich zahl dir das Dreifache deines sonstigen Stundenlohns.«

»Deal.«

»Wunderbar.« Im nächsten Moment öffnete er die Tür.

Ein dunkelblonder Anzugträger in den Dreißigern kam zum Vorschein.

Adam lächelte breit und schlug mit ihm ein. »Hey, Mitch. Lange nicht mehr gesehen. Wie geht es deinem Baby?«

Der Fremde erwiderte den Handschlag. »Hab es versteigert«, sagte er schulterzuckend.

Kate sah irritiert zwischen den beiden Männern hin und her. Reiche Menschen waren komisch.

»Versteigert?«, hakte Adam nach.

»Jap, Geld geht an Ärzte ohne Grenzen.«

»Ah.« Adam nickte und blickte über die Schulter seines Freundes. Sein Gesicht erhellte sich. »Wie ich sehe, hast du sie aber gleich ersetzt.«

Kate folgte seinem Blick und erkannte einen dunkelroten BMW in Adams Einfahrt.

Um Gottes willen. Männer!

»Ich war einsam«, erklärte Mitch grinsend.

»Natürlich, ich verstehe dich.« Adam klopfte ihm kurz auf die Schulter. »Wenn wir den Smalltalk dann hinter uns haben … ein Telefonat wartet auf mich. Aber Kate wird dir alles geben, was du brauchst.« Er packte sie an den Schultern und schob sie nach vorne. »Viel

Spaß euch beiden.« Er hob die Hand und verschwand in seinem Arbeitszimmer.

Kopfschüttelnd sah Kate ihm nach. Adam hatte wichtigere Dinge zu tun, als sich mit menschlichen Interaktionen aufzuhalten.

»Entschuldigen Sie Adams Unhöflichkeit. Er hat keine Erziehung genossen«, sagte sie und streckte die Hand aus. »Ich bin Kate und wohl Ihre offizielle Maklerin. Auch wenn ich Ihnen nicht *alles* geben werde, was Sie brauchen, kann ich zumindest ein Haus für Sie suchen.«

Der Mann lächelte breit und schüttelte ihre Hand. Er hatte ein schönes Lächeln, fiel Kate auf. Sehr sympathisch. »Ach, machen Sie sich keine Gedanken. Ich kenne Adam nicht anders. Und ich habe so das Gefühl, dass Sie ohnehin eine viel angenehmere Gesprächspartnerin sind als ein Kerl, der am liebsten ausschließlich im Binärcode mit mir reden würde.«

Kate lachte. »Damit haben Sie ohne Zweifel recht. Ich bin äußerst unterhaltsam. Man nennt mich auch die offizielle Spaß-Beauftrage.« Okay, sie nannte sich so. Aber wenn sie die Bezeichnung lang genug nutzte, würden die anderen vielleicht auch damit anfangen.

»Ich Glückspilz«, meinte ihr Gegenüber. »Also … soll ich Ihnen erzählen, wonach ich suche?«

Acht Stunden später saß Kate an der Bar des *Sullivan's*, dem Pub ihres Bruders, und schob sich Nachos in den Mund. Langsam wiegte sie sich auf dem dunkelgrünen Barhocker zur sanften Jazzmusik. Der Tag mochte furchtbar angefangen haben, hatte sich aber über die letzten Stunden hinweg deutlich gebessert. Sie hatte mit Mitch für Sonntag einen ersten Besichtigungstermin ausgemacht. Morgen früh würde sie noch einmal das Haus ansehen und wenn nötig herrichten.

Adams Kollege war nett. Sehr sympathisch. Intelligent. Witzig. Reich. Und er hatte offenkundig Interesse an ihr.

Kate schaufelte Guacamole auf einen Chip und neigte nachdenklich den Kopf zur Seite.

Sie hatte einen tollen Job. Sie liebte diese Stadt, ihre Freunde, ihre Wohnung. Sie hatte alles, was sie wollte.

Vielleicht sollte sie mit Mitch ausgehen.

Der Gedanke kam so unverhofft, dass Kate verdutzt innehielt.

Normalerweise war sie sehr talentiert darin, Männern eine Abfuhr zu erteilen. Sie datete nicht. Hatte sie nie besonders viel. Es hatte den ein oder anderen Kerl in New York gegeben, aber … sie war nie auf etwas Ernstes aus gewesen. Einfach aus dem schlichten Grund, dass sie mit eigenen Augen gesehen hatte, wie sich wahre Liebe zu abgrundtiefem Hass wandeln konnte. Klar, sie wusste, dass nicht mit jedem Paar passierte, was mit ihren Eltern geschehen war, aber warum das Risiko eingehen?

Man verliebte sich und vertraute demjenigen all seine Geheimnisse an … nur damit er ebendiese am Ende benutzen konnte, um einen möglichst tief zu verletzen. Nein, das war kein Szenario, das Kate lohnenswert erschien. Umso überraschender war es, dass sie ernsthaft darüber nachdachte, Mitch um ein Date zu bitten.

»Jared, ich glaube, ich bin so weit«, sagte sie verdutzt.

Ihr Bruder hielt mit einem leeren Bierfass in den Armen inne und blinzelte sie verwirrt an. »Zu bestellen? Ich dachte, du nimmst einen Mojito, so wie immer?«

Sie schüttelte den Kopf. »Nein … also ja. Ich will einen Mojito. Warum steht hier noch keiner? Aber ich glaube, ich bin bereit, den Mann fürs Leben zu suchen.«

Augenblicklich verzog Jared das Gesicht. »Oh Gott, bitte erzähl mir so was nicht.«

»Hey. Ich habe dir nicht gesagt, dass ich bereit bin, mich nackt mit Handschellen ans Bett fesseln zu lassen. Ich habe lediglich festgestellt, dass ich darüber nachdenke, mir einen Mann zu suchen, ihn zu heiraten und vielleicht ein paar Kinder zu bekommen.«

Jared riss entsetzt die Augen auf. »Es ist, als würdest du meinen persönlichen Albtraum beschreiben.«

»Stell dich nicht so an. Du hast sicherlich schon ein, zwei Kinder, von denen du nichts weißt.«

»Mach darüber nicht einmal Witze«, murmelte Jared stöhnend. »Da läuft es mir kalt den Rücken runter.«

Kate verdrehte die Augen. Jared war ihr Bruder und ihr bester Freund, aber er war leider auch stark emotional zurückgeblieben.

Er war es gewesen, der sie mit zu seinen Freunden genommen hatte, wenn ihre Eltern wieder stritten. Er hatte ihr eine Wohnung in New York besorgt. Er hatte bei den grundlosen Wutanfällen ihres Vaters die Aufmerksamkeit auf sich gezogen. Und er hatte diejenigen verprügelt, die sie in der Schule wegen ihres früheren Lispelns gehänselt hatten.

Aber ebenso war er der Typ, der sich die Namen seiner Verflossenen längst nicht mehr merken konnte. Der Typ, vor dem Mütter ihre Töchter warnten. Der Typ, der einer Frau sagte, dass sie fett in ihren Jeans aussah, und danach nicht wusste, was er falsch gemacht hatte.

Ja, Jared mochte ein Idiot sein, aber er hatte das größte Herz, das man sich vorstellen konnte. Leider auch das größte Ego.

»Ich meine es ernst, Jared. Ich will … normal sein. Unsere Eltern haben uns verkorkst. Es ist doch nicht falsch, sich zu wünschen, sein Misstrauen gegenüber der Liebe hinter sich zu lassen, oder?«

»Ich weiß nicht. Alles, was du zurzeit von dir gibst, hört sich in meinen Ohren sehr, sehr falsch an«, gab Jared zu bedenken, während er das neue Fass anschloss. »Ich höre *Liebe* und dann ein statisches Rauschen, das mir den letzten Nerv raubt.«

»Oh, bitte!« Sie warf einen Nacho nach ihm. »Tu doch nicht so, als hättest du noch nie von der Frau fürs Leben geträumt.«

»Noch nie«, sagte er sofort. »Ich träume von der Frau für die nächste Nacht.«

»Lügner«, flüsterte sie. »Wirst du etwa nie einsam, Jared?«

»Ich schlafe höchst selten allein in meinem Bett, also … nein.«

Sie nickte vielsagend. »Das werte ich dann als Ja.«

Irritiert blickte Jared sie an. »Hast du mir nicht zugehört?«

»Doch. Aber ich versuche, den Mist, der aus deinem Mund kommt, größtenteils zu ignorieren. Es ist ein Wunder, dass noch keine Fliegen um deinen Kopf herumschwirren, bei all dem Scheiß, der dort herumflirrt.«

Seufzend zapfte Jared ein Bier und reichte es an einen der vorbeigehenden Kellner. »Und los geht es …«

»Es ist egal, mit wie vielen Frauen du schläfst, Jare. Es wird dich nicht glücklich machen. Du versuchst damit nur, deine innere Leere zu füllen!«

Jared verengte die Augen. »Nicht dass ich es wissen wollen würde, aber … du hattest schon einmal Sex, oder?«, fragte er nachdenklich. »Denn dann müsstest du wissen, dass ich es bin, der eine Leere …«

Sie schlug mit ihrer Serviette nach ihm. »Ekelig!«, rief sie. »Ekelig, ekelig, ekelig. Wie können wir dieselbe DNA haben?«

Jared lachte leise. »Wir haben nicht dieselbe DNA. Meine ist sehr viel cooler.«

»Ja, das ist der ärztliche Fachterminus. Menschen sind nicht hässlich. Sie haben nur eine uncoole DNA.«

»Du hast es verstanden.« Er zwinkerte ihr zu, nur um im nächsten Moment ernst zu werden. »Aber jetzt ehrlich: Ich bin nicht einsam, Kate«, sagte er mit gedämpfter Stimme. »Mach dir um mich mal keine Sorgen. Ich habe dich. Ich habe die Jungs. Ich habe die Mädels. Mehr brauche ich nicht.«

Sie nickte und wandte den Blick ab. »Ich schon.«

Sie wollte einen warmen Körper neben sich im Bett liegen haben. Sie wollte jemanden, der ihr das Bier kalt stellte, bevor sie abends nach Hause kam. Sie wollte jemanden, der ihr morgens den Kaffee ans Bett brachte. Sie wollte das alles. Und vielleicht, irgendwann, würde sie lernen, demjenigen vollkommen zu vertrauen. Das war allerdings nur halb so wichtig wie die Kaffee-Sache …

Grummelig griff sich Jared einen ihrer Nachos. »Das habe ich befürchtet«, murrte er, die Ellenbogen auf den Tresen gestützt. Schließlich seufzte er aus tiefster Seele. »Schön. Dann date!«, kapitulierte er. »Geh aus. Finde den Mann fürs Leben. Ich gebe dir einen Fragebogen mit, damit ich sehen kann, ob dein Auserwählter meinen Standards gerecht wird.«

Kate prustete. Er war witzig. »Jared, besorg du dir erst einmal eine Frau, die nicht gegen Unterwäsche allergisch ist oder Abraham Lincoln für einen Footballspieler hält«, sagte sie feierlich. »Dann reden wir weiter.«

»Meine Eroberungen haben andere Qualitäten«, sagte er gespielt entrüstet. »Und gestern war ich mit einer Chemie-Doktorandin im Bett, nur fürs Protokoll. Ich kenne jetzt das Wort Racemisierung. Ich hatte also nicht nur Sex, ich habe mich auch gebildet.«

»Aha. Und was bedeutet Racemisierung?«

Jared grinste. »Als ob ich das noch wüsste. Ich bin Barkeeper und Koch, nicht Einstein. Und jetzt hol ich Minze und mach dir deinen Mojito, sonst drehst du gleich noch am Rad. Sag Bescheid, wenn du deinen Mann fürs Leben gefunden hast.«

Kate verengte die Augen. »Du glaubst nicht, dass ich wirklich nach ihm suchen werde, oder?«

»Kein bisschen. Die letzten zehn Jahre sprechen nicht für dich.«

»Ich werde gleich morgen damit anfangen, Jared«, versprach sie laut, als er ihr den Rücken zuwandte. »Mich hält nichts davon ab.«

»Jaja«, rief er über die Schulter und verschwand in der Küche.

Seufzend genehmigte sie sich einen weiteren Nacho, als ein Schatten über sie fiel. Sie hob den Blick und starrte geradewegs in Sawyers dunkle Augen. Das vertraute Ziehen in ihrem Magen setzte ein und ihr Herz sank zwei Stockwerke tiefer.

Ja … Nichts hielt sie davon ab.

»Hey«, sagte sie leise.

Sawyer nickte ihr zu, legte einen Donut neben ihren Teller und ging wortlos weiter.

Einen Boston Cream Donut. Ihre Lieblingssorte.

Mit geöffneten Lippen starrte sie auf den Nachtisch und dann zu Sawyer, der sich durch die dunkel möblierte Bar schlängelte und zu Harper, Nathan, Maya und Jax setzte. Bis auf Maya allesamt Feuerwehrleute. Sie waren auf die Leinwand konzentriert, die über der kleinen Bühne hing, auf der sie sonst Karaoke sangen. Es war *Baseball Night* und Jared übertrug das heutige Spiel. Die Red Sox spielten gegen die Philadelphia Delphies. Laut Stadionsprecher stand ein gewisser Tyler Brady auf dem Schlagmal, doch Kate hörte nicht richtig zu. Sie starrte auf Sawyers Nacken, in dem sich die dunklen Haare kräuselten. Als er aus der Army gekommen war, waren sie noch kurz geschoren gewesen, doch er hatte sie wachsen lassen. Jetzt hatten sie die perfekte Länge, um die Finger in ihnen zu versenken.

Als hätte er ihren Blick gespürt, wandte Sawyer sich noch einmal zu ihr um.

Hastig sah Kate wieder auf den Donut … und schluckte. Sawyer gefiel ihr besser, wenn er keine süßen Dinge tat. Damit konnte sie leichter umgehen. Ihre Haut prickelte und sie wusste, dass er sie noch immer ansah. Umso erleichterter war sie, als sich in der nächsten Sekunde Ava auf einen der dunkelgrünen Barhocker neben ihr fallen ließ.

»Ich bin zu spät«, sagte die Rothaarige außer Atem. »Hab ich das Spiel verpasst?« Sie starrte auf die Leinwand, verzog das Gesicht und stützte die Ellbogen auf die Theke. »Ach, scheiße. Sie sind nicht einmal im dritten Inning. Ich hatte gehofft, sehr viel mehr zu spät zu kommen.« Sie klaute sich ein paar Nachos von Kates Teller und blickte die Theke hinauf, auf der Suche nach Jared. »Ich will Süßkartoffelpommes«, sagte sie, sobald er aus der Küche kam und Kates Mojito auf den Tresen stellte. »Viele Süßkartoffelpommes. Nein, alle.«

Belustigt sah Jared sie an. »Anstrengender Tag?«

»Du hast keine Ahnung. Warum stehst du immer noch hier? Füttere mich.«

Jared tat wie ihm geheißen, während Ava stöhnend die Stirn auf das Holz vor ihr legte. »Gott, ich bin so müde«, murmelte sie in die Theke hinein. »Sie waren heute unterbesetzt im Krankenhaus und ich bin eingesprungen … Ich hab vergessen, wie anstrengend Notaufnahmen sind. In meiner kleinen Praxis werde ich weniger von den Patienten angeschrien.« Sie tauchte wieder auf, griff sich Kates Mojito und nahm drei großzügige Schlucke. »Erzähl mir, dass dein Tag besser war. Was ist bei dir so los?«

Nervös schob Kate ihre Unterlippe hin und her. Schließlich beschloss sie, Ava in ihre neusten Lebensentwicklungen einzuweihen. Ihre Freundin war genau die richtige Ansprechpartnerin, wenn es um romantische Dinge ging. Ava wartete noch immer darauf, dass ein Prinz auf weißem Pferd an ihre Tür klopfte und sie in sein weit entferntes Königreich mitnahm.

Kate holte tief Luft. »Ich bin bereit, Ava.«

Die Rothaarige genehmigte sich noch einen Nacho. »Wunderbar! Ich sag dir seit Jahren, dass du die Haare kurz schneiden sollst. Ein Pony würde dir richtig gut stehen.«

»Nein! Nicht dafür. Lass meine Haare in Ruhe. Sie sind blond und wundervoll. Ich spreche vom Heiraten und all dem anderen Zeug. Ich bin bereit dafür, die Liebe meines Lebens zu finden.«

Avas Hand, die sich zu einem weiteren Nacho vorgearbeitet hatte, blieb in der Luft hängen. Mit aufgerissenen Augen sah sie sie an. »Über die wahre Liebe macht man keine Witze, Kate.«

»Ich mache keine Witze«, versicherte sie mit erhobenen Händen. »Ich meine es ernst.«

»Oh mein Gott. Ehrlich? Das ist ja wunderbar!«, rief Ava begeistert und zog sie in eine stürmische Umarmung. »Das ist so erwachsen von dir! Womit willst du anfangen? Internet-Dating? Oder soll ich dich verkuppeln?«

»Du hättest wen, mit dem du mich verkuppeln könntest?«

Ava schnaubte. »Ich sammle seit drei Jahren Leute, mit denen ich dich verkuppeln will, Kate! Aber du warst nie bereit für was Ernstes und die guten Männer verschwendet man nicht an eine Affäre.«

»Äh, okay.« Überrumpelt lehnte Kate sich auf dem Barhocker zurück. »Klingt gut?«

»Super!« Ava klatschte in die Hände. »Wie wäre es mit Sonntagabend? Hast du da Zeit?«

»Ich weiß nicht, viellei…«

»Abgemacht. Sonntagabend um acht hast du ein Date hier. Ich werde ein paar Anrufe tätigen.«

Wenn Ava so viele Männernummern sammelte, warum war sie dann immer noch Single? Aber was sollte es. Irgendwo musste Kate ja anfangen und Mitch konnte sie nächste Woche immer noch fragen, ob er sich mit ihr treffen wollte. Falls das Date am Sonntag nicht gut lief.

»Okay«, sagte Kate, schob ihre Schultern zurück und atmete tief durch. »Dann … ist das ja geregelt.«

Ava legte einen Arm um sie. »Nein, noch nicht ganz.« Unsicher tippte sie mit ihrem Zeigefinger gegen das Mojitoglas. »Du weißt, mit wem du reden musst, bevor du die Sache mit der Liebe fürs Leben angehen kannst, oder?«

»Ich hab Jared schon eingeweiht, keine Sorge.«

»Ich spreche nicht von deinem Bruder, Kate.«

Misstrauisch verengte sie die Augen. Ein ungutes Gefühl machte sich in ihrem Magen breit. »Worauf willst du hinaus, Ava?«, fragte sie feindseliger als beabsichtigt.

Schuldbewusst ließ Ava ihren Blick durch die Bar schweifen. Bis sie damit auf dem Tisch vor der Leinwand landete.

»Nun, du sagst, dass du bereit bist, aber …«

»Wenn der Name Sawyer im nächsten Satz fällt, schubs ich dich vom Stuhl«, warnte Kate sie.

Ava presste die Lippen aufeinander.

»Ava?«

»Ich will nicht vom Stuhl geschubst werden«, gab sie kleinlaut zu.

Kate verdrehte die Augen. »Ich weiß nicht, was dein Problem ist. Ich schulde Sawyer rein gar nichts. Wir sind kein Paar, wir waren nie zusammen und ich bin nicht dazu verpflichtet, ihm zu sagen, dass ich mich nach einem Mann im heiratsfähigen Alter umsehe.«

Ava nickte geduldig. »Natürlich nicht. Du sollst ihm auch nicht erzählen, dass du jetzt anfängst zu daten. Du sollst nur ein auflösendes Gespräch mit ihm führen. Bevor du weitermachen kannst, musst du ihn … aufgeben.«

Irritiert zog Kate die Augenbrauen tiefer in die Stirn. »Wovon redest du?«

»Kate«, flüsterte Ava eindringlich und legte behutsam eine Hand auf ihre. »Ihr habt da was … Merkwürdiges am Laufen.«

»Wir haben überhaupt nichts …«

»Doch, habt ihr. Ihr habt Chemie. Wenn ihr zusammen in einem Raum seid, hat jeder Angst, dass ihr euch gleich umbringt oder auszieht.«

Entgeistert öffnete Kate den Mund. »Das ist doch absoluter Schwachsinn.«

»Ja. Ist es«, bestätigte Ava sofort. »Das, was ihr da veranstaltet, ist absolut schwachsinnig. Vor allem, wenn man bedenkt, dass zwischen euch nie etwas passiert ist … oder?«

Kate wandte den Blick ab.

Na ja, *nie etwas* entsprach nicht ganz der Wahrheit. Aber wirklich nennenswert war ein Kuss vor fünfzehn Jahren auch nicht. »Ist es nicht«, sagte Kate deswegen mit fester Stimme.

»Okay. Es ist auch egal. Er hält dich zurück. Er ist der Grund, warum du die letzten zwei Jahre kaum ausgegangen bist.«

Wieder öffnete Kate den Mund, um ihr zu widersprechen, doch Ava ließ sie nicht zu Wort kommen.

»Es ist die Wahrheit, Kate. Ich weiß nicht, was genau zwischen euch steht oder warum du so wütend auf ihn bist, aber wenn du wirklich deinen nächsten Lebensabschnitt einleiten willst, musst du damit aufhören, diesen … Kampf mit ihm zu führen, den keiner von uns versteht.«

Kate schnaubte. »Wir sind doch keine Wrestler. Wir kämpfen nicht gegeneinander.«

»Halt die Klappe, Kate, ich kenne deine Strichliste. Also: Du redest mit Sawyer, ihr begrabt euer Kriegsbeil und dann … dann gehen wir zum Leuchtturm!«

»Oh Gott, nein.« Kate legte sich eine Hand auf die Augen. »Nicht der Leuchtturm.«

»Oh doch«, widersprach Ava bestimmt. »Sieh es als symbolisches Ritual.«

Kate stöhnte leidend.

In Eden Bay gab es einen kitschigen, veralteten Mythos, dem Kate nie allzu viel abgewinnen konnte. Frauen aus dem ganzen Land kamen in die Stadt, um ein Licht in dem örtlichen Leuchtturm zu entzünden und so dem Mann ihrer Träume den Weg in ihre Arme zu weisen. Unterstützt wurde der Humbug natürlich von einer unglaublich ekeligen Liebesgeschichte, in der die Frau eines Hummerfischers ihren auf hoher See verloren geglaubten Mann allein mit der Kraft des Leuchtturms zurück nach Hause holte.

Kate hielt das Ganze für albern und dämlich. Aber sie war klug genug, das nicht vor Ava zu erwähnen. Nicht schon wieder zumindest.

»Dann hätten wir das ja geklärt«, meinte Ava selbstzufrieden, als Kate nicht widersprach. »Bleibt nur noch Sawyer.«

»Mit Sawyer und mir ist alles in Ordnung, Ava«, versprach Kate eindringlich. »Wir sind nur oft anderer Meinung. Wir streiten uns, ja. Aber das hat nichts mit irgendeiner Chemie zu tun.«

»Dann beweis es«, sagte Ava aufmüpfig. »Geh zu Sawyer und sag ihm, dass du euer passiv-aggressives Verhalten aus der Welt schaffen und ehrlich und platonisch mit ihm befreundet sein willst.«

Das Blut floss aus Kates Gesicht. »Ähm, also, das halte ich nicht für notwendig.«

»Ich aber. Und da zwischen euch ja alles in Ordnung ist, sollte das doch kein Problem sein, oder?« Herausfordernd streckte sie den Arm in Sawyers Richtung.

Widerwillig stand Kate vom Hocker auf. Was blieb ihr auch für eine Wahl?

»Schön«, sagte sie knapp und wandte Ava den Rücken zu.

Sie hoffte nur, dass sie da lebendig wieder rauskam. Und angezogen.

Kapitel 3

Eden Bay, 2004

Lieber Sawyer,

Sex.

So, jetzt, da ich deine Aufmerksamkeit habe: Warum machen alle so ein riesiges Buhei um dieses Thema?

Ich bin seit gestern keine Jungfrau mehr und fühle mich nicht anders als sonst. Um ehrlich zu sein, hatte ich auch nicht sonderlich Spaß, also … entweder habe ich was falsch gemacht oder alle Menschen lügen. Ich tendiere zurzeit stark zu Letzterem.

Lass dich nicht umbringen. Du schuldest mir noch eine Erklärung. Und einen Abschied.

Katie

»Alles Waschlappen.«

»Sagt das riesige Handtuch?«

»Ich verstehe deine Witze nicht, Harper.«

»Du bist ihr Anführer, Jax«, sagte Harper seufzend. »Jetzt verstanden?«

Kate verlangsamte ihren Schritt und sah den beiden Kavanagh-Geschwistern dabei zu, wie sie sich mit Pommes frites bewarfen. Harper und Ava waren seit der

Grundschule ihre Freundinnen – und könnten unterschiedlicher nicht sein.

Ava war klein, zierlich und rothaarig. Sie hasste alles, was mit Dreck und körperlicher Arbeit zu tun hatte, und war eine unverbesserliche Romantikerin. Harper war groß und schlank, konnte ein Auto stemmen und hatte kurze braune Haare. Sie war Feuerwehrfrau, Leiterin der verschiedensten Outdooraktivitäten und hielt Romantik für eine Erfindung gelangweilter Hausfrauen, die sich ihrer Meinung nach alle einen Job suchen und die Männer zu Hause lassen sollten.

»Was für einen Scheiß verzapfen die Sox denn heute?«, beschwerte sich Jax und machte eine rüde Handbewegung in Richtung der Leinwand, auf der ein Mann mit Holzstöckchen auf seiner Schulter von einem Fuß auf den anderen trat. »Die Delphies sind doch keine Gegner! Alles Schleimscheißer. Ohne ihren Wunderknaben Jake Braker würden die nichts hinbekommen. Aber ich habe gehört, dass er nächste Saison wechselt. Dann können die Delphies ja sehen, wo sie bleiben.«

»Ich weiß nicht«, meinte Nathan achselzuckend. »Sie haben O'Connor. Nicht zu vergessen Hale … Sie sind gut aufgestellt.«

»Ich mag den Hübschen mit den blauen Augen und dunklen Haaren. Der Pitcher«, meinte Maya und deutete auf einen der Spieler. »Wie heißt der noch?«

»Das ist Luke Carter«, brummte Jax und kratzte sich den tätowierten Oberarm. »Und nur, weil jemand hübsch ist, heißt das nicht, dass er ein guter Spieler ist.«

»Also, für mich macht er das Spiel definitiv besser«, gab Maya mit erhobenen Händen zu bedenken.

Jax warf Nathan einen vorwurfsvollen Blick zu. »Halt deine Frau unter Kontrolle, Black. Sie zerstört die Magie von Baseball.«

Nathan grinste und küsste Maya auf die Schläfe. »Du machst das ganz wunderbar«, versicherte er ihr, bevor er an Jax gewandt bemerkte: »Wenn du Magie willst, musst du Harry Potter lesen.«

Harpers Bruder erwiderte etwas nicht sehr Freundliches, doch Kate blendete ihn aus. Stattdessen überwand sie die letzten Meter, streckte zögerlich die Hand aus und berührte Sawyer an der Schulter.

»Sawyer, kann ich kurz mit dir reden?«

Sofort sahen alle zu ihr.

Mist, sie hatte absichtlich leise gesprochen.

Alarmiert wechselten Nathan und Harper einen Blick. »Was willst du denn von Sawyer?«, fragte Harper zögerlich.

Kate verdrehte die Augen. »Bist du jetzt sein Bodyguard, oder was? Ich will mich nur mit ihm unterhalten, nicht meinen Flugsaurier auf ihn hetzen.«

Harper nickte und stand auf. »Schön. Ich beaufsichtige das Ganze.«

»Setz dich hin, Harpyie«, sagte Kate düster. »Ich will allein mit ihm sprechen. Also.« Auffordernd sah sie Sawyer an – und versteckte dabei ihre feuchten Hände hinter dem Rücken. »Kommst du? Oder hast du Angst vor mir, so wie der Rest vom albernen Schützenfest hier?«

Sawyer verzichtete auf eine Antwort. Stattdessen stand er auf und musterte sie träge. So als suche er nach Hinweisen darauf, worüber sie mit ihm sprechen wollte.

Kate strich ihren roten Rock glatt und überprüfte, ob sich ein Knopf an ihrer weißen Bluse gelöst hatte. Nein, es war noch alles da, wo es sein sollte.

»Das passt eigentlich ganz gut«, murmelte er und schob seinen Stuhl zurück. »Ich wollte auch mit dir reden.«

»Oh.« Kate blinzelte, nickte dann jedoch. »Okay. Lass uns rausgehen.«

Da würde man sie nicht schreien hören.

»Benehmt euch«, sagte Nathan leise … und ein wenig drohend, wenn Kate das bemerken durfte. Als seien sie zwei Kinder, die er im Spieleparadies abgab, solange er seine Einkäufe erledigte.

Kate nickte seufzend und schlängelte sich dann zum Ausgang.

»Warum starrt Ava uns an?«, wollte Sawyer wissen.

»Weil deine Polizeiuniform dreckig ist und sie dich dafür verurteilt.«

»Ah. Logisch. Deswegen der Fleckenentferner in meinem Briefkasten.«

»Jap.« Kate stieß die Tür auf und war auf einmal unglaublich erleichtert darüber, an der frischen Luft zu sein. Jedes Mal, wenn sie Sawyer zu nah stand, hatte sie das Gefühl, er würde ihr den Sauerstoff wegatmen.

Sie legte die Arme um ihren Oberkörper, trat von der Fensterfront weg und bog in die Seitengasse des *Sullivan's*. Dort konnte kein fremder Blick sie mehr berühren.

Sobald Sawyer ihr in die Gasse gefolgt war, schienen seine Schultern jegliches Licht zu verschlucken, das von den Laternen am Pier zu ihnen drang. Er trug seine Polizeiuniform und einen furchtbar nervig neutralen Gesichtsausdruck, der Kates Füße kribbeln ließ.

Sie hatte das Bedürfnis, wegzulaufen. Sawyer und sie vermieden es normalerweise, miteinander allein zu sein. Und als sie seinen Geruch nach frisch gemähtem Gras und Laub einsog und die Hitze seines Körpers auf ihrer Haut spürte, wusste sie auf einmal wieder, warum das so war.

Nervös blickte sie an Sawyer vorbei, verlagerte das Gewicht von einem Bein aufs andere, wischte die feuchten Handflächen an ihrem Rock ab und drückte ihren Rücken durch. Sie war besser als ihre primitiven Triebe.

»Alles okay?«, fragte Sawyer skeptisch.

Kate zwang ihren Blick nach oben. »Klar. Warum sollte nicht alles okay sein?«

»Du zappelst rum.«

Sie schnaubte. »Kann ja nicht jeder wie eine verdammte Eiche im Boden verankert sein.«

Er nickte, so als wollte er ihr recht geben. »Und heute Morgen …«

Sie stieß einen Schwall Luft aus. »Mir geht es gut, Sawyer.« Die Episode von heute Morgen war kein wünschenswertes Gesprächsthema. »Nachdem du weg warst, hat sich mein Tag deutlich gebessert.«

Er verengte die Augen, lehnte sich gegen die Hauswand und überkreuzte die Füße. »Ich glaube, ich möchte meinen Donut zurück.«

Sie musste unfreiwillig lächeln. »Niemals. Er hat sich schon an seine neue Umgebung gewöhnt. Ihn aus seinem liebevollen Umfeld rauszureißen, wäre unverzeihlich.«

»Ich weiß nicht. Das Amt steht nicht so auf Eltern, die ihre Kinder essen wollen.«

»Dann sollten sie aufhören, so köstliche Kinder zu produzieren. Wer könnte davon absehen, sie zu vernaschen?«

Sawyer runzelte die Stirn. »Reden wir immer noch über einen Donut?«

Ihr Lächeln wurde breiter. »Gott, ich hoffe doch.«

»Wollte nur sichergehen«, erklärte Sawyer. »Das Wort *vernaschen* ist einfach zu doppeldeutig.«

Kate nickte und augenblicklich wurde ihr Mund trocken. Für einige endlose Momente sahen sie sich einfach nur an. Erhitzten die Umgebung mit ihren Blicken. Schmeckten die salzige Luft auf ihren Zungen.

Kates Nackenhaare stellten sich auf und hastig räusperte sie sich.

»Und? Hast du heute schon jemand Unschuldigen verhaftet?«

»Zwei Hundewelpen für öffentliches Urinieren und eine Oma, die ihre Enkel mit Süßigkeiten in ihr Auto locken wollte«, sagte Sawyer ohne mit der Wimper zu zucken.

Kates Lächeln vertiefte sich. »Du musst Todesängste erleiden. Wie kannst du nachts überhaupt noch schlafen?«

»Meistens auf dem Rücken und mit offenem Fenster.«

»Und mit Waffe unterm Kopfkissen?«

»Nein, die liegt auf dem Nachttisch. Ich will mir nicht aus Versehen das Gehirn wegpusten.«

Das klang vernünftig.

Wieder schwiegen sie und wieder fing Kates Nacken an zu kribbeln. Als verlange er nach einer Berührung. Nervös zupfte sie an den Ärmeln ihrer dünnen Jacke und senkte den Blick, nur um sich Sekunden später daran zu erinnern, dass sie sich in Sawyers Gegenwart niemals in eine verletzliche Position bringen wollte. Also sah sie erneut auf.

»Wovor hast du Angst, Kate?«, fragte Sawyer plötzlich leise.

Sie blinzelte überrascht. »Was?«

»Du wolltest mit mir reden und jetzt schindest du Zeit. Also.« Er hob eine Augenbraue. »Wovor hast du Angst?«

Sie strich sich die Haare hinter die Ohren und räusperte sich. Gott, wieso war das so schwer? Wieso hatte sie das Gefühl, dass sie die Antwort auf ihre Frage überhaupt nicht hören wollte?

»Sind wir Freunde, Sawyer?«, fragte sie schließlich.

»Klar«, sagte er, ohne zu zögern.

»Platonische Freunde?«, hakte sie nach.

Ein seltenes Lächeln zog an seinen Mundwinkeln. »Ist das dein Ernst?«

»Natürlich. Es ist doch eine legitime Frage.«

»Es ist eine sinnlose Frage.«

»Warum das denn schon wieder?«, fragte sie gereizt.

»Weil wir natürlich keine platonischen Freunde sind, Katie!«

Ihre Lippen wurden trocken. »Warum nicht?«

»Komm schon«, sagte Sawyer augenverdrehend. »Du weißt, warum nicht.«

Ja. Ja, sie wusste es. »Nein. Mir würde kein Grund einfallen, warum wir nicht platonische Freunde sein könnten.«

Sawyer verengte die Augen und auf einmal veränderte sich etwas in seinem Blick. Er wurde wachsam … beinahe kalkulierend. »Willst du mich jetzt absichtlich wütend machen?«, fragte er gefährlich leise.

»Nein!« Sie wusste, dass sie es soeben zu weit getrieben hatte. Aber sie konnte sich nicht aufhalten. Sie würde sich ganz sicher nicht in die Defensive begeben. »Weißt du, Sawyer, ich frage mich nur, was für verquere Vorstellungen du von unserer Beziehung hast, und hielt es für wichtig, dich aufzuklären.«

Mit jedem Wort, das aus ihrem Mund kam, verdüsterte sich Sawyers Miene. »Provozier mich nicht, Katie.«

»Ich tue überhaupt nichts«, sagte sie und hob beide Hände. »Alles, was ich will, ist eine ehrliche Antwort. Warum ist unsere Freundschaft nicht pla…«

»Weil platonische Freunde nicht miteinander schlafen wollen«, fuhr er sie wütend an.

Kates Atem stockte. Ein Kribbeln glitt ihre Wirbelsäule hinunter, erfasste ihren Rücken und floss in ihren Unterleib.

Das war wohl der Moment, an dem ihr unverfängliches Gespräch den Bach runterging. Sie schluckte und leichte Panik sammelte sich in ihrem Bauch. »Wovon redest du?«, fragte sie hölzern.

Sawyer drückte sich von der Wand ab, sodass seine Fußspitzen gegen ihre stießen. Sein Blick wachsam, die Hände in den Hosentaschen vergraben. »Was genau bezweckst du mit diesem Gespräch, Katie?«, flüsterte er ungeduldig. »Warum fängst du jetzt damit an? Ich verstehe es nicht. Ich dachte, wir hätten uns stumm darauf geeinigt, dass wir nicht aussprechen, was wir beide längst wissen.«

»Und was wäre das?«

Sawyer schnaubte verächtlich und sah sie forschend an. »Wir haben Grenzen, Katie. So unglaublich viele unsichtbare Grenzen, die wir nicht übertreten. Bei welcher soll ich anfangen?«

Bei keiner. Es waren ohnehin zu viele. »Ich weiß nicht, wovon du redest«, sagte Kate teilnahmslos. »Und hör auf, mich Katie zu nennen. Ich bin keine sechzehn mehr.«

Sawyer lächelte gezwungen. »Das ist mir aufgefallen, glaub mir.«

»Herzlichen Glückwunsch, du hast Augen im Kopf.«

»Ich habe ganz andere Dinge im Kopf, Katie«, murmelte er und beugte sich vor. »Und das sind die, um die du dir Sorgen machen solltest.«

Kates Herz stolperte. Blut sammelte sich in ihren Wangen, doch sie weigerte sich, ihn gewinnen zu lassen.

Das machte er absichtlich. Er reizte sie, forderte sie mit jedem seiner Blicke heraus und brachte sie in eine unangenehme Situation, während er darauf wartete, dass sie unvorsichtig wurde. Aber den Gefallen würde sie ihm nicht tun. »Du bist Polizist, Sawyer«, sagte sie kühl. »Du solltest es besser wissen, als Drogen zu nehmen, die offenbar deine Sinne vernebeln.«

Sawyers Lächeln wurde breiter. »Keine Drogen, Katie. Körperchemie. Das weißt du. Du bist nicht nur wütend auf mich, weil ich dich vor fünfzehn Jahren verletzt habe. Du willst mich – und das nervt dich so sehr, dass du konstant dagegen ankämpfst.«

Kate schnaubte und verdrehte die Augen. »Oh, bitte, Sawyer. Schließ nicht von dir auf mich. Nur weil du dich zu Tode ärgerst, dass du nicht mit mir geschlafen hast, als ich dich noch gelassen hätte, musst du deine Wut nicht auf mich projizieren.«

Sawyer stützte eine Hand neben ihrem Kopf ab, sodass Kate einen Schritt zurückstolperte und die Wand in ihrem Rücken spürte. »Du bist eine sehr untalentierte Lügnerin, Katie«, flüsterte er. Im fahlen Laternenlicht erkannte sie, wie sich seine Augen verdunkelten. »Du warst noch nie dazu in der Lage, deine Geheimnisse vor mir zu bewahren. Und da du dir ja plötzlich Ehrlichkeit wünschst: Wenn wir beide andere Menschen wären, würden wir es schon längst im Stehen gegen eine dieser Mauern treiben.« Gemächlich beugte er sich zu ihr herunter, bis seine Lippen nur Zentimeter von ihren entfernt waren. »Und du wärst zu beschäftigt damit, in meinen Mund zu stöhnen, um dir eine neue Beleidigung für mich auszudenken.«

Kates Herzschlag beschleunigte sich. Sie spürte Sawyers Atem auf ihren Lippen. Ihr Magen zog sich zusammen, Hitze flutete ihr Inneres …

Scheiße, nein!

»Du leidest unter Wahnvorstellungen, Sawyer«, murmelte sie verächtlich. »Wir beide … wir sind einfach sehr unterschiedlich. Deswegen herrscht eine Menge Spannung zwischen uns. Das ist alles.«

»Aha«, sagte er tonlos, neigte den Kopf und fuhr mit den Fingerspitzen ihren Hals hinauf, über ihren heftig schlagenden Puls. »Und du bist nervös, weil …?«

Kate atmete hektischer. Sie konnte die goldbraunen Flecken in Sawyers Augen zählen, während seine Berührung heiß auf ihrer Haut brannte.

Abrupt stieß sie mit den Händen gegen seine Brust und schob ihn von sich. »Weil du mir die Luft zum Atmen nimmst«, sagte sie gezwungen gelassen. Sie war keine verdammte sechzehn mehr! »Also, was ich sagen wollte: Ich finde, wir sollten damit aufhören, uns sinnlos Beleidigungen an den Kopf zu werfen. Und du solltest definitiv keine Teeniefilme mehr gucken. Die bringen dich nämlich auf merkwürdige Ideen. Alles, was ich von dir will, ist …« Sie verschluckte sich mehrfach an den

Worten, bevor sie sie endlich ausspuckte. »… eine platonische Freundschaft.«

Sawyer verschränkte die Arme vor der Brust. »Aha. Und dazu hättest du gerne drei Donuts und ein McMenü?«

»Ja, bitte. Und eine Cola zum Mitnehmen.«

Sawyer schnaubte frustriert und fuhr sich durch die Haare. »Warum, Kate? Warum jetzt? Die letzten zwei Jahre warst du anscheinend zufrieden damit, zusammen mit mir in einem Eimer Scherben zu tanzen. Warum der plötzliche Meinungsumschwung?«

Sie zuckte die Schultern. »Ich habe meine Gründe.«

»Schön.« Er lehnte sich wieder nach hinten an die Wand. »Dann ist es also kein Problem, wenn ich dieses Jahr mit auf den Campingtrip komme?«

Augenblicklich zog sich ihr Hals zusammen. Der Campingtrip war immer sehr … intim. Sie tranken, spielten dumme Spiele, jaulten mit den Wölfen um die Wette, tanzten in Unterwäsche ums Lagerfeuer. Was man eben so tat, wenn man mehr Alkohol als Essen mitnahm.

»Nein, überhaupt kein Problem«, sagte sie mit fester Stimme.

»Na dann. Vielleicht sollten wir zwei uns einfach ein Zelt teilen. Um unsere neugeborene Freundschaft zu feiern.«

»Klar«, sagte sie bemüht gelassen. »Warum nicht?« Gott sei Dank würde Ava mit Sicherheit darauf bestehen, zu losen!

Sawyers Blick verdüsterte sich, bevor er erneut einen Schritt auf sie zumachte. »Okay. Aber wenn wir jetzt offiziell platonische Freunde sind … dann hast du dein Recht verwirkt, wütend auf mich zu sein.«

Kate ballte die Hände zu Fäusten. »Wütend? Ich bin nicht wütend auf dich.«

»Du hast recht.« Er nickte. »Das muss jemand anderes gewesen sein. Du hättest gar keinen Grund, sauer zu sein.«

Ein Kloß drängte sich in Kates Hals und sie grub die Zähne in ihre Unterlippe, während sie steif nickte. »Richtig.«

Sawyer runzelte die Stirn, bevor er sie fest ansah und fragte: »Steht eigentlich das Baumhaus noch?«

Heißer Zorn loderte in ihr auf, und bevor sie wusste, was sie tat, sprang sie nach vorn und schlug ihm fest mit der Faust auf die Brust. »Halt deinen verdammten Mund, Sawyer!«, fuhr sie ihn wütend an. »Gott, mir ist egal, was all deine Army-Medaillen sagen. Du bist *weggelaufen*!« Sie holte zitternd Luft. »Du wusstest alles über mich! Ich habe dir alles anvertraut … Und dann hast du mich *geküsst* und bist abgehauen!«

Sie ließ die Fäuste fallen, funkelte ihn an, starrte in sein ausdrucksloses Gesicht … und schloss abrupt die Augen.

Wie machte er das? Wir schaffte er es jedes Mal aufs Neue, dass sie ihren Kopf verlor?

Es war genug. Es reichte!

Tief atmete sie durch, bevor sie mit halbwegs gefasster Stimme sagte: »Aber es ist auch egal. Das ist ewig her. Es bedeutet mir nichts mehr.« Sie zwang sich erneut, ihn anzusehen, und brachte sogar ein Lächeln zustande. »Ich will nur, dass wir das Ganze hinter uns lassen und … einfach befreundet sind. Platonisch befreundet.«

Sawyer erwiderte kühl ihren Blick. »Das ist, was du willst? *Alles*, was du willst?«

»Ja.«

Sekunden verstrichen, dehnten sich zu Ewigkeiten, die Kates Herz in Richtung Boden drückten. Doch schließlich nickte Sawyer kaum merklich.

»Solange du dir deine eigenen Lügen glaubst, *Katie*«, sagte er schroff, bevor er sich abrupt umwandte und sie in der Gasse allein ließ. Sie sah ihm nach, bis er um die Ecke bog.

Dann sackte Kate in sich zusammen. Zitternd strich sie sich die Schweißperlen von der Stirn. Es war jedes Mal dasselbe. Immer, wenn sie mit ihm allein war, konnte sie nicht voraussagen, in welche Richtung sich ihr Gespräch bewegen würde. Ob sie über das Wetter quatschen, sich gegenseitig aufziehen, sich wie Freunde oder Feinde benehmen würden.

Niemand ging ihr so unter die Haut wie Sawyer Wright. Niemand ließ sie so schnell die Fassung verlieren. Niemand machte sie so wütend.

Niemanden wollte sie so sehr.

Sie sehnte sich nach jedem harten Zentimeter seines Körpers … und war unfähig, etwas dagegen zu machen. Sie hatte es versucht. Versuchte es seit fünfzehn Jahren.

Stockend atmete sie ein und schloss erneut die Augen.

Es reichte. Sie musste damit aufhören. Sawyer war nicht der Richtige für sie.

Denn niemand … niemand konnte sie so verletzen wie er.

*

Sawyer warf die Autotür zu. Staub wirbelte unter seinen Schritten auf, während er auf sein Haus zuging.

Fuck.

Zwölf Jahre Army – ihm ging es gut. Zehn Minuten mit Kate – und er verlor die beschissene Fassung!

Das war anders gelaufen, als er es sich erhofft hatte. Er war persönlich geworden. Er hatte sie absichtlich provoziert und sie hatte exakt dasselbe getan.

Sie hatte genau gewusst, wovon er geredet hatte. Ihre vergrößerten Pupillen, ihr heftig schlagender Puls und ihre nervösen Handbewegungen waren Zeichen genug gewesen. Aber diesmal hatte sie es zu weit getrieben. Diesmal hatte sie einmal zu oft Unschuld geheuchelt. Was hatte er anderes tun sollen, als es laut auszusprechen? Sie hatte behauptet, Ehrlichkeit zu wollen, und er hatte ihr diesen Wunsch erfüllt. Ihm war egal, dass er damit alle Regeln zunichtegemacht hatte, die sie jemals aufgestellt hatten. Denn er war es so leid, nicht zu sagen, was er wirklich dachte!

Als er vor zwei Jahren nach Eden Bay zurückgekehrt war, hatte er nur einen Blick auf Kate werfen müssen, um zu wissen, dass er ein großes Problem hatte. Es war schon schwierig gewesen, der sechzehnjährigen Katie zu widerstehen. Aber der erwachsenen Kate? Mit Feuer in den Augen und dem eisernen Willen einer Amazone?

Seufzend rieb er sich mit der flachen Hand über den Hinterkopf, während er seine Tür öffnete. Stumm hatten sie Regeln aufgestellt. So viele unausgesprochene Richtlinien, derer sie sich beide bewusst waren. Seit mehr als zwei Jahren tänzelten sie um diese verdammten Linien herum. Immer an der Schwelle, immer versucht. Zu ängstlich, was passieren würde, wenn sie die Linie überschritten.

Eden Bay war eine kleine Stadt. Wenn Kate Sawyers Haus abfackelte, weil er sie zu sehr in Rage brachte, würde das jeder wissen. Wenn sie miteinander ausgingen und sich voneinander trennten, dann würde Sawyer die einzige Familie verlieren, die er noch hatte. Seine Eltern waren lange tot, sein Onkel war gestorben, als er in Afghanistan gewesen war … und es gab nicht mehr allzu viele Menschen, die ihm wichtig waren.

Jared war sein bester Freund. Aber es stand außer Frage, auf wessen Seite er sich schlagen würde, sollte es mit ihm und Kate schiefgehen. Gott, er hatte Sawyer doch schon genau das gesagt! Und mit Jared stand und fiel ihre Gruppe. Der Pubbesitzer würde das als schwachsinnig abtun, doch Sawyer wusste es besser.

Einfach mit Kate schlafen konnte er also auch nicht.

Er trat die Tür ins Schloss und hängte seine Jacke auf. Das lief alles nicht nach Plan. Er sollte schon so weit sein. *Sie* sollte schon so weit sein.

Schnaubend fuhr er sich mit beiden Händen durch die Haare. Wenn er sich da noch weiter reinsteigerte, musste er noch eine der Atemübungen machen, die ihm sein Therapeut gezeigt hatte. Eine der Übungen, mit denen er gelernt hatte, sich selbst zu beruhigen. Sawyer war nicht so ignorant gewesen, keinen Seelenklempner aufzusuchen, nachdem er das dritte Mal ausgerückt war. Es wäre dämlich gewesen, es nicht zu tun.

Posttraumatische Belastungsstörungen waren kein Witz. Sawyer hatte genug Soldaten daran zu Grunde gehen, genug gute und starke Männer verzweifeln und ihre Leben zerstören sehen.

Man tötete nicht, ohne dass es einen veränderte. Man kämpfte nicht im Krieg, ohne Albträume zu bekommen.

Man vergaß die Bilder nicht. Man lernte, sich mit ihnen zu arrangieren.

Sawyer hatte Glück gehabt. Das war ihm klar. Bis auf die kleine Episode, in der er ein paar Tage lang in einem Erdloch hatte ausharren müssen, war er besser davongekommen als die meisten Soldaten. Aber nur, weil er nicht gefoltert worden war wie andere aus seiner Einheit, hieß das nicht, dass ihn der Krieg nicht hatte stumpf werden lassen.

Er war ein Scharfschütze. Er hatte kalt und erbarmungslos sein müssen, um unschuldige Menschen zu schützen. Eine denkbar unehrenhafte Aufgabe, aber er war der Beste gewesen. Außergewöhnlich gut darin, Menschen aus einer Entfernung von zwei Kilometern das Leben zu nehmen. Dieser Gedanke verfolgte ihn noch heute, also hatte er sich Hilfe gesucht. Seit fast drei Jahren war er in Behandlung bei einem Psychologen in einer Nachbarstadt und auch wenn er ihn mittlerweile nur noch einmal im Monat besuchen musste … war er noch nicht bereit.

Sawyer zog sich die Schuhe aus, stellte sie ordentlich unter seine Garderobe und sah auf sein vibrierendes Handy. Nathan rief an. Wahrscheinlich, um zu fragen, wohin er so plötzlich verschwunden war. Sawyer hatte es nicht für nötig gehalten, sich zu verabschieden. Und er hatte keine Lust, mit Nathan zu reden.

Er schaltete das Handy aus und ging in die Küche. Dann tat er das, was er immer tat, wenn er unruhig war. Wenn die Wut oder der Schmerz ihn vereinnahmten. Wenn er dank seiner Albträume nicht schlafen konnte. Wenn er erneut in einem dunklen, engen Erdloch saß. Wenn er Kates Gesicht nicht aus dem Kopf bekam. Wenn ihn ihr verletzter Blick verfolgte.

Er backte.

Kapitel 4

Eden Bay, 2004

Lieber Sawyer,

ich bin fertig mit der Schule und Mom hat bereits ihre Sachen gepackt. Für sie ist Eden Bay längst kein Zuhause mehr, also zieht sie nach San Francisco. Natürlich bleibe ich deswegen an der Ostküste. Jared meint, er hätte in New York sogar schon eine Wohnung für mich.

Er hat außerdem erzählt, dass du ihn für ein paar Tage besucht hast. Hättest du das nicht für erwähnenswert gehalten?

Nicht dass du zurückschreiben würdest.

Lass dich nicht umbringen. Du schuldest mir noch eine Erklärung. Und einen Abschied.

Katie

Über Nacht hatte es geregnet und die Temperatur war gefallen, sodass Kate den ganzen Morgen über schon fröstelte. Sie parkte ihren Toyota vor dem Einfamilienhaus, das Adam vor zwei Monaten spontan gekauft hatte, und zog ihre Jacke enger um die Schultern. Manchmal glaubte sie fast, dass er nachts den Immobilien-Teleshoppingkanal laufen ließ und nach jeder Werbung eine Wohnung, ein Haus oder aber auch ein Boot erwarb.

Aber sie wollte sich nicht beschweren. Mehr Arbeit für sie!

Sie stieg aus, streckte ihre Glieder und blinzelte gegen die Sonne an. Eigentlich hasste sie es, am Wochenende zu arbeiten. Schon allein, weil sie keine Frühaufsteherin war. Da sie die Nacht über aber ohnehin keine Ruhe gefunden hatte, war ihr die morgendliche Ablenkung ausnahmsweise mehr als willkommen.

Sie hatte ihre Gedanken einfach nicht abschalten können. Es war, als sei Sawyer in ihren Kopf gekrabbelt, um es sich dort gemütlich zu machen. Und sie ärgerte sich darüber, dass Ava anscheinend recht hatte. Bevor sie die Liebe ihres Lebens suchen konnte, musste sie Sawyer … aufgeben.

Was immer das bedeuten mochte. Eine genaue Anleitung wäre nett gewesen.

Seufzend lief sie den schmalen Schotterweg zum roten Backsteinhaus hinauf und hielt inne, als sie die offene Tür bemerkte. Verwirrt hielt sie nach Adams Auto Ausschau, konnte es jedoch nirgendwo entdecken. Aber er war der Einzige, der ebenfalls einen Schlüssel zu diesem Haus hatte. Kate war seit einer Woche nicht mehr hier gewesen – und sie hatte die Tür abgeschlossen, das wusste sie. Stirnrunzelnd legte sie die letzten Meter zurück und trat in den Flur.

»Adam?«, rief sie. »Adam, bist du hier?«

Niemand antwortete. Kopfschüttelnd ließ sie den Flur hinter sich, trat ins Wohnzimmer … und schlug schockiert die Hand vor den Mund.

Es war komplett verwüstet. Schubladen waren aus den Kommoden gerissen worden, Bücher aus den Regalen. Jemand hatte das Polster des Sofas aufgeritzt, sodass überall weiße Schaumstoffreste herumflogen. Der Flatscreen lag umgekippt auf dem Boden, ein paar zerschellte Blumenvasen daneben.

»Scheiße«, flüsterte Kate, sah zögernd zur Treppe, die in den ersten Stock führte, und zog hastig das Handy aus ihrer Tasche. Sie sollte das Haus vielleicht besser verlassen, falls der Täter noch hier war.

Es tutete zweimal, bevor jemand abhob.

»Was gibt's?«

»Adam, bei dir wurde eingebrochen!«, sagte sie atemlos und lief den Kiesweg hinab.

»Mir egal, ob der Aktienkurs eingebrochen ist. Wieso weckst du mich? Du sagst mir doch immer, ich solle mehr schlafen.«

»Eines deiner Häuser wurde verwüstet, Adam! Ich wollte es mir noch einmal ansehen, bevor ich es Mitch morgen zeige, und die Tür stand offen. Jemand muss das Schloss geknackt haben und hat alles durcheinandergeworfen!«

Einen Moment lang herrschte konzentrierte Stille am anderen Ende der Leitung. Dann fragte er: »Und da rufst du *mich* an?«

»Es ist *dein* Haus!«

»Ja, und? Ich bin trotzdem nicht der richtige Ansprechpartner, was kriminelle Machenschaften in Eden Bay angeht. Ärgerlich, dass jemand eingebrochen ist, aber das Haus ist versichert. Mehr, als mich darüber aufzuregen, kann ich auch nicht tun. Das ist eine Sache für die Polizei. Du weißt genau, wen du anrufen musst.«

Ja. Aber sie wollte nicht. »Kannst du nicht einfach herkommen?«

»Nope. Ich muss schlafen, damit ich morgen noch ein wenig reicher werden kann. Regel du das.« Im nächsten Moment legte er auf.

Ungläubig starrte Kate auf ihr Handy. Sie sollte eine Gehaltserhöhung und einen goldenen Porsche verlangen. Adam verließ sich viel zu sehr auf sie! Meine Güte, manchmal kaufte sie sogar für ihn ein, weil er sonst vergaß zu essen. Er war wie ein Kind mit einer Platin-Kreditkarte. Ohne sie würde er sich von Schokolade und Cornflakes ernähren.

Sie lehnte sich an ihr Auto, sah zu dem Haus, das ihr auf einmal riesig und unheimlich vorkam, und dann seufzend auf ihr Telefon. Es half ja doch nichts.

Sie machte sich nicht die Mühe, die Polizei anzurufen. Am Ende würde sie ja ohnehin in Sawyers Leitung landen.

Es dauerte keine zwei Sekunden, bis er abhob. »Was ist los? Alles okay?«, fragte er alarmiert.

Kate hätte beinahe angefangen zu lachen. Ja, sie wäre auch besorgt, wenn er sie anrufen würde. »Hey. Nein, es ist nicht alles okay. Eines von Adams Häusern wurde verwüstet.«

»Was?«

»Die Tür stand offen, als ich ankam, also bin ich reingegangen und habe …«

»Du bist in ein Haus gelaufen, dessen Tür offensichtlich aufgebrochen wurde?«, fragte Sawyer mit plötzlich leiser Stimme.

Kate verdrehte die Augen. »Was soll ich sagen, Sawyer? Ich bin ein Adrenalinjunkie. Ich habe den Axtmörder durch das Fenster gesehen und wollte mich gerne ein wenig mit ihm unterhalten.«

Kurz herrschte angespannte Stille am anderen Ende, bevor Sawyer knapp sagte: »Gib mir einfach die Adresse. Ich bin gleich da.«

*

Sawyer brauchte zehn Minuten, bis er das Einfamilienhaus an Eden Bays Küste erreichte.

Als Kates Name auf seinem Display aufgeleuchtet war, hatte er einen halben Herzinfarkt bekommen. Er war sicher gewesen, dass irgendeinem ihrer Freunde etwas Ernsthaftes zugestoßen sein musste. Dass Kate nur angerufen hatte, weil sie in ein Haus spaziert war, in dem möglicherweise ein blutrünstiger Einbrecher auf sie lauerte, hatte ihn auch nicht unbedingt glücklicher gemacht.

Irgendetwas an diesem Szenario hatte seinen Fuß zu Blei und sein Auto sehr viel schneller werden lassen.

Als er hinter Kates trauriger Ausgabe von Auto parkte, stand sie an die Fahrertür gelehnt da und drehte langsam eine ihrer blonden Locken um den Finger. Sie hatte die Augen geschlossen. Dennoch wusste Sawyer, dass ihre Augen blau waren. Dunkler als der Himmel, heller als das tiefe Meer.

Er nutzte ihren Moment der Unaufmerksamkeit, indem er den Blick gemächlich über ihren Körper wandern ließ. Sie trug einen ihrer dämlichen Röcke – heute in dunkelblau –, die angeblich ihre Taille betonten. Dabei hoben sie in Wirklichkeit nur ihre Brüste hervor. Sawyer wusste das, denn er fantasierte sehr oft von ihnen.

Kate hielt nicht viel von hohen Schuhen, trug sie aber meistens trotzdem. Sawyer vermutete, weil es ihr Spaß machte, sich über sie zu beschweren. Heute jedoch steckten ihre Füße in einem pinken Paar Flipflops, das mit ihren ebenfalls pinken Zehennägeln harmonierte.

Ihr herzförmiges Gesicht war fast ungeschminkt, sodass er jede einzelne Sommersprosse auf Kates Nase zählen konnte. Sie trug lediglich einen Schwung dunkelroten Lippenstift, der sich wahnsinnig gut an seinem Hemdkragen machen würde.

Sawyer seufzte leise. Ja, er war erbärmlich. Ja, er wusste das.

Nein, darüber hatte er noch nicht mit seinem Therapeuten gesprochen.

»Müde?«, fragte er, sobald er vor ihr stand.

Kate schrak zusammen, öffnete die Augen und ließ ihre Autoschlüssel fallen. Sie streifte ihn kurz mit ihrem Blick, bevor sie sich bückte, um den verlorenen Gegenstand zu bergen.

Sawyer zwang sich dazu, wegzusehen. Sie dabei zu beobachten, wie sie sich hinunterbeugte, half ihm definitiv nicht bei seinem Problem.

»Hey. Ich habe dein Auto gar nicht gehört«, sagte sie irritiert und richtete sich wieder auf.

»Du hast wohl halb geschlafen.«

»Ja, ich … hatte eine lange Nacht.« Sie räusperte sich und ihre Wangen färbten sich rosa. »Nicht so wichtig. Ich …« Sie hielt mitten im Satz inne und starrte stirnrunzelnd auf seine Brust. »Du trägst keine Uniform«, stellte sie fest. Mit sichtlicher Unzufriedenheit beäugte sie seine verwaschene Jeans und sein weißes T-Shirt.

»Deine Auffassungsgabe schockiert mich«, sagte Sawyer tonlos.

»Aber …«

»Ich bin heute nicht im Dienst«, erklärte er.

»Warum hast du dann nicht Violet geschickt?«

Weil er ein masochistischer Vollidiot war. »Ich war in der Nähe.«

»Aha. Und deine Pistole hattest du rein zufällig dabei?« Sie deutete auf seinen Waffengurt, den zu verstecken er sich nicht die Mühe gemacht hatte. Jeder hier in der Stadt wusste, dass er einen tragen durfte.

»Wenn die Möglichkeit besteht, dass ich dir über den Weg laufe, bin ich lieber bewaffnet«, meinte er achselzuckend und lief an ihr vorbei zum Haus.

An dem schlappenden Geräusch, das Kates Schuhe auf dem Kies verursachten, erkannte er, dass sie ihm folgte. Er spürte ihre Anspannung fast auf seiner Haut – und er wusste genau, was folgen würde.

Kate würde Blödsinn reden. Denn das tat sie immer, wenn sie nervös war.

»Du hast ein Pflaster an der Hand«, bestätigte sie seine Theorie keine Sekunde später.

Er sah auf seinen Daumen. Er hatte Erdbeeren halbiert und war etwas zu aggressiv an die Sache herangegangen. »Ich weiß. Ich habe mich geschnitten und wollte meinen Fußboden nicht vollbluten.«

»Du *blutest*?«, fragte Kate gespielt nachdenklich. »Und ich dachte, dieses Privileg wäre nur Menschen vorbehalten.«

Er wandte sich abrupt zu ihr um, sodass Kate beinahe in seine Arme stolperte. Doch ihre Willenskraft ließ das wohl nicht zu. »Ich bin neugierig, Katie«, sagte er im Plauderton. »Du spielst immer wieder darauf an, dass ich nicht menschlich bin … aber was bin ich deiner Meinung nach denn sonst? Ein Gott? Ein Alien? Ein höheres Wesen?«

Kate tippte sich mit dem Zeigefinger ans Kinn. »Na ja, ich hatte eher an einen Stein gedacht, aber wenn du gerne ein Alien sein willst …«

Er schnaubte. »Willst du irgendetwas loswerden, Katie? Zwischen uns herrschen schon so viele unterdrückte Gefühle, dass ich kein weiteres mehr ertrage.«

Als würde sie kapitulieren, hob sie die Hände. »Ich wollte bloß ein bisschen Smalltalk führen. Kann ich ja nicht wissen, dass du heute Nacht auf einer Erbse geschlafen hast.«

Sawyer ging nicht auf ihre Provokation ein. Stattdessen beugte er sich leicht vor und fixierte sie mit seinem Blick. »Du hast Angst, Katie. Du fürchtest, dass ich gestern ein Fass geöffnet haben könnte, das unser Gleichgewicht ins Wanken bringt.« Zumindest war das seine Sorge.

»Ich habe keine Angst«, sagte sie gelassen. »Es war ein leeres Fass. Das kann gerne offen rumstehen. Ich bin da ganz wie du: Komplett furchtlos.«

Sawyer richtete sich auf und schüttelte den Kopf. »Ich bin nicht furchtlos«, murmelte er. »Jeder Mensch hat Angst vor etwas.«

»Ach ja? Wovor fürchtest du dich dann, Sawyer?«

»Vor dunklen, engen Räumen und vor dir«, sagte er schlicht, bevor er ihr den Rücken zuwandte und ins Haus lief.

Er glaubte ehrlich gesagt nicht, dass der Einbrecher noch hier war. Wachsam blieb er dennoch. Die Hand an seiner Waffe, sah er erst ins verwüstete Wohnzimmer und erklomm dann die Treppen zu den oben liegenden Schlafzimmern. Die Räume sahen nicht viel besser aus. Schubladen und ihr Inhalt lagen auf dem Boden verstreut, Schranktüren hingen aus den Angeln. Nur die Küche war unangetastet.

Es sah ganz danach aus, als hätte der Einbrecher etwas gesucht. Und entweder hatte er es gefunden, bevor er zur Küche gekommen war, oder er war sicher gewesen, dass sich der Gegenstand dort nicht befand.

Fünf Minuten später stand Sawyer wieder draußen vorm Haus, wo Kate auf ihn wartete. Sie hatte die Augenbrauen konzentriert zusammengezogen, so als hätte sie die letzten zehn Minuten nichts anderes getan, als über seine Worte nachzugrübeln.

Sawyer ließ sie nachdenken und blickte sich um. Das Haus stand allein auf einer Klippe. Es gab keine Nachbarn, die etwas hätten sehen können, und keine Passanten, die hätten vorbeilaufen können. Und der gestrige Regen würde alle Spuren weggespült haben. Klar, er könnte ein paar Fingerabdrücke nehmen, aber auch da machte er sich nicht allzu viele Hoffnungen. Kein Einbrecher, der was auf sich hielt, arbeitete ohne Handschuhe.

»Also …«, riss ihn Kates Stimme aus den Gedanken. »Rückt jetzt die Spurensicherung an und nimmt DNA-Proben und alles?«

Sawyers Mundwinkel zuckten. »Wir sind in Eden Bay, Kate, nicht in *CSI: Miami*. Ich fürchte, ich bin alles, was dir zur Verfügung steht.«

Er sah sie schlucken, bevor sie fahrig nickte. »Großartig. Und was wirst du jetzt tun?«

»Dich fragen, ob Adam irgendwelche Feinde hat. Oder ob er etwas von hohem Wert in diesem Haus versteckt hat.«

Kate schüttelte den Kopf. »Adam ist nicht einmal über die Schwelle getreten! Er hat das Teil gekauft, ohne es anzusehen. Es dürfte also schwierig für ihn gewesen sein, etwas zu verstecken. Außerdem habe ich das Haus von oben bis unten untersucht, nicht zu vergessen eingerichtet. Der Flatscreen ist das Teuerste, was es hier gibt. Und …« Sie hob eine Schulter. »Ich kenne Adam sehr gut. Er macht sich keine Feinde. Er ist zu charmant dafür. Wenn er mit mir schlafen und mich am nächsten Tag absägen würde, könnte er es trotzdem so verpacken, als sei es meine Idee gewesen und als würde ich davon profitieren, nicht mehr mit ihm zusammen zu sein.« Sie schmunzelte. »Er ist einfach sehr liebenswert. Er hat da ein Händchen für.«

Sawyers Griff um seine Waffe verstärkte sich. Ihm gefiel nicht, in welche Richtung sich dieses Gespräch bewegte.

Er mochte Adam. Er war ein guter Kerl, er hatte einen Pokertisch und er redete nicht beim Joggen. Das waren alles Qualitäten, die Sawyer zu schätzen wusste. Aber gleichzeitig stand er Kate sehr nahe. Die beiden kannten sich noch aus New York und hatten eine liebevoll-freundschaftliche Dynamik, die Sawyer unglaublich gegen den Strich ging.

»Ich werde trotzdem mit ihm reden müssen«, sagte er knapp und versuchte, seinen Kiefer zu entspannen.

»Tu dir keinen Zwang an. Nerv ihn von mir aus so richtig.« Sie lächelte breit und es war, als hätte sie ihm einen Schlag in den Magen verpasst. »Er schläft gerade, du solltest ihn besser sofort anrufen. Er …«

Sawyer hörte ihr nicht mehr zu. Er starrte ihre roten Lippen an, die sich bewegten und lächelten. Gott, was er alles mit diesen Lippen anstellen wollte. Er wurde hart, wenn er nur daran dachte.

»… seht ihr euch ja ohnehin beim Pokerabend heute«, schloss Kate.

Sawyer zwang sein Gehirn dazu, wieder das Denken für seinen Schwanz zu übernehmen.

Schade. Sie schienen gerade eine halbwegs normale Unterhaltung geführt zu haben und er hatte nicht einmal die Hälfte davon mitbekommen.

Er rieb sich mit der Hand über die Stirn und nickte. Pokerabend. Richtig.

»Okay. Hast du gesehen, ob irgendetwas fehlt?«

Sie schüttelte den Kopf. »Ich bin nur bis zum Wohnzimmer gekommen und dann aus dem Haus gerannt. Ich kann gerne nachsehen, aber ich wüsste nicht, warum jemand den Flatscreen hierlassen und etwas anderes mitnehmen sollte.«

Sawyer nickte. »Ich auch nicht. Aber wer weiß.« Er zuckte die Achseln. »Mehr kannst du im Moment auch nicht machen. Ich werde mich noch etwas umsehen und dann einen Bericht für die Versicherung schreiben. Vielleicht waren es einfach nur Jugendliche, die nach einem Kick gesucht haben.«

»Vielleicht …« Kate schien nicht ganz bei der Sache. Ihr Blick war auf Sawyers Auto gerichtet. Genauer gesagt auf seine Rückbank, auf der ein Blech mit Erdbeercupcakes stand. Er hatte sie gerade bei Jared abliefern wollen, als Kate angerufen hatte. Sawyer konnte keine zwölf Cupcakes essen. Jared schon. Der Kerl hatte eine Zuckerdose anstelle eines Magens.

Kates Blick schweifte zurück zu seinem Gesicht. Auf einmal wichen der sonstige Spott und die allseits erkennbare, unterdrückte Feindseligkeit aus ihrem Ausdruck.

»Hast du schlecht geträumt, Sawyer?«, fragte sie leise, so als wolle sie die Antwort lieber nicht hören.

»Nein.« *Ich habe von dir fantasiert.*

»Sawyer«, sagte sie ungeduldig. »Ich weiß, dass in ein paar Wochen …«

»Kate, lass es.« Wenn es eines gab, das er absolut nicht ausstehen konnte, dann war es Mitleid. Sawyer war sein Leben lang mit traurigen Blicken konfrontiert worden, einer verhasster als der andere, und Kate wusste das. Seine Eltern waren gestorben, als er kaum ein Teenager gewesen war. Sie hatten ihn allein und wütend zurückgelassen und jeder hatte es als seine Aufgabe angesehen, ihm das nötige Mitgefühl entgegenzubringen, meistens in Form von sehr traurigen Augen und unbeholfenen Schultertätschlern. Kate jedoch war schon immer anders gewesen. Sie hatte es sich zur Aufgabe gemacht, ihn nie so anzusehen, wie es der ganze Rest tat. Und jetzt war der falsche Moment, um damit anzufangen.

Sie nickte, versuchte sich an einem Lächeln, doch ihr Blick blieb ernst. »Du siehst müde aus.«

»So wie du.«

»Aber ich habe die Nacht nicht genutzt, um ein Dutzend Cupcakes zu backen«, gab sie zu bedenken.

»Wozu hast du sie dann genutzt?«

Sie öffnete den Mund – und schloss ihn gleich wieder, während ihre Wangen pink anliefen. »Für Dinge. Also …« Sie räusperte sich. »Geht es dir gut?«

Es ärgerte Sawyer, dass er nicht halb so geheimnisvoll war, wie er es gerne hätte. Kate dürfte gar nicht wissen, zu welchem Zweck er den Ofen benutzte. »Mit mir ist alles in Ordnung, Kate«, sagte er gelassen.

Sie nickte, schien jedoch nicht überzeugt. »Du weißt, dass du Jared, Nathan und …« Sie zögerte und knetete ihre Finger. »… nun, mich anrufen kannst, wenn du nachts nicht schlafen kannst, oder?«

Seine Mundwinkel zuckten. »Ach ja? Und was würdest du tun, wenn ich dich nachts anrufe und darum bitte, mir Einschlafhilfe zu leisten?«

Kates Augen verdunkelte sich, doch ihre Fassade blieb kühl. »Du solltest kein Spiel spielen, dessen Regeln du nicht kennst, Sawyer«, flüsterte sie.

»Ich kenne die Regeln«, sagte er ruhig. »Aber ich werde sie langsam leid.«

Kate presste die Lippen aufeinander. »Dann hättest du sie mich nie aufstellen lassen dürfen«, murmelte sie, wandte ihm den Rücken zu und ging ins Haus.

Kapitel 5

New York, 2004

Lieber Sawyer,

New York City ist riesig.

Ich wohne in Brooklyn, nicht weit weg von Jared, und brauche eine Stunde, um zur Uni zu kommen. Aber das ist egal, denn die Stadt ist wundervoll. Es ist, als hätte ich eine zweite Chance bekommen. Niemand kennt mich, niemand fragt mich, ob bei mir zu Hause alles in Ordnung ist. Ich kann ein neuer Mensch sein.

Ich glaube, ich verstehe dich jetzt besser als damals. War es das, was du wolltest? Eine zweite Chance? Einen Neuanfang und die Möglichkeit, ein anderer Mensch zu werden?

Lass dich nicht umbringen. Du schuldest mir noch eine Erklärung. Und einen Abschied.

Kate

»Du hast also in keinem Haus einen Koffer voll Geld herumliegen?«

Adam lachte leise. »Jax, es gibt da eine Institution, in der mein Geld zu Hause ist. Sie nennt sich Bank. Auch wenn du mit deinem mickrigen Vermögen noch nie ein Konto eröffnet hast, sollte dir das Konzept einer Bank bekannt sein.«

Der Feuerwehrmann verdrehte die Augen und warf den Big Blind in die Mitte. »Ich meine ja nur. Irgendeinen Grund muss der Einbrecher doch gehabt haben.«

Adam zuckte unbeeindruckt mit den Schultern und schob zwei Chips zu denen von Jax. »Kate kümmert sich drum.«

Harper, die rechts neben Adam saß, schnaubte laut und schnipste ihm geräuschvoll mit dem Finger gegen das Ohr. »Du bist ein Trottel, Adam! Wenn du könntest, würdest du Kate auch dein Essen schneiden lassen. Ich geh mit und erhöhe um zehn.«

»Glaub mir, jeder Mann würde sich Kate gerne ins Haus holen. Und das nicht zum Essenschneiden«, bemerkte Jax trocken.

»Hey!«, bellte Jared und richtete den Zeigefinger auf seinen Kumpel. »Schwester. Meine. Also halt die Klappe, okay? Und ich bin raus.« Er warf seine Karten hin, während Jax die Arme hob.

»Ich habe nur eine objektive Beobachtung gemacht.«

»Ja, und meine objektive Beobachtung ist: Halt die Klappe. Ich sag ja auch nicht, dass mir drei meiner Stammgäste erzählt haben, dass sie Harper gerne in Unterwäsche bei sich zu Hause putzen lassen würden«, sagte Jared gezwungen lächelnd.

Jax verzog das Gesicht und Harper lehnte sich interessiert nach vorne. »Haben sie gesagt, ob sie gut zahlen?«, wollte sie wissen.

»Du hasst Putzen, Harpyie«, erinnerte Jax sie.

»Ja, aber ich mag Unterwäsche.«

Jared lachte, während Sawyer den grinsenden Adam über den Rand seiner Karten hinweg beobachtete. Er war bisher nicht sehr hilfreich bei der Aufklärung des Einbruchs gewesen. Wie Kate schien er der Meinung zu sein, dass er weder Feinde hatte, noch etwas Wertvolles in besagtem Haus zu finden gewesen sei. Sawyer solle sich keine Umstände machen, es seien sicher nur Jugendliche mit zu viel Freizeit gewesen. Damit war das Ganze für Adam gegessen – den Rest konnte Sawyer dann ja mit Kate besprechen. Sie würde sich ohnehin an mehr erinnern als er selbst.

Das Gute war, dass er über Kate redete, als wäre sie seine kleine Schwester. Das Schlechte war, dass Sawyer nicht unnötig viel Zeit mit Kate verbringen wollte. Er hatte das Gefühl, dass sie sich zurzeit auf noch dünnerem Eis als sonst befanden und nur ein falsches Wort aus seinem – oder ihrem – Mund sie beide einbrechen lassen könnte. Und ja, zugegebenermaßen war er an diesem Umstand nicht ganz unschuldig …

»Sawyer, spiel!«, forderte Jared ihn ungeduldig auf. »Bevor Jax noch mehr verwerfliche Dinge über meine Schwester erzählt.«

Er blinzelte und schob schweigend die geforderte Anzahl an Chips in die Mitte des Tisches. Sie waren in Adams Haus und hielten ihren monatlichen Pokerabend ab. Normalerweise waren sie zu sechst, aber Nathan war heute zu Hause geblieben. Vermutlich, um Sex mit seiner Freundin zu haben. Sawyer machte ihm keine Vorwürfe.

»Ein bisschen sensibel heute, was, Jared?«, bemerkte Harper unschuldig und leerte ihre Bierflasche. »Dir ist doch sonst egal, was Kate mit wem tut.«

»Ja. Weil ich weiß, dass sie normalerweise nichts mit irgendwem macht. Aber jetzt …« Er zog eine Grimasse. »Jetzt hat sie beschlossen, Ernst zu machen.«

Sawyer stieß die Bierflasche gegen seine Zähne.

»Sie will *daten*«, presste Jared hervor. »Sie geht heute Abend sogar mit Ava zum Leuchtturm. Wie hat Ava es ausgedrückt? Kate möchte dem Universum zeigen, dass sie bereit ist, den Mann fürs Leben zu finden.« Er verzog verächtlich die Lippen. »Ich sollte ihr verbieten, mit Ava rumzuhängen. Sie ist nicht der richtige Umgang für sie.«

Sawyer starrte Jared an, während er die Hand immer fester um die Bierflasche zog.

»Ja«, sagte Adam abwesend und deckte eine neue Karte auf. »Das mit dem Daten hat sie mir auch schon erzählt. Ich habe mir die Freiheit genommen, diese Information weiterzugeben. Ein Kollege von mir sucht ein Haus und wollte wissen, ob sie vergeben ist. Keine Sorge, Jared, er ist ein vernünftiger Typ. Hat mehr Asche als ein Vulkan.«

»Mehr als du?«, wollte Jared sofort wissen.

Adam schnaubte und sah ihn mitleidig an. »Bitte«, war alles, was er dazu sagte.

»Ja, Ava hat wohl auch schon einen passenden Kandidaten für Kate«, sagte Harper. »Der soll sich morgen Abend mit ihr im *Sullivan's* treffen.«

»Klasse«, sagte Jared düster. Es kamen weitere Worte aus seinem Mund, aber Sawyer hörte sie nicht. Er hatte genug damit zu tun, sich dazu zu zwingen, seine Flasche zurück auf den Tisch zu stellen. Sonst würde sie ihm noch in der Hand zerspringen.

Scheiße, das war es also. Deswegen wollte sie plötzlich mit ihm befreundet sein. Sie machte Ernst.

Sawyer biss die Zähne aufeinander und ignorierte das heiße Gefühl der Beklemmung, das sich in seinen Eingeweiden breitmachte.

Kate durfte ausgehen. Sie durfte mit fremden Typen … was auch immer tun. Aber sie wollte den Mann fürs Leben finden? Das war so drastisch. Wann war das passiert?

Ruckartig stand Sawyer auf.

»Ich hol neues Bier«, murmelte er, nahm Harpers und seine leeren Flaschen und verließ den Raum.

Sein Zwerchfell war ein einziger schwarzer Klumpen. Sawyer bemühte sich, ruhig zu atmen. Was hatte er erwartet? Dass sie für immer allein blieb? Dass sie sich ewig von ihrem Vertrauensproblem das Leben kaputtmachen ließ?

Er ging in die Küche und riss den Kühlschrank auf. Die Angeln knarzten gefährlich. Scheiße, er hatte erwartet, dass sie verdammt noch mal zu *ihm* kam, wenn sie so weit war!

»Alles okay bei dir?«

Erschrocken wirbelte Sawyer herum und starrte geradewegs in Jareds Gesicht. Sein bester Freund presste die Lippen zusammen und verengte die Augen. Sein Blick Granit.

»Was soll sein?«, fragte Sawyer gelassen, zog das Bier aus dem Kühlschrank und schloss die Tür.

Jared lächelte verkniffen. »Nun, du hast gerade zugehört, oder? Kate? Sie will daten. Die große Liebe finden.«

»Ja, meine Ohren funktionieren.«

»Und?«

»Und was?«

Jared schnaubte. »Hast du ein Problem damit, Sawyer?«

Sein Kiefer spannte sich an, doch er schwieg. Es wäre nicht klug, allzu viel zu diesem Thema zu sagen.

Jared machte einen weiteren Schritt auf ihn zu und senkte die Stimme. »Du erinnerst dich an meine Worte, oder?«

Ja. Jareds berühmte Worte.

Wenn du mit ihr zusammenkommst, dann für immer. Und wenn du ihr das Herz brichst, breche ich dein Genick.

Schwer, eine solche Warnung seines besten Freundes zu vergessen. Vor allem, wenn sie mit einem Lächeln, aber eiskalten Augen ausgesprochen wurde.

Das Problem an der Sache war das *Für immer*. Sawyer wusste, dass er Kate für eine kurze Zeit überaus glücklich machen konnte. Beschissen, orgasmisch glücklich. Sobald er sie auch nur in die Nähe eines Bettes bekam, würden sie es tagelang nicht mehr verlassen. Es war die Zeit danach, die ihm Angst einflößte. Denn früher oder später machte er einen Fehler und verletzte die Personen um ihn herum. Und verlor sie. Bisher war er nie bereit gewesen, dieses Risiko einzugehen. Abgesehen davon, dass er nicht der Einzige mit emotionalen Problemen war. Kate befand sich da in einer ganz anderen Liga.

»Sie hat das Recht, glücklich zu werden, Sawyer«, fuhr Jared unbeirrt fort. »Und wenn du denkst, dass du derjenige bist, der das erreichen kann – dann tu dir keinen Zwang an. Geh mit ihr aus. Heirate sie. Krieg Kinder mit ihr. Ich werde dir nicht im Weg stehen. Aber wenn du zweifeln solltest, lässt du sie verdammt noch mal in Ruhe.«

Sawyer erwiderte ungerührt Jareds Blick. »Hatten wir dieses Gespräch nicht schon vor fünfzehn Jahren, Jare?«

»Ja. Aber ich hielt es für klug, dich noch einmal daran zu erinnern.«

»Warum?«

Jared verzog die Lippen zu einem mitleidigen Lächeln. »Oh bitte, Sawyer. Wir sind nicht blind. Wir alle wissen, dass du sie … willst. Nathan und ich haben uns schon vor fünfzehn Jahren darüber lustig gemacht, wie du jede beschissene Einzelheit deines Lebens geheim halten kannst, aber dein Gesicht entgleist, sobald es um Kate geht.« Jared ließ die Schultern kreisen und zog eine Grimasse. »Was auch immer. Ich will das Thema definitiv nicht vertiefen. Es ist mir auch egal. Solange du deine Finger bei dir behältst und sie nicht unglücklich machst, haben wir kein Problem, verstanden?«

Die Bierflaschen in Sawyers Händen waren kalt. Trotzdem brannten sie auf seiner Haut. »Ich werde ihr nicht im Weg stehen«, sagte er kühl. »Du hast dich schon das erste Mal sehr klar ausgedrückt.«

»Gut.« Jared schien erleichtert. Er schlug ihm auf die Schulter und griff sich ebenfalls ein Bier aus dem Kühlschrank. »Du bist mein bester Freund, Sawyer. Ich würde dir mein Leben anvertrauen.« Er grinste. »Ich liebe dich, Mann. Aber ich liebe Kate ein wenig mehr.«

Ja. Das würde Sawyer ihm niemals verübeln können. Er war froh, dass Kate ihn hatte. Auch wenn es seine Situation tausendfach erschwerte.

Zwei Stunden später parkte Sawyer vor seinem Haus, stieg aus und starrte zum Horizont. Er wohnte etwas oberhalb des Tals und in der Ferne erkannte er das helle Blinken des Leuchtturms. Der Turm, mit dem Kate dem Universum zeigen wollte, dass sie bereit für den nächsten Schritt in ihrem Leben war.

Sawyer hatte nicht das Gefühl, dass die Nachricht an die unendlichen Weiten des Sonnensystems gerichtet war. Er fühlte sich, als hätte Kate sie direkt an ihn adressiert. Und er war es leid.

Er war dieses beschissene Spiel, von dem weder Kate noch er wussten, wo es hinführen sollte, so verdammt leid.

Er wollte sie.

Hart gegen die Wand. Weich in seinem Bett. Süß auf seiner Küchenanrichte und heiß unter der Dusche.

Wäre sie jede andere Frau, hätte er sich längst genommen, wonach es ihm verlangte. Aber mit Kate war alles so viel komplizierter. Nichts an ihrer Beziehung war leicht, und das sollte nicht so sein. Wenn nicht so viel zwischen ihnen stehen würde, wenn nicht bei jedem Kuss eine Erwartung mitschwingen würde …

Er seufzte schwer. War es nicht egal? War es nicht besser, etwas zu riskieren, bevor es zu spät war?

Vielleicht wurde es Zeit, dass er endlich handelte. Vielleicht sollte er keine Rücksicht mehr darauf nehmen, dass sie noch nicht bereit waren. Er wünschte nur, Kate wäre ein Einsatz der Army, den er von vorne bis hinten planen könnte.

Mit den Gedanken noch immer bei Kate schlug er die Autotür zu und stapfte zu seinem Eingang. Erst als das Licht neben seiner Haustür ansprang, sah er, dass etwas auf der Veranda stand.

Eine Packung Zucker und Mehl lehnten an seiner Tür.

*

Kate gab nur ungern zu, nervös zu sein. Denn das würde bedeuten, dass sie nicht die Königin der Welt war, die über allem und jedem stand. Über die Jahre hinweg hatte sie sich eine *Wird-schon-schiefgehen*-Einstellung angeeignet. Denn diese minimierte die Wahrscheinlichkeit, enttäuscht zu werden. Leider hieß das nicht, dass sie weniger unsicher oder verletzlich als der Rest der Menschheit war. Wenn überhaupt, war es bei ihr sogar schlimmer. Sie hatte durch ihre Eltern früh gelernt, dass jeder Mensch nicht nur ein Gesicht hatte. Man war nicht nur nett oder nur böse. Man war liebevoll und egoistisch, hart und weich, man war von allem etwas – und das war aufregend, aber auch beängstigend. Denn so wusste man nie, was man bekam.

Dennoch redete sie sich selbst ein, dass es ihr gut ging und sie nur schwitzte, weil es im *Sullivan's* zu warm war.

Sie war seit Ewigkeiten nicht mehr auf einem Date gewesen. Schon gar nicht auf einem Blind Date. Kate kam grundsätzlich sehr gut mit Männern klar. Sie war mit Jared aufgewachsen, der sie so selten wie möglich allein zu Hause hatte lassen wollen, sodass Kate den Großteil ihrer Jugend mit ihm und seinen Freunden herumgehangen hatte. Aber es war etwas völlig anderes, sich mit einem Mann zu treffen, den man als potenziellen Partner ansah. Das war zu viel Druck. Es waren zu viele Erwartungen, zu verkrampfte Gespräche, zu …

Der Stuhl neben Kate schabte über den Boden. Erschrocken zuckte sie zusammen, doch es war nicht ihr Date. Es war Maya, die sich neben sie fallen ließ und ihr die Serviette aus der Hand zog, die sie mit den Fingern zerpflückt hatte.

»Dafür, dass du die offizielle Spaß-Beauftragte bist, siehst du ziemlich angespannt aus«, bemerkte sie.

»Ich hatte seit zwei Jahren keinen Sex mehr, Maya. Ich *bin* angespannt«, presste Kate zwischen den Zähnen hervor.

Maya bekam große Augen. »Warum lebst du seit zwei Jahren im Zölibat?«

»Weil ich nicht Jared bin und nicht mit jedem Kerl schlafe, der mir seine Brüste zeigt.«

Kate war nicht für lockeren Sex gemacht. Sie musste die Lieblingsfarbe des Mannes kennen, bevor sie mit ihm intim wurde. Ihr fiel es schwer, zu vertrauen … und Sex war einfach viel zu persönlich, als dass sie mit jedem John von der Tankstelle in die Kiste springen könnte.

Leider.

Maya tätschelte ihre Schulter. »Du machst dir zu viel Druck. Es ist ein Date. Es sollte Spaß machen, nicht stressig sein.«

Sie hatte gut reden! Maya hatte schließlich ihren perfekten Feuerwehrmann, der ihr nachts das Bett wärmte und morgens Kaffee kochte.

»Ich werde es schon überleben«, murrte Kate.

Maya grinste. »Das ist die richtige Einstellung. Wenn irgendetwas ist: Harper und ich sitzen an der Bar.«

Kates Blick wanderte durch den Raum und blieb an Harper hängen, die ihr fröhlich zuwinkte. Klasse, sie hatte Publikum.

Seufzend wies sie Maya an zu gehen und atmete dann durch. Sie war gestern beim Leuchtturm gewesen. Sie war bereit!

Außerdem hatte Maya recht. Sie musste sich entspannen. Den Morgen über hatte sie Mitch ein paar Häuser gezeigt. Wenn das Date hier nicht gut lief, konnte sie ihn immer noch fragen, ob er mit ihr … keine

Ahnung. Was trinken ging. So dateten die coolen Kids von heute doch, oder?

»Kate?«, erklang eine Stimme hinter ihr und überrascht wandte sie sich um. Vor ihr stand ein dunkelblonder Mann mit hellgrünen Augen und freundlichem Lächeln. Er war groß und muskulös und hätte gut auf eine Cornflakespackung oder in einen Urlaubskatalog gepasst. Kate hätte ihn gerne darum gebeten, sich einmal im Kreis zu drehen, aber das wäre möglicherweise etwas merkwürdig gewesen.

»Ja?«, fragte sie und stand auf.

»Hey.« Das Lächeln des Mannes wurde breiter. »Ich bin Clark. Ava will uns verkuppeln?«

Augenblicklich wurde Kate heiß und sie nickte pflichtbewusst. »Schön, dich kennenzulernen«, sagte sie nervös, bevor sie zögerlich hinzufügte: »Was ist deine Lieblingsfarbe?«

Zehn Minuten nachdem Kate herausgefunden hatte, dass Clarks Lieblingsfarbe Grün war, begann sie sich zu entspannen. Ihr Gegenüber war Architekt, lebte in Brentwood, einer Kleinstadt zehn Meilen nördlich von Eden Bay, und hatte einen Hund. Er war kommunikativ, offen, lachte gerne und machte ihr ein Kompliment nach dem anderen.

Kurzum, er war das Gegenteil von Sawyer.

Warum sie in genau diesem Moment an den blöden, stoischen Polizeichef dachte, war ihr schleierhaft, aber der Punkt war: Es gab noch nette, redselige und attraktive Männer. Das waren gute Neuigkeiten. Für Kate und den Rest der Welt.

Kate erzählte gerade von ihrer Collegezeit – denn ja, Clark hatte Interesse an ihr und redete nicht nur über sich selbst; er hörte zu und nickte interessiert! –, als die Kellnerin mit ihren Drinks kam.

Clark hatte ein alkoholfreies Bier bestellt, er musste noch fahren, Kate ihren Standard-Mojito.

Sobald sie jedoch an ihrem Getränk nippte, bemerkte sie, dass der Mojito dieses Mal überhaupt nicht ihren Standards entsprach. Stirnrunzelnd hielt sie die Kellnerin am Arm fest.

»Cindy, hast du den Alkohol vergessen?«, fragte sie leise.

Mit unschuldig großen Augen sah Cindy sie an. »Was? Vergessen? Nein, nein. Da ist Rum drin.«

Kate zog skeptisch die Augenbrauen zusammen. Cindy war gerade einundzwanzig geworden … und zufällig hatte Kate sie vor fünfzehn Jahren gebabysittet. Schon damals war sie eine schlechte Lügnerin gewesen. »Cindy«, sagte Kate warnend. »Hat Jared diesen Drink gemacht?«

Die Kellnerin lief puterrot an und schüttelte nicht sehr überzeugend den Kopf.

»Alles in Ordnung?«, wollte Clark verwirrt wissen.

Seufzend stand Kate auf. »Ja, alles super. Entschuldige mich nur kurz, ich bin gleich wieder da.«

Ihr Bruder stand hinter der Theke, versprühte flirtend seinen Charme und mixte Drinks. Sobald er sie jedoch kommen sah, entschuldigte er sich hastig von seinen Gästen und machte ein paar Schritte zurück.

»Jared«, bellte Kate wütend. »Wage es nicht, wegzulaufen!«

Er zog eine Grimasse, blieb allerdings stehen. »Was gibt es denn? Ich bin beschäftigt, Kate. Ich soll Sally gleich hinten in der Küche ablösen und …«

»In meinem Drink fehlt der Alkohol«, kam sie direkt zum Punkt und presste die Hände flach auf den Tresen.

Jared kratzte sich das stoppelige Kinn. »Und?«

»Ich habe einen Cocktail bestellt und Minzsaft bekommen.«

»Ahh … ja, der Alkohol ist aus.«

Kate schnaubte. »Du bist Barkeeper und hast keinen Alkohol mehr?«

»Ich habe katastrophal schlecht geplant.«

»Du hast eine Flasche Rum in der Hand, Jare!«

Hastig ließ ihr Bruder das Beweismittel sinken. »Ja, die letzte. Den bekommen die Kunden, die nicht mit mir verwandt sind.«

»Jared!«, fuhr sie ihn an. »Ich bin keine fünf mehr. Ich weiß, dass du mir meine Nase nicht wirklich geklaut hast. Also: Was soll das?«

Jared seufzte schwer und trat näher an die Theke. Nicht zuletzt, weil einige der Gäste sich schon zu ihnen umsahen.

»Eine reine Vorsichtsmaßnahme«, sagte er mit gesenkter Stimme.

Ungläubig riss sie die Augen auf. »Vorsichtsmaßnahme wofür?«

Jared zog eine Grimasse. »Du weißt schon. Ich bin dein großer Bruder, ich passe auf dich auf. Ich will nicht, dass du voreilige Entscheidungen triffst.«

»So wie dir einen Drink ins Gesicht zu schütten?«

Er grinste. »Versuch es ruhig. Das wäre nicht mein erster. Ich habe eine Menge Übung darin, mich zu ducken.«

Das war leider wahr. Jared hatte sich zwangsweise die Reflexe eines Gepards angeeignet. Es gab einfach zu viele von ihm verschmähte Frauen da draußen, die jederzeit mit einer Gabel oder auch einer Kettensäge auf ihn losgehen könnten.

»Ich bin erwachsen, Jare! Wenn ich mit meinem Date in die Kiste springen will, dann wirst du mich nicht davon abhalten können.«

»Oh Gott, dieses Bild! Hör auf, zu reden.«

»Hör du auf, dich wie ein Arschloch aufzuführen!«

Jared verzog konzentriert das Gesicht, so als denke er angestrengt über diese Option nach. Schließlich schüttelte er den Kopf und murmelte: »Apropos Arschloch. Hilf mir mal kurz. Die schwarzhaarige Frau da hinten bei der Dartscheibe … Hab ich nicht letzte Woche schon mit ihr geschlafen? Wenn ja: Wie heißt sie?«

Kate beugte sich über den Tresen und schlug fest mit der Faust auf seinen Oberarm. »Jetzt lenk nicht vom Thema ab. Außerdem helfe ich dir nicht dabei, scheiße zu Frauen zu sein!«

»Das ist sehr engstirnig von dir, wenn du mich fragst«, meinte er und rieb sich abwesend die Stelle, an der sie ihn getroffen hatte. »Wenn ich sie jetzt mit dem falschen Namen anspreche und ihre Gefühle verletze, ist das deine Schuld, Kate.«

»Engstirnig ist, dass du mit der halben Weltbevölkerung schlafen darfst, aber es mir verbieten willst.«

Jareds Kopf fuhr wieder zu ihr herum. »Das ist etwas völlig anderes. Bei mir ist das eher so was wie ein Hobby. Mir bedeuten die Frauen nichts. Du verbindest Sex mit Emotionen.«

Kopfschüttelnd presste sie die Lippen aufeinander. »Hörst du dir eigentlich manchmal selbst zu?«

»Ja. Mein rhetorischer Witz und meine unterschwellige Sensibilität überraschen mich auch jedes Mal aufs Neue.«

»Meine Güte«, fuhr sie ihn an und riss ihm im nächsten Moment die Rumflasche aus der Hand. »Jetzt schlaf ich erst recht mit ihm!«, zischte sie. »Und diese Flasche geht aufs Haus.«

Sie drehte sich auf dem Absatz um – und rannte prompt in eine muskulöse Mauer. Überrascht schnappte sie nach Luft, sog den Geruch ein, der sie plötzlich umgab … und wusste sofort, in wessen T-Shirt sie ihre Nase presste.

Shit.

Sie stolperte einen Schritt zurück und sah mit erhitztem Gesicht zu Sawyer hoch. Wieviel hatte er wohl von ihrer Diskussion mitbekommen?

»Mit wem willst du schlafen?«, fragte er trocken.

Offenbar zu viel.

»Mit jemand Heißem«, sagte sie knapp und war versucht, einen Schluck aus der Rum-Flasche zu nehmen.

Er hob eine Augenbraue, blickte zu dem Alkohol in ihren Händen und nickte dann. Gott, sie hasste es, wenn er schwieg. Fast noch mehr, als wenn er redete.

»Was … Was tust du überhaupt hier?«, wollte sie wissen. Er sollte gehen. Sie konnte ihn hier nicht gebrauchen.

»Ich habe Hunger und nur Zucker und Mehl im Haus.«

Ach, verdammt. Sie hätte ihm lieber eine Lasagne auf die Veranda stellen sollen.

»Schön«, sagte sie gepresst. »Dann … iss. Ist okay für mich.«

Sawyers andere Augenbraue folgte. »Brauche ich jetzt schon deine Erlaubnis, um hier essen zu dürfen?«

Ja, aber nur, wenn sie auf einem Date war. »Mach, was du willst, Sawyer«, murmelte sie gereizt und drängte sich an ihm vorbei. Warum blinkte auf einmal das Wort *Desaster* vor ihren Augen auf?

Kapitel 6

New York, 2005

Lieber Sawyer,

ist es schwer, ein Soldat zu sein? Die Kontrolle zu wahren und keine Angst zu haben? Das Richtige zu tun, auch wenn es anderen wie das Falsche erscheint?

Ich habe mich immer für einen guten Menschen gehalten. Zwischen all den kleinen Lügen, den überdehnten Gesetzen und den überhörten Anweisungen habe ich immer geglaubt, tief in meinem Herzen zu wissen, was es bedeutet, eine reine Seele zu haben. Offen zu sein, zu helfen, Gleichberechtigung zu fördern, wo keine zu finden ist. Aber je älter ich werde, desto schwerer fällt es mir, aus den kleinen Lügen keine großen werden zu lassen. Die Gesetze nur zu dehnen und nicht zu übertreten. Die Anweisungen nur zu ignorieren, nicht aktiv gegen sie anzugehen. Vielleicht heißt das einfach nur, dass ich erwachsen werde. Dass ich eigene Entscheidungen treffe und darauf vertraue, dass es die richtigen sind.

Aber Entscheidungen sind so ein zerbrechliches Geschäft. Mit so viel Verantwortung verbunden.

Bereust du deine Entscheidungen? Gegangen zu sein? Mich geküsst zu haben?

Lass dich nicht umbringen. Du schuldest mir noch eine Erklärung. Und einen Abschied.
Kate

Er sollte nicht hier sein.

Sawyer wusste das. Er hätte nach Hause fahren und ins Bett gehen sollen. Stattdessen saß er mit Maya und Harper an der Bar und war sich nur allzu sehr der Tatsache bewusst, dass Kate keine drei Meter von ihm entfernt mit einem fremden Typen auf einem Date war.

Einem blonden Fitnessstudio-Opfer, mit dem sie schlafen wollte.

Sawyer leerte sein Bier in einem Zug und knallte es zurück auf den Tresen.

Jap, er sollte definitiv nicht hier sein. Aber die masochistische Ader lag ihm einfach.

»Sawyer, alles okay bei dir?«, wollte Maya wissen.

Er blickte auf. »Was?«

»Na ja, es sieht aus, als wolltest du die Flasche allein mit der Kraft deiner Gedanken zerspringen lassen, also …«

»Also, was?«

»Deswegen die Frage, ob alles okay ist.«

»Warum sollte nicht alles okay sein?«

Hilfesuchend sah Maya zu Harper. »Ist er immer so anstrengend?«

Harper machte sich nicht die Mühe, ihr Lächeln zu verstecken. »Weißt du noch damals, als du dachtest, Nathan sei nicht im Einklang mit seinen Gefühlen?«, fragte sie. »Sawyer ist noch eine Spur schlimmer.«

Sawyer schnaubte. Das war Schwachsinn. Er wusste genau, was er fühlte. Sein Problem war, dass er seine Emotionen schlecht ausleben konnte. Das hier war eine öffentliche Bar. Die Leute würden komisch gucken, wenn er einen fremden Typen als Dartpfeil missbrauchte.

»Nathan hat sich schon deutlich gebessert«, sagte Maya stolz. »Wir haben gestern *Wie ein einziger Tag* geguckt und er hat am Ende geweint, ohne sich dafür zu schämen. Außerdem hat seine Mutter ihn neulich *Klößchen* genannt, weil er als Baby so dick war, und er hat ihr offen gesagt, dass er das nicht mag.«

Sawyer verzog die Lippen zu einem breiten Grinsen. Einen Moment lang vergaß er sogar, dass er sehr schlechte Laune hatte. Währenddessen fing Harper so laut an zu lachen, dass der Tresen unter Sawyers Hand vibrierte.

Mayas Wangen verfärbten sich rosa. »Ups«, sagte sie. »Ich glaube, das hätte ich euch nicht sagen sollen.«

»Doch!«, beteuerte Harper sofort japsend und wischte sich die Lachtränen weg. »Ich glaube, Gott hat gewollt, dass Sawyer und ich – und die ganze Feuerwehrwache – Nathans Spitznamen erfahren. Wenn wir ihn nicht *Klößchen* nennen, stolpert er sonst noch mitten in eine Identitätskrise! Meine Güte, ich liebe dich so sehr, Maya. Du hast mir gerade mein Weihnachtsgeschenk gemacht.«

Mayas Wangen glühten mittlerweile, doch auch an ihren Mundwinkeln zog ein Lächeln. »Sagt ihm bitte nicht, dass ihr das von mir habt. Nathan meinte gestern noch, ich würde zu viel und zu offen über seine Gefühle reden … und er darf nicht recht behalten.«

»Kein Problem«, versprach Harper noch immer lachend und tätschelte Mayas Schulter. »Das bleibt unser Geheimnis. *Klößchen* wird es nie erfahren. Oder, Sawyer?«

Sawyer nickte abwesend, während sein Blick an dem Rücken eines blonden Kerls hängenblieb, der sich gerade auf den Weg zur Toilette machte. Es war Kates Date.

Wie von selbst schob er seinen Hocker zurück. Es würde sicher nicht schaden, ein paar Worte mit ihm zu wechseln. Er stand auf, nickte den Mädels zu und lief dem aufgepumpten Hünen hinterher. Ja, ein kleines Pläuschchen mit ihm war jetzt genau das Richtige.

Die Toiletten lagen am anderen Ende eines engen Flurs. Als Sawyer sie erreichte, waren er und der völlig falsche Mann für Kate allein im Raum. Wunderbar.

Sawyer trat zu dem Fremden ans Waschbecken und wusch sich die Hände. Dann wandte er sich gelassen zur Seite und fragte im Plauderton: »Du bist mit der hübschen Blondine hier, oder? Der im blauen Kleid?«

Überrascht sah der andere Mann auf. »Ja. Woher weißt du das?«

»Sie ist eine schöne Frau und schwer zu übersehen.«

Grinsend trocknete sich der Mann die Hände ab. »Oh ja. Bestes Blind Date, das ich je hatte.«

Sawyer lächelte gezwungen. »Also ist sie intelligenter und gewitzter, als sie aussieht?«

Der Kerl lachte laut auf. »Ich habe keine Ahnung. Sie ist so heiß, dass ich mich nicht wirklich auf ihre Worte konzentrieren kann.« Er grinste verschlagen. »Ich kann es kaum erwarten, sie flachzulegen.«

Bevor Sawyer wusste, was er tat, drückte er dem Typen den Unterarm gegen die Kehle und pinnte ihn an die nächstbeste Wand.

Mit schockiert aufgerissenen Augen starrte der Kerl ihn an, unfähig zu sprechen. Vielleicht, weil er zu ängstlich war. Möglicherweise auch, weil Sawyer ihm die Luftzufuhr abschnürte.

»Du hörst mir jetzt mal gut zu«, knurrte Sawyer. »Du wirst jetzt zum Tisch zurückkehren, Kate zuwinken und abhauen. Dann wirst du dich in dein Auto setzen, nach Hause fahren und nie wieder einen Gedanken an sie verlieren. Denn ich schwöre dir: Wenn du sie auch nur in deinen Träumen anfasst, breche ich dir jeden Finger einzeln.«

Er ließ ihn los und sein Gegenüber stolperte nach vorne.

Sawyer zog den Saum seines T-Shirts hoch und entblößte seine Polizeimarke, bevor er leise hinzufügte: »Und ich weiß, wie ich damit davonkomme.«

Leichenblass und mit wässrigen Augen glotzte Kates Date ihn an, bevor es im nächsten Moment aus dem Bad floh.

Mhm. Das Gespräch war nicht ganz so gelassen und rational verlaufen, wie Sawyer sich das vorgestellt hatte. Wenn er genau drüber nachdachte, war das gerade äußerst dumm gewesen. Er hatte seine Autorität als Polizist ausgenutzt, um einen Zivilisten einzuschüchtern.

Er grinste. Was sollte es, der Zivilist war ein Schleimsack.

Selbstzufrieden wischte er seine Hände an der Hose ab und hielt sich mit Mühe davon ab, sich auf die eigene Schulter zu klopfen.

Mit einem guten Gefühl ging Sawyer zurück zur Bar und setzte sich an den Tresen. Harper und Maya lächelten ihm zu und diskutierten weiter darüber, wie man junge Frauen für eine Karriere bei der Feuerwehr begeistern könnte.

Sawyer bestellte sich entspannt ein weiteres Bier – als zwei Fäuste mit voller Wucht auf seinen Rücken krachten.

Überrascht von dem plötzlichen Ruck kippte er nach vorne. Der Hocker rutschte unter ihm weg und fiel polternd zu Boden, während er sich mit beiden Händen am Tresen abfing. »Was zum …«

Er kam nicht dazu, den Satz zu Ende zu führen.

»*Was ist dein beschissenes Problem?*« Ein weiterer Faustschlag traf ihn am Oberarm, der nächste landete auf seiner Schulter. »Was stimmt denn nur nicht mit dir?!«

Shit. Daran, dass der Kerl petzen könnte, hatte Sawyer gar nicht gedacht.

Seufzend wandte er sich um und fischte mit zwei Griffen Kates Fäuste aus der Luft, bevor sie sich noch ernsthaft verletzte.

»Oh, oh«, machte Harper unheilvoll. Als Sawyer auf seine Nemesis hinuntersah, wusste er auch, warum.

Kate riss ihre Handgelenke los und richtete sich zu ihrer vollen Größe auf, die Fäuste in die Seiten gestemmt. Ihre Augen sprühten Funken und ihre Lippen ergaben eine dünne Linie. Wäre Sawyer zwanzig Zentimeter kleiner gewesen, hätte er jetzt wohl Angst bekommen.

Na gut, eine leichte Gänsehaut bekam er trotzdem.

»Oh Gott, sie wird Sawyer zum Weinen bringen«, flüsterte Maya, laut genug, sodass jeder sie verstehen konnte.

»Gleich werden Regenbögen grau und Einhörner schwarz«, bestätigte Harper begeistert.

Kate ignorierte die beiden und stieß stattdessen fest mit ihren Händen gegen Sawyers Brust. Diesmal jedoch war er vorbereitet, sodass er sich keinen Millimeter vom Platz bewegte. Wenn sie so weitermachte, brach sie sich noch die Hand.

»Was zum Teufel hast du ihm gesagt?«, fuhr Kate ihn zornig an. »Er ist weggelaufen! Als wäre er Jared und hätte gerade einen Heiratsantrag bekommen!«

Weichei.

»Sawyer!«

Oh, das hatte er wohl laut ausgesprochen.

»Du hast gemeint, ich solle machen, was ich will, Kate«, stellte er schulterzuckend fest. »Ich habe dich beim Wort genommen.«

Kates Gesicht lief vor Wut rot an. »Du bist so ein verdammter Heuchler! *Rationalität*, ja?« Sie spuckte ihm das Wort vor die Füße. »Danach handelst du? Du elender Mistkerl! Du hast doch keinen einzigen rationalen Knochen in deinem Körper. Du bist noch viel schlimmer als ich, weil du *Muskeln* hast! Ich kann nur mit Worten zerstören, sonst würdest du jetzt schon am Boden liegen. Aber du …«

»Hey!«, ertönte eine neue Stimme. Sie gehörte Jared, der um den Tresen herumgehetzt war und sich nun zwischen die beiden schob. »Keine Schlägerei in meiner Bar. Ist das klar?«

»Halt die Klappe!« Jared musste aus dem Weg springen, damit Kate ihm nicht gegen das Schienbein trat. »Du bist doch auf seiner Seite. Wenn es nach dir ginge, würde ich einem Kloster beitreten und für immer allein sein!«

Schuldbewusst kratzte sich Jared am Hinterkopf. »Ein Mann wird doch noch träumen dürfen …«

»Nicht, wenn er auf Frauenherzen rumtritt!«

Jared hob beide Hände in die Höhe. »Ich bin ehrlich und offen zu den Frauen. Sie alle wissen, worauf sie sich einlassen.«

»*Schwachsinn!*«, sagte Kate verächtlich, bevor ihr Kopf erneut zu Sawyer herumfuhr. »Und *du*. Du hast mir damals ges…«

Blitzschnell presste Sawyer ihr die Hand auf den Mund. Nichts, was darauf folgen könnte, war für fremde Ohren bestimmt. Verstohlen sah er sich um – jap, sie hatten ein Publikum.

»Ich regle das«, murmelte er Jared zu und dirigierte Kate Richtung Ausgang, die Finger noch immer über ihren Lippen verschränkt.

Ungläubig sah sie ihn an und er spürte, wie sie versuchte, in seine Hand zu beißen.

»Kate?«, rief Harper ihr alarmiert hinterher. »Tritt Sawyer einmal fest auf den Fuß, wenn du willst, dass wir mitkommen und dich vor ihm retten!«

Hastig legte Sawyer einen Arm um ihre Mitte und hob sie kaum merklich vom Boden. Er wollte kein Risiko eingehen.

»Wenn sie in zwanzig Minuten nicht zurück ist, kommen wir sie suchen, Sawyer!«, warnte Maya ihn.

Herrgott, er würde mit ihr reden, keinen Felsblock um ihre Füße binden und sie ins Meer werfen! Doch er nickte nur, lächelte Avas Großmutter zu, die eifrig mit ihrem Handy ein paar Fotos machte, und bugsierte die strampelnde Kate aus der Tür, ihren warmen Rücken fest an seine Brust gepresst.

Er nahm die Hand erst von ihrem Mund, als er den Pub hinter sich gelassen und den von fahlen Laternen erleuchteten Pier erreicht hatte. Fern von allen Blicken.

»Lass mich los, Sawyer!«, fuhr sie ihn sofort an und versuchte sich aus seiner Zwangsumarmung zu befreien.

»Nur, wenn du versprichst, mich nicht wieder zu schlagen.«

Kate schwieg.

»Katie …«

»Hör auf, mich so zu nennen! Und ich verspreche überhaupt nichts. Wenn dir dein Gesicht so gefällt, wie es ist, hättest du Clark nicht mit dem Tod drohen sollen!«

»Clark?«

»Mein Date!«

»Ach, das Weichei. Ich habe ihm nicht mit dem Tod gedroht.« An Fingerbrüchen starb man nicht. Zumindest nicht, wenn man es richtig anstellte. Und Sawyer wusste, was er tat.

»Es ist mir scheißegal, *was* du gesagt hast«, zischte Kate und gab sich Mühe dabei, ihren Ellenbogen in Sawyers Magen zu stoßen. »Er ist vom Klo gekommen und sah aus, als hätte er mit Kreide herumexperimentiert! Und wenn du mich nicht sofort loslässt, fange ich an zu schreien.«

Widerstrebend lockerte Sawyer den Griff, sodass Kate quälend langsam an seinem Körper hinunterglitt, bis sie mit den Füßen auf dem Boden aufkam.

Wütend machte sie sich los und brachte einen Meter Sicherheitsabstand zwischen sie. Er war sich fast sicher, dass er sie in seinem Leben noch nicht so wütend gesehen hatte …

*

Kate war in ihrem Leben noch nicht so wütend gewesen.

Ihr Atem ging schwer, ihr Kiefer tat weh, weil sie die Zähne so fest zusammenpresste, und ihre Fingerknöchel knackten bei jeder Bewegung.

Sie schluckte mehrmals, sog die kalte Seeluft ein, lauschte dem Schwappen des Wassers … und fand doch keine Ruhe.

Sie war es so leid.

So leid, dass Sawyer in den unpassendsten Momenten ihre Gedanken vereinnahmte. Als sei er ein Schatten, dem sie nicht entkommen konnte. Sie war es so leid, dass Jared alles besser wusste. So leid, immer die Fassung zu verlieren, sobald Sawyer auf der Bildfläche erschien. So leid, von Heuchlern umgeben zu sein. So leid, selbst einer zu sein.

Also atmete sie tief durch, rang ihren Zorn nieder und reckte das Kinn. Dann sagte sie kühl: »Entschuldige dich bei mir.«

Sawyer hob die Augenbrauen und öffnete den Mund.

»Wenn du mich jetzt fragst, wofür, werde ich dahin treten, wo es wehtut.«

Er schloss den Mund wieder, stieß einen langen Atemzug aus und verzog das Gesicht. »Ich will dich nicht anlügen, Kate … Es tut mir nicht leid.«

»Du hast ihn *bedroht*!«, fuhr sie ihn an. »Du, Mister Rational, hast ihm gedroht! Du bist *Polizist*, Sawyer. Er könnte dich verdammt noch mal anzeigen.«

»Ach, bitte. Der Kerl hatte Angst vor Regentropfen.«

»Trotzdem könnte er dich den Job kosten!«

»Denkst du, das ist mir nicht klar? Mir sind die Gesetze sehr wohl bekannt.«

»Was ist dann *los* mit dir? Du bist doch sonst so verdammt gut darin, jede noch so nervige Regel zu befolgen.«

Sawyer schnaubte und wandte stumm den Blick ab.

»Sawyer!«, blaffte sie. »Jetzt mach deinen verdammten Mund auf. Ich hasse es, wenn du einfach aufhörst zu reden.«

Einige Momente lang presste Sawyer die Lippen aufeinander, bevor er abgehackt fragte: »Was willst du von mir hören, Kate?«

»Warum? Warum zum Teufel?«

»Warum, was?«

»Warum hast du ihm gedroht? Warum hast du mir den Abend kaputt gemacht? Warum kannst du nicht ein einziges Mal einfach … einfach sein?«

Sawyer lachte freudlos auf und verschränkte die Arme hinter dem Rücken. »Du bist die einzige Person, die denkt, dass ich kompliziert bin, ist dir das bewusst? Viele Leute sind davon überzeugt, dass ich sehr simpel gestrickt bin.«

»Nun, dann bin ich offensichtlich die einzige Person, die dich richtig kennt. Du bist ein beschissener fünfzehnfarbiger Zopfpullover!«

Sawyers Mundwinkel zuckten kurz, doch dann verdüsterte sich seine Miene schlagartig. Als er ihr wieder in die Augen sah, konnte sie seine Pupillen nicht mehr von den Iriden unterscheiden. »Mir macht das keinen Spaß, Kate«, sagte er gezwungen ruhig. Seine Stimme trocken wie Sägespäne. »Es ist, als würde mein Kopf komplett aussetzen, wenn es um dich geht. Ich tue Dinge, ohne zu wissen, was ich da tue. Ich sage Dinge, ohne zu wissen, was ich da eigentlich sage. Und am Ende stehen wir wieder genau da, wo wir angefangen haben. Wir streiten uns, ohne wirklich zu wissen, worüber. Wollen befreundet sein, können es aber nicht. Wir sagen, dass es keine Regeln gibt, obwohl wir jeden beschissenen Tag nach ihnen leben. Und es kotzt mich an, bei dir nicht ich selbst, sondern ein Vollidiot zu sein.«

»Dann hör auf damit«, flehte sie und machte einen Schritt auf ihn zu.

»Ich *kann* nicht«, murmelte Sawyer. »Du lässt mich nicht.«

»Ach. Jetzt ist es meine Schuld, dass du mein Date zu Tode erschreckt hast?«

»Der Wichser wollte dich doch nur ins Bett bekommen, Katie!«

»Na und?!«, fuhr sie ihn an und ballte die Hände zu Fäusten. »Vielleicht war das ja genau mein Ziel! Vielleicht wollte ich einfach mal wieder flachgelegt werden.«

»Scheiße, nein, das willst du nicht!«, schrie Sawyer sie an. Seine Stimme durchschnitt die Luft und fuhr ihr durch Mark und Bein. Erschrocken über seinen Ausbruch stolperte sie ein paar Schritte zurück.

Schwer atmend starrte Sawyer sie an. »Du hast *was Besseres* verdient als einen kurzen Fick mit einem Fremden! Gott, wenn du einfach nur deine überschüssige Energie loswerden willst, dann komm verdammt noch mal zu mir!«

Kates Herz sackte ruckartig drei Stockwerke tiefer.

Das Laternenlicht spiegelte sich in Sawyers Augen und warf dunkle Schatten über sein Gesicht. Doch sie erkannte jede einzelne Regung darin.

»Wenn es dir nur darum geht, flachgelegt zu werden«, flüsterte er düster und trat näher an sie heran, »dann klopf bei *mir* an die Tür und dann werden wir die ganze Nacht beenden, was wir vor fünfzehn Jahren begonnen haben. Aber du gehst nicht zu irgendeinem Anabolikaopfer, das deinen Namen in seinen Bettpfosten ritzt.«

Kates Lippen öffneten sich und sprachlos sah sie zu ihm auf. Seine Fußspitzen berührten ihre und die Hitze, die von seinem Körper ausging, legte sich auf ihre Haut. Sammelte sich schwer in ihrem Unterleib.

»Was soll das, Sawyer?«, flüsterte sie mit zitternder Stimme.

»Als ob du das nicht schon längst wüsstest«, bemerkte er rau und griff nach ihren Händen, strich mit den Fingern ihren Arm hinauf und hinterließ kleine elektrische Impulse auf ihrer Haut.

»Ich will dich, Kate«, wisperte Sawyer. »Ich will dich so verdammt sehr, dass ich nachts nicht schlafen kann. Dass ich hart werde, wenn ich nur an dich denke.«

Augenblicklich wurden ihre Handflächen feucht. Sie wollte das nicht hören … und gleichzeitig wünschte sie, dass er weitersprach. Dass er ihr erzählte, woran er dachte, wenn er nachts nicht schlafen konnte.

Seine Finger sanken in ihre Haare, er hob ihr Kinn an.

»Ich will dich ausziehen, auf mein Bett legen und jeden Zentimeter deines Körpers berühren. Ich möchte in dir versinken. Ich möchte dich über meinen Tisch legen und von hinten nehmen. Ich möchte dich hart gegen die Wand nehmen. Ich möchte dich langsam unter der Dusche nehmen – mir ist der Ort egal. Hauptsache, ich bekomme dich. Ich kann nicht mehr klar denken.«

Ihr Atem beschleunigte sich und ihr Puls jagte in die Höhe. Seine Worte flogen durch ihren Kopf, vernebelten ihre Sinne, ließen ihre Brüste schwer werden und verglühten ihr Inneres.

»Und jetzt erzähl mir nicht, dass ich damit allein bin, Katie«, murmelte er, sein Blick hart und eindringlich. »Du wirst doch schon kurzatmig, wenn ich dich am

Ellenbogen berühre. Das zwischen uns ist Chemie. Du wolltest mich vor fünfzehn Jahren und du willst mich noch immer.«

Kates Inneres zog sich zusammen, ihr Herz pochte laut in ihrem Kopf. »Du hast keine Ahnung, was ich will«, flüsterte sie und hob die Hand. Vielleicht, um ihm eine Ohrfeige zu geben. Vielleicht, um ihn wegzustoßen … Doch bevor sie sich bewegen konnte, umfasste Sawyer ihr Handgelenk und zog sie an seine Brust.

»Natürlich weiß ich, was du willst«, murmelte er, seine Lippen nur Zentimeter von ihren entfernt. Die Arme um ihren Rücken geschlungen. »Denn ich will dasselbe.«

Und dann senkte er den Mund auf ihren.

Sein Kuss war nicht sanft. Er war hart und hungrig. Nahm von ihr Besitz, wollte sie nicht gehen lassen, ließ sie Feuer fangen.

Es war, als stünde Kate unter Strom. Als wäre jede seiner Berührungen zu viel für sie. Seine Hände, die unter ihr Kleid fuhren. Über ihre Brüste strichen, ihren Po umfassten, sie gegen seine harte Erektion drückten und überall zugleich waren. Seine Lippen, die sich hart auf ihre pressten. Seine Muskeln, die sich unter ihren Händen anspannten.

Kate ging in Flammen auf. Jede Stelle, die Sawyer berührte, kribbelte vor Verlangen. Sie glitt gierig mit den Händen über seinen Körper, zog sein T-Shirt aus der Hose, fand glatte, heiße Haut. Strich über seine Bauchmuskeln, über die feinen Härchen auf seiner Brust.

Sawyer drängte sich gegen sie, bis sie nach hinten stolperte und einen harten Widerstand in ihrem Rücken spürte. Einen der Holzpfähle direkt am Wasser, der gerade genug Platz für ihren Rücken bot.

Er vertiefte den Kuss. Kate kratzte mit den Nägeln über seinen Rücken, stöhnte laut auf und öffnete die Lippen. Sofort drängte seine Zunge heiß gegen ihre, während sie den Rücken ins Hohlkreuz bog, ein Bein um seine Hüfte legte und ihre intimste Stelle an seiner Härte rieb.

Sawyer fluchte leise und der Ton, der aus seiner Kehle drang, war purer männlicher Hunger. Er glitt mit den Lippen über ihren Hals, biss ihr ins Ohrläppchen, kratzte mit den Zähnen über ihr Schlüsselbein, während er sie am Po hochhob und fester gegen den breiten Pfahl presste.

Kate flocht die Arme um seinen Hals, bevor sie beide Beine um ihn legte. Sie wollte seine Hüfte näher zu sich heranziehen, doch er ließ sie nicht. Er hielt lästig viel Abstand zwischen ihnen, er … Ihrer Kehle entglitt ein Keuchen, als er plötzlich den Stoff ihres Kleides hochstrich und die empfindliche Haut der Innenseite ihrer Schenkel entlangfuhr. Höher wanderte, bis er den Rand ihres Höschens streifte. Eine Gänsehaut kletterte ihre Beine hinab, wurde zu einem Ziehen in ihrem Unterleib.

Mit dem einen Arm hielt er sie in der Luft, gegen den Pfahl gedrückt. Der andere war anderweitig beschäftigt.

Kate krallte die Nägel in seine Schultern, als er die Fingerknöchel zwischen ihre Schenkel drängte und mit ihnen über das feuchte Stück Stoff dazwischen rieb.

Sie wimmerte, doch war unfähig zu sprechen. Denn Sawyer versiegelte erneut ihre Lippen. Er küsste sie fordernd, biss in ihre Unterlippe, während er mit den Fingerspitzen unter den Bund ihres Höschens wanderte und spielerisch durch ihre feuchte Mitte glitt.

»Sawyer«, keuchte sie, den Blick in seine vor Verlangen verdunkelten Augen gerichtet. »Bitte …«

Ein verschmitztes Lächeln flog über Sawyers Gesicht … bevor er zwei Finger in sie hineingleiten ließ. Er stieß rein und raus, bog die Fingerspitzen nach oben und presste den Daumen auf ihren sensibelsten Punkt. Umkreiste ihn. Rieb vor und zurück.

Das war alles, was sie brauchte.

Mit einem erstickten Schrei löste Kate sich unter seiner Berührung auf.

Sawyers Daumen kreiste weiter um ihre Mitte, bis sie ihre Stirn erschöpft auf seine Schulter fallen ließ und in seinen Armen zusammensank.

»Scheiße«, fluchte sie, während Sawyer die Hand zwischen ihren Beinen hervorzog und Kate langsam auf den Boden sinken ließ. »Scheiße.« Sie krallte die Finger in sein T-Shirt und stieß mit der Stirn gegen seine Brust. »Scheiße, scheiße, scheiße!«

Sie wollte mehr. Sie brauchte mehr.

Was hatte sie getan? Warum hatte sie nachgeben müssen? Sie hatte sich doch niemals daran erinnern wollen, wie es sich anfühlte, Sawyer zu küssen.

Sie schluckte. Spürte, wie seine Erektion gegen ihren Bauch drückte. Wollte die Hand in seine Hose schieben, ihn fest umschließen … und gleichzeitig weglaufen und nicht mehr zurücksehen.

»Hör auf, Kate«, murmelte Sawyer an ihrem Ohr. »Hör auf, es kaputtzudenken.« Er küsste ihren Scheitel, ihre Schläfe.

Sie leckte sich über die Lippen und wollte den Kopf in den Nacken legen, um ihn anzusehen – als das Geräusch eines startenden Motors die Nacht zerriss.

Erschrocken zuckte Kate zusammen und stieß Sawyer instinktiv mit beiden Händen von sich. Etwas heftiger als geplant.

Ein Schwall Luft entfuhr ihm. Überrascht taumelte er, stolperte nach hinten … und fiel über die Kante des Holzstegs. Eine Sekunde später erklang ein dumpfes Platschen.

»Sawyer?« Entsetzt schlug Kate die Hand vor den Mund, während sie zum Rand des Piers rannte. Mit aufgerissenen Augen starrte sie in die seichten Wellen fünf Meter unter sich. Das Wasser war schwarz und undurchdringlich. Sie erkannte immer noch die Kreise, die Sawyers Aufprall auf der Oberfläche hinterlassen hatte.

»Sawyer!«, rief sie panisch. »Scheiße, Sawyer, jetzt tauch schon auf!«

Sawyer war ein guter Schwimmer – er war verdammt noch mal ein Navy Seal! –, trotzdem sammelte sich kalte Angst in Kates Magen und formte sich zu einem schweren Stein.

Warum tauchte er nicht auf?

Nervös zupfte sie am Saum ihres Kleides. Sie sollte ihm nachspringen. Sie sollte …

Das Wasser unter ihr geriet in Unruhe und im nächsten Moment brach Sawyers Kopf zwischen den Wellen hervor.

»Scheiße, ist das kalt!«, fluchte er.

Erleichtert sackten Kates Schultern nach unten. »Komm da raus!«, wies sie ihn an und stieß zischend Luft aus.

Sie konnte einen Mann doch nicht dafür umbringen, dass er sie zum Orgasmus gebracht hatte! Das war einfach nur gesellschaftlich verwerflich.

Sawyer schnaubte und sah zu ihr hoch, bevor er zu einer der Leitern schwamm, die vom Pier ins Wasser ragten. »Ich hatte nicht vor, unnötig lang hier rumzuhängen«, knurrte er. »Und ich versuche mir gerade einzureden, dass du das nicht mit Absicht gemacht hast!«

»Es war ein Versehen! Ich … habe meine Kraft falsch eingeschätzt«, versicherte Kate ihm mit brennenden Wangen.

»Welche Kraft?«, wollte Sawyer wissen, als er nach der ersten Sprosse griff. »Und warum ist Eden Bay die einzige verdammte Stadt, deren Pier nicht mit einem Zaun gesichert ist?«

»Hey, du bist die Polizei«, erinnerte Kate ihn und versuchte gegen das Lächeln anzukämpfen, das hartnäckig an ihren Mundwinkeln zog. »Ist es nicht deine Aufgabe, diese Stadt zu sichern?«

»Vor dir kann man nichts in Sicherheit bringen!«, stellte er klar. Die metallenen Sprossen ächzten unter seinem Gewicht, bis er ein paar Sekunden später auf den Holzsteg sprang.

Kate starrte ihn an.

Das Shirt klebte an seinem Oberkörper und zeichnete seine Muskeln nach. Das Licht einer nahen Laterne tanzte in seinen nassen Haaren und brach sich in den Wassertropfen, die von den Spitzen tropften und seinen Hals hinabglitten.

Er war ein absurd schöner Mann.

»Du hast da ein bisschen Wasser auf deinem Körper«, stellte sie hüstelnd fest.

Sawyer schenkte ihr einen düsteren Blick. Im nächsten Moment zog er das T-Shirt über den Kopf.

Ihre Augen weiteten sich und ihr Uterus gab ein anerkennendes Nicken von sich. Sawyers Körper war … Kunst. Perfektion. Und das Letzte, was sie gerade sehen wollte.

Abrupt schlug sie sich die Hand über die Augen. »Was *tust* du?«

»Ich will mich nicht erkälten.«

Sie linste durch ihre Finger. Ein paar Sekunden lang sah sie ihn nur blinzelnd an – dann schüttelte sie schnaubend den Kopf und ließ die Hand fallen. »Oh ja. Niemand will, dass du dir eine Männergrippe einfängst!«

Sawyer verschränkte die Oberarme und sah sie missbilligend an. »Findest du es lustig, dass ich gerade erfriere?«

»Du bist eine wandelnde Heizung, Sawyer! Du würdest fünfzig Kilo Feuerholz ersetzen, also hör auf zu jammern.«

Sawyer hob einen Mundwinkel. »Vielleicht solltest du mich trotzdem besser fest umarmen. Nur um sicherzugehen. Effektiver wäre das Ganze natürlich, wenn du dich ausziehst und mich mit deiner Körperwärme vor Gefrierbrand rettest.«

Nachdenklich neigte sie den Kopf zur Seite. »Mhm … So langsam fange ich an zu glauben, dass ich dich unterbewusst doch absichtlich ins Wasser geschubst habe.« Sie ließ den Blick seinen harten, flachen Bauch hinunterwandern und starrte auf den Reißverschluss seiner Jeans. »Geht es dir gut da unten oder ist alles verschrumpelt?«

Sawyer verengte die Augen. »Du genießt das hier, oder?«

»Ja. Sehr.« Sie lächelte breit und machte einen Schritt auf ihn zu – gerade als er mit den Fingern zu dem Knopf seiner Jeans fuhr.

Ungläubig schlug sie auf seine Hand. »Wage es nicht, auch noch deine Hose auszuziehen!«

Grinsend hielt er in der Bewegung inne. »Wieso? Damit würde ich dir einige Arbeit ersparen.«

Blut sammelte sich in ihren Wangen. Hastig schüttelte sie den Kopf. »Wir werden das nicht zu Ende führen, Sawyer.«

Er hob die Augenbrauen und sah nicht sehr überzeugt aus. »Das ist nicht ganz fair. Soweit ich mich erinnere, hast du es schon zum Ende geschafft. Ich hingegen …«

»Halt die Klappe«, sagte sie augenverdrehend. »Du würdest einen von mir verursachten Orgasmus doch gar nicht überleben. Ich habe dir also einen Gefallen getan.« Ihr Kopf glühte und sie vermied es, ihn anzusehen. Abwesend zog sie ihm eine Alge von der Schulter … und kam mit dem Blick auf seiner Brust zum Liegen.

Aber nicht auf seinen Muskeln. Sondern auf der Kette, die er um den Hals trug.

Eine silberne Kette, an der die Erkennungsmarke aus seiner Zeit beim Militär hing. Doch das war nicht der einzige Anhänger, der auf Sawyers Brust auflag. Ein schlichtes Herz, kaum größer als ihre Fingerkuppe, hing daneben.

Verblüfft öffnete Kate die Lippen und streckte wie von selbst die Hand danach aus. Sie streifte Sawyers Haut, ließ das kühle Metall über ihre Finger gleiten und drehte den Anhänger um. Ein kleines, geschwungenes K war dort eingraviert.

Ihr Herz blieb stehen. Weigerte sich, weiterzuschlagen – bevor es stolperte und anfing zu rasen.

Ganz langsam hob sie den Blick, bis sie in Sawyers dunkle Augen sah. Die ehrlichen Augen. Die verschlossenen Augen. Die undurchdringlichen und dennoch immer warmen Augen. Die Augen, die gerade nichts als Vorsicht preisgaben.

»Du … Du hast ihn bekommen«, sagte sie leise und runzelte verwirrt die Stirn.

Sawyer nickte stumm. Noch immer tropfte Wasser aus seinen Haarspitzen über seine Haut. Floss wie Tränen seine Wangen hinab.

»Du hast ihn bekommen«, wiederholte sie, ihre Stimme kaum mehr ein Flüstern. »Und du hast ihn immer noch.«

»Natürlich«, murmelte er und räusperte sich. »Was hätte mich sonst beschützen sollen?«

Kates Herz zog sich zusammen, schien plötzlich schwerer als zuvor. Als würde eine Last, die sie schon vergessen geglaubt hatte, erneut auf sie herabdrücken. Sie ließ die Hand sinken und grub die Finger in den Stoff ihres Kleides.

»Aber das bedeutet … Du hast auch die Briefe bekommen.«

Sawyer schloss einen Moment lang die Augen, bevor er nickte. »Ja.«

»Wie viele?«

»Wie viele hast du geschickt?«

»Dreiundsechzig.«

»Dann alle.«

Sprachlos starrte sie ihn an. Unsicher, was sie gerade fühlte. Ob es gut oder schlecht war. Ob es wunderbar oder furchtbar war. »Ich dachte immer, sie wären verloren gegangen. Ich dachte … Ich dachte, sie hätten dich nicht erreicht.«

Er schüttelte den Kopf. »Sie sind angekommen.«

»Und du hast sie gelesen?«

»Natürlich.«

Ein Kloß drängte sich ihren Hals hinauf und ihre Augen fingen an zu brennen. »Du hast nie geantwortet.«

Wieder nickte er.

»Ich habe dir fünf Jahre lang geschrieben, Sawyer«, wisperte sie und schluckte. »Fünf Jahre lang. Und du hast keinen Mucks von dir gegeben. Du hast mir nie gesagt, wann du Urlaub hattest. Du hast Jared in New York besucht und bist mir absichtlich aus dem Weg gegangen. Du … Du hast mich ignoriert.« Das Brennen in ihren Augen wurde unerträglich. Hastig wich sie einen Schritt zurück. »Ich habe dir fünf Jahre lang von meinem Leben erzählt. Dir praktisch mein Herz ausgeschüttet und … du hast es nicht mal für nötig gehalten, zweihundert Meter die Straße hinunterzugehen und mich zu besuchen, wenn du bei Jared in New York warst.«

Mit geweiteten Augen starrte sie Sawyer an. Wieder nickte er.

Nickte und schwieg.

Einige endlose Momente lang war Kates Geist wie leergewischt. Da war nichts mehr. Keine Wut, kein Verlangen. Gar nichts.

»Das war ein Fehler«, murmelte sie und wandte den Blick ab. »Der Kuss und … alles andere. Das muss aufhören, Sawyer. Du kannst unsere Regeln nicht auf ewig dehnen. Du kannst nicht alles kaputtmachen, was ich mir die letzten Tage so schön zurechtgelegt habe. Lass es sein. Ich habe es verdient, neu anzufangen. Ich habe das Recht, dich … dich aufzugeben.« Sie lächelte zittrig und legte die Arme um ihre Mitte. »Und wenn ich mit der halben Stadt schlafen wollte, könnte ich das tun. Wenn ich morgen gehen wollen würde, könnte ich das tun. Du hattest zwei Jahre Zeit, Sawyer, du … Ach, scheiße, du hattest siebzehn Jahre Zeit, es mit mir zu versuchen. Und es ist nicht fair, dass du jetzt deine Meinung änderst.«

»Kate«, flüsterte er, sein Blick plötzlich weich und nachgiebig. »So ist das nicht. Ich habe nicht … Ich wollte einfach nicht, dass …«

»Nein«, unterbrach sie ihn kopfschüttelnd, während sie zwanghaft versuchte, ihr wild klopfendes Herz zu beruhigen. »*Nein.* Ich will nicht mehr. Du wirst mir nicht noch einmal das Herz brechen, Sawyer.«

Dann wandte sie sich auf dem Absatz um und ließ ihn am Pier stehen. Abstand. Sie brauchte Abstand.

Und vielleicht eine Elektroschocktherapie.

Kapitel 7

New York, 2005

Lieber Sawyer,

meine Mutter war gestern zu Besuch und es wird dich wundern zu hören, dass sie sich halbwegs menschlich verhalten hat. Sie hat Dad kein einziges Mal erwähnt. Bis sie den Plattenspieler in meinem Schlafzimmer gefunden hat. Sie hat ihn sofort erkannt. Es war ihr Lieblingsstück damals, weißt du? Ich wusste es nicht, aber anscheinend hat Dad ihn bei der Scheidung für sich beansprucht, nur um ihn dann mir zu schenken.

Er wollte sie absichtlich verletzen, Sawyer! Er hatte keine einzige Schallplatte und wollte diesen blöden Spieler dennoch haben, nur um sie wütend zu machen.

Ich kann mir überhaupt nicht mehr vorstellen, dass sie sich jemals geliebt haben sollen. Ich erinnere mich nur daran, dass sie sich gestritten haben. Immer und immer wieder. Endlose Tage lang.

Aber Mom meint, dass früher alles anders war. Dass sie eine solche Leidenschaft füreinander empfunden hätten, dass kein Weg daran vorbeiführte, dass sie miteinander … nun. Ich denke, das Bild wird klar. Mom sagt, sie wären nie gut füreinander gewesen und hätten Lust mit Liebe verwechselt. Dad meint, sie hätten sich zu sehr geliebt. Zu stark füreinander empfunden, um irgendeine abgeschwächte Version dessen als genügend zu empfinden.

Ich weiß nicht, was stimmt. Ich frage mich nur, ob klare, unbefleckte Liebe überhaupt existiert. Ich glaube, die Antwort zu kennen. Und ganz ehrlich? Was nützt sie einem dann? Die Liebe. Ist es nicht besser, gar nicht zu lieben, als irgendwann von Hass zerfressen zu werden und zwei Kinder zurückzulassen, die in einem Haushalt aufwachsen, in dem mehr Teller auf den Boden geschmissen als auf den Tisch gestellt werden?

Ich bin mir ziemlich sicher, dass ich dich geliebt habe, Sawyer. So unverfälscht und rein, wie eine Sechzehnjährige lieben kann. Aber wer weiß, was aus meiner Liebe geworden wäre?

Vielleicht ist es besser, dass du mir nie Hoffnung gemacht hast, dass es mehr werden könnte. Vielleicht habe ich es so leichter.

Lass dich nicht umbringen. Du schuldest mir noch eine Erklärung. Und einen Abschied.

Kate

Holz splitterte und Staub wirbelte auf.

In seiner Jugend hatte Sawyer nur zum Brecheisen gegriffen, um in den Stall des benachbarten Bauern einzubrechen und die Tiere aufzumischen. Wie sich herausstellte, war er jedoch auch sehr talentiert darin, damit den Boden des baufälligen Schuppens seines Onkels auszuhebeln und zu zerstören. Das Holz war morsch und brüchig und das Land mehr wert, wenn Sawyer den Schuppen abriss, bevor er das verstaubte Haus seines Onkels verkaufte. Fast fünf Jahre lang hatte er zusammen mit Gerry hier gelebt und es in den letzten sieben Jahren so gut wie möglich ignoriert.

Außerdem hatte er eine Menge Energie, die er weder bei seiner täglichen Fünf-Meilen-Laufstrecke noch auf der Stemmbank hatte loswerden können.

»Jetzt versteh ich, warum die Jugendlichen der Stadt Angst vor dir haben«, riss ihn Adam aus den Gedanken.

Sein Freund stand mit verschränkten Armen an der gegenüberliegenden Wand und betrachtete ihn skeptisch.

Adam mochte sich als reicher Schnösel qualifizieren, aber er war verdammt talentiert im Umgang mit Hammer und Schraubenzieher und Sawyer konnte eine helfende Hand gebrauchen.

»Sie haben Angst vor mir, weil sie wissen, dass ich sie aus fünf Meilen Entfernung mit einem gezielten Kopfschuss erledigen könnte«, meinte Sawyer, riss die Diele aus dem Boden und warf sie auf den Stapel vor der Tür.

»Hm«, machte Adam und verzog das Gesicht. »Jetzt habe *ich* Angst vor dir.«

»Wenn du endlich deinen faulen Arsch bewegst, hast du nichts zu befürchten.«

Adam grinste nur. »Du scheinst das schon ganz gut allein hinzukriegen … Hast du zu viel Red Bull getrunken oder warum rennst du rum wie ein Kleinkind auf Traubenzucker?«

»Ich will das Haus einfach fertig haben«, sagte Sawyer düster.

»Brauchst du das Geld? Keine Sorge, Kate ist ein Genie. Sie wird dir einen guten Preis raushandeln. Menschen, vor allem Männer, fressen ihr aus der Hand.«

Als ob Sawyer das nicht wüsste. Als ob er nicht selbst einer dieser armseligen Bastarde war. »Ich weiß noch nicht, ob ich Kate damit beauftrage«, murmelte er abwesend und zog seine Arbeitshandschuhe höher, bevor er erneut zur Brechstange griff.

»Ah, richtig. Ihr habt ja eure merkwürdige Nicht-Beziehung. Wie läuft die so?«

Beschissen. Verdammt noch mal beschissen.

Gott, sie hatte so verletzt ausgesehen. Aber Sawyer hatte es ihr nicht erklären können. Wenn er das getan hätte, wäre sie doch noch viel schneller vor ihm weggelaufen!

Aber so ging es nicht weiter. Er musste endlich handeln. Auch wenn er aus guten Gründen zögerte.

Sawyer war gut darin, Menschen zu verletzen. Er hatte einfach ein Talent dafür. Das wusste er. Auch wenn er versuchte, dagegen anzukämpfen.

Egal, was Kate behauptete, Sawyer war simpel gestrickt. Er übernahm die Verantwortung für sein Handeln und er belog sich nicht selbst. Er hatte Gerry enttäuscht und er würde bei Kate nicht denselben Fehler machen.

Sein Onkel war ein guter Mann gewesen, selbstlos genug, einen wütenden Teenager bei sich aufzunehmen. Sawyer hingegen war ein undankbarer Bastard gewesen, der nicht zu schätzen gewusst hatte, was sein Onkel ihm bot.

Jetzt war sein Onkel tot, ohne dass Sawyer je die Möglichkeit gehabt hätte, ihm genau das zu sagen. Er hatte ihm das Haus hinterlassen, das Sawyer aufgrund all der viel zu hässlichen und realen Schuldgefühle jahrelang nicht hatte ansehen können. Diese Gefühle musste er loswerden. Das Haus hing über ihm wie eine ständige Erinnerung daran, welche Fehler er als Jugendlicher gemacht hatte. Jetzt war es genug.

Es war passiert. Er konnte es nicht ändern. Er konnte es nur besser machen, das hatte er eingesehen. Na ja, fast. Egal, darüber wollte er nicht nachdenken.

Tatsächlich gab es in seinem Leben nur noch ein loses Ende, das er seit zwei Jahren festzubinden versuchte. Aber Kate war leider kein Haus, das er einfach so abreißen oder renovieren könnte.

Kate war klug und zu Recht wütend auf ihn. Wenn Sawyer nicht vorsichtig war, wenn er nicht genau aufpasste, dann würde er sie verlieren. Das war inakzeptabel. Also musste er seinen Plan ändern … Er betete nur, dass er seinen Einfluss auf Kate nicht überschätzte.

»Also nicht gut?«, folgerte Adam aus seinem Schweigen.

Sawyer schnaubte. »Kümmere dich einfach um deinen eigenen Kram.«

Der Millionär seufzte leidend, bevor er ebenfalls nach einer Brechstange griff und sich neben ihn hockte. »Weißt du, das würde ich ja gerne, aber Kate hat mir verboten, heute zu arbeiten. Sie meint, ich muss unter Menschen kommen, bevor ich zum vereinsamten James Bond-Bösewicht mutiere und die Weltherrschaft an mich reißen will. Sie hat mir mit Computerverbot gedroht! Und meine Güte, sie sah aus, als würde sie den PC an meinen Kopf werfen und mein Haus abfackeln, wenn ich ihr nicht gehorche. Du weißt nicht zufällig, was diese Woche in sie gefahren ist?« Scheinheilig blickte er ihn an.

Warum mochte Sawyer Adam noch mal?

»Hätte ich gewusst, dass du Frauengespräche mit mir führen willst, hätte ich mir jemand anderen gesucht«, meinte Sawyer trocken.

Adam klopfte ihm auf die Schulter. »Kein Wunder, dass es dir so leichtfällt, Kate wütend zu machen. Frauengespräche? Das ist sexistisch, Alter. Das mag Kate überhaupt nicht.«

Ja, aber offensichtlich mochte sie es, wenn er sie besinnungslos küsste und mit den Fingern zum Orgasmus brachte. Sawyer fand, er hatte sich den ein oder anderen Fehltritt verdient. Solange Kate nur … nein.

Er atmete lang und tief aus und hielt schließlich inne, bevor er zu Adam sah. Es war schon länger her, dass sie zu zweit allein gewesen waren. Vielleicht war das der richtige Zeitpunkt, um ihn etwas zu fragen.

Sawyer räusperte sich. »Adam … Sind du und Kate jemals …«

»Gott, nein«, unterbrach ihn sein Gegenüber sofort. »Und selbst wenn es so wäre, würde ich es sicher nicht vor dir zugeben. Kate ist wie eine Schwester für mich.« Er runzelte die Stirn. »Manchmal wie eine Mutter. Aber sag ihr das nicht. Sonst bringt sie mir Windeln mit und lässt mich dafür zahlen.«

Erleichterung durchströmte Sawyer und um einiges glücklicher atmete er aus. Ein Problem weniger.

»Gut«, sagte er knapp und machte sich wieder an die Arbeit.

»Also«, meinte Adam nach einer Weile im Plauderton. »Du und Kate … Willst du für immer so tun, als wärst du nicht an ihr interessiert, oder reißt du dich bald mal zusammen?«

Für immer.

Die Worte hallten in seinem Geist wider, bis er einen Moment lang die Augen schloss.

Ja, er arbeitete daran.

Nachdenklich legte er die Brechstange auf den morschen Dielen ab. »Wenn ich *für immer* sage, Adam, bekommst du dann Angst?«

Gerechtfertigt verdutzt sah sein Freund ihn an. »Willst du mir einen Heiratsantrag machen?«, fragte er verwirrt.

Sawyer schnaubte. »Du bist zweifelsohne eine gute Partie, aber das kann ich den Ladys dieser Stadt nicht antun.«

»Du würdest mir damit einen Gefallen tun, glaub mir!«, murmelte Adam und verzog das Gesicht. »Es ist verdammt schwer, die normalen von den verrückten Frauen zu unterscheiden.«

»Ja, du hast es wirklich nicht leicht. Und jetzt beantworte einfach die Frage.«

»Schön. Für immer«, wiederholte Adam seufzend und sah ihn abschätzig an, bevor er alarmiert das Gesicht verzog. »Oh Gott, hat sich eine Frau bei dir gemeldet und behauptet, dass ich mein Kind im Stich gelassen habe und ihr keinen Unterhalt zahlen würde? Ich schwöre, die Nachricht bekomme ich dreimal am Tag. Mann, wenn ich wirklich so viel Sex hätte, wie die Frauen behaupten, wäre ich ein sehr viel glücklicherer Mann.«

Sawyer verdrehte die Augen und wandte sich ab. »Vergiss es.«

Stille senkte sich über sie, während sie nebeneinander arbeiteten und den Schuppen zu Feuerholz zerschlugen.

Schließlich, fast nicht wahrnehmbar, murmelte Adam: »Natürlich macht mir *für immer* Angst. Das ist ein verdammt langer Zeitraum. Ich bezweifle, dass es außer Ava einen Menschen gibt, der bei diesen Worten nicht in Panik gerät.«

Ja. Genau das hatte sich Sawyer gedacht. Und genau das könnte zum Problem werden.

*

Kate drückte aufs Gas. Der Kies spritzte unter den Reifen auf und ihr Wagen ächzte, mühte sich aber den Berg hinauf. Als der Leuchtturm zum Vorschein kam, zeigte Kate ihm enthusiastisch den Mittelfinger. Der hatte bis jetzt einen Dreck für sie getan.

Okay, sie hatte einen äußerst befriedigenden Orgasmus bekommen. Das war schon ganz ansehnlich. Aber er hatte verdammt noch mal nicht von Sawyer hervorgerufen werden sollen!

Der Mistkerl hatte die Briefe bekommen. Jeden Einzelnen.

Er hatte fünf Jahre lang stumm ihr Leben verfolgt. Hatte von ihren Ängsten gelesen, von ihren Träumen. Hatte Einsicht in ihren Kopf bekommen. Gott, sie hatte so viel von sich preisgegeben! An das meiste davon erinnerte sie sich nicht einmal mehr.

Irgendwann hatte Kate aufgehört, daran zu glauben, dass die Briefe ankamen. Aber zu dem Zeitpunkt hatte es ihr so gutgetan, ihre Gedanken aufzuschreiben und in die Welt zu schicken, dass sie nicht hatte aufhören wollen. Also hatte sie weitere Briefe geschrieben. Dreiundsechzig Stück.

Sawyer hatte sie in dem Glauben gelassen, dass er sie nie bekommen hatte. Nicht ein einziges Mal hatte er sie vor ihr erwähnt, geschweige denn zurückgeschrieben.

Dann war da noch der Anhänger … der Herzchen-Anhänger, den sie ihm in jugendlichem Leichtsinn geschickt hatte. Sie hatte ihm symbolisch ihr Herz geschenkt. Er hatte es entgegengenommen, trug es immer noch und hatte kein Wort darüber verloren!

Kate schlug ihre Vorderzähne in die Unterlippe und starrte auf die Liste in ihrer Mittelkonsole. Sawyer führte mit drei Punkten. Obwohl sie den Orgasmus als kleinen Sieg für sich verbucht hatte.

Die letzten fünf Tage hatte sie ihn nicht zu Gesicht bekommen. Aber das würde sich morgen früh leider ändern. Ihr Puls ging in die Höhe und sie schüttelte den Kopf über sich selbst. *Schluss jetzt!* Es reichte. Keine Sawyer-Gedanken mehr.

Sie stieg auf die Bremse und der Wagen hielt quietschend am Straßenrand.

Durch die Windschutzscheibe hatte sie Blick auf zwei hübsche Cottages. Das eine gehörte Adam, das andere Nathan und mittlerweile auch Maya. Eigentlich hatte die Frau aus Boston viel größere Besitzansprüche auf das kleine Häuschen. Immerhin hatte sie den gesamten Garten designt und dafür gesorgt, dass einem der Anblick des Gebäudes nicht mehr den Magen verdarb.

Kate schaltete den Motor aus und atmete durch. Nathan besaß die Lösung ihres morgigen Campingproblems. Ganz sicher würde sie es nicht riskieren, mit Sawyer in einem Zelt zu enden. Die Antwort auf ihre Frage, was sie dagegen tun konnte, war einfach: Ein Ein-Mann-Zelt musste her. Nathan, selbsternannter Campingkönig, besaß ein kleines, aber feines und sehr altes Exemplar. Er hatte bemerkt, dass sie sich das antiquierte Zelt vielleicht besser einmal ansah, bevor sie sich dazu entschied, mehr als zwei Minuten dort drin zu verbringen.

Da Kate schlecht hatte sagen können, dass sie auch auf einer Luftmatratze auf dem See schlafen würde, solange Sawyer nur möglichst weit weg von ihr blieb, war sie jetzt hier. Die Sache war, sie traute ihrem Körper nicht. Vor allem nicht, seitdem er so abgöttisch gut daran erinnert worden war, wie es sich anfühlte, von

Sawyer geküsst zu werden. Gott … Sein Körper und seine Lippen und seine Hand zwischen ihren Schenkeln und …

Stöhnend schnallte sie sich ab. Jap, sie brauchte das Ein-Mann-Zelt.

Gerade wollte sie ihre Autotür öffnen, als ihr Handy klingelte. Die Anruferkennung zeigte ihren Vater an. Seufzend zog sie das Telefon aus ihrem Trinkbecherhalter und hob ab. Ihre Laune konnte sich ohnehin nicht mehr verschlechtern.

»Hey, Dad«, sagte sie mit möglichst neutraler Stimme. »Was gibt's?«

»Was höre ich da, dein Bruder und du werdet Weihnachten bei eurer Mutter verbringen?«, polterte ihr Vater sofort. »Das kommt gar nicht infrage! Ihr bleibt in Eden Bay oder kommt zu mir.«

Verwirrt runzelte sie die Stirn. »Wer hat dir erzählt, wir würden Weihnachten bei Mom sein?«

»Na, wer wohl? Deine Mutter! Reicht es nicht schon, dass sie euch zu Thanksgiving besuchen darf? Muss sie sich jetzt auch noch Weihnachten unter den Nagel reißen?«

Kate schnaubte. Ja, wenn sie Weihnachten bei ihrer Mutter verbringen müsste, könnte sie auch gleich Santas Rentierschlitten klauen und gegen einen Eisberg rasen. »Jared und ich bleiben Weihnachten in Eden Bay.«

Seit Jared ausgezogen war, hatten sie Weihnachten immer zu zweit verbracht. Sie würden *Das Leben des Brian* gucken, Jared würde ein köstliches Dinner kochen und Kate würde währenddessen den Baum schmücken. Und dann würden sie sich den Rest des Abends in *Siedler von Catan* bekriegen. Das war der perfekte Weihnachtsabend.

»Lüg mich nicht an, Kate. Warum sollte eure Mutter es mir erzählen, wenn es nicht wahr ist?«

Um dich anzupissen.

»Dad, Jared und ich bleiben hier. Wir haben schon Pläne«, sagte sie mit fester Stimme. »Übrigens wäre es freundlich, wenn du Mom nicht jedes Mal direkt anrufen würdest, wenn du uns besuchst. Du weißt, dass sie das persönlich nimmt.«

»Ich habe es nur einmal kurz erwähnt«, grummelte ihr Vater unzufrieden.

Kate schloss die Augen und zählte bis zehn, bevor sie bissig fragte: »Warum sprecht ihr überhaupt noch miteinander, wenn ihr euch doch sowieso nur wütend macht? Schweigt eure Aggressionen doch einfach mal aus!«

»Das würde ich ja, wenn deine Mutter mich nicht alle naselang wegen der zu spät überwiesenen Alimente anrufen würde.«

»Dann überweis die Alimente halt pünktlich!«

Ihr Vater prustete. »Das hätte die Hexe wohl gerne. Sie hat keinen Cent von mir verdient, Kate. Keinen einzigen!«

»Du hast sie betrogen, Dad. Mehrfach.«

»Ja, weil sie unsere Ehe längst aufgegeben hatte. Mit uns war sonst alles in Ordnung.«

Das war eine so große Lüge, dass Kate befürchtete, die Nase ihres Vaters könnte jeden Moment durch ihre Windschutzscheibe bersten. Die Scheidung war das Beste, was ihren Eltern hatte passieren können.

»Dad, ich muss los«, sagte sie gezwungen ruhig. »Jare und ich verbringen Weihnachten allein, Ende der Geschichte.«

»Schön. Wir sprechen uns wegen des Wochenendes nach Thanksgiving?«

Nicht, wenn es sich vermeiden ließ. »Klar«, sagte Kate fröhlich. »Bis dann.«

Sie legte auf und wählte eine Sekunde später eine andere Nummer.

»Ja?«

»Du bist dran, Jared!«, sagte sie bestimmt und stieg aus ihrem Wagen aus. »Ich habe keinen Nerv mehr dazu. Mom und Dad rufen immer nur mich an, weil sie wissen, dass ich das leichtere Opfer bin. Jetzt bist du an der Reihe! Du musst Mom anrufen und ihr sagen, dass sie aufhören muss, Lügen zu erzählen, nur um Dad anzupissen.«

Jared stöhnte laut. »Was hat sie getan?«

»Sie hat Dad ins Gesicht gerieben, dass wir Weihnachten dieses Jahr bei ihr verbringen.«

»Gott, nein! Eher trete ich als Rentier im Kinderkrankenhaus auf und schlafe dreimal mit derselben Frau.«

»Eben! Auch wenn du die zwei Sachen wirklich nicht in einen gemeinsamen Satz packen solltest. Also: Bring sie zur Vernunft. Ich habe keinen Bock mehr darauf, dass sie mich andauernd mit ihren Streitereien belästigen.«

Wieder stieß Jared genervt einen Schwall Luft aus. »Aber ich bin so schlecht darin, Kitty-Kate. Ich werde immer so wütend und schreie Dad an. Und wenn Mom absichtlich weint, schlag ich mir mit dem Telefon den Kopf ein.«

»Für irgendetwas muss dein harter Schädel ja gut sein. Und spar dir die Spitznamen für deine Betthäschen auf. Ich habe meinen Soll für die letzten Wochen erfüllt, du bist dran.« Sie legte auf.

Jared hatte sich die letzten Jahre über eine eigene Überlebensstrategie zurechtgelegt. Er war nicht wie Kate, die sich alles zu Herzen nahm und sich den Tag durch einen Anruf ihrer Mutter kaputtmachen ließ. Jared hatte sich komplett von seinen Emotionen gegenüber ihren Eltern abgeschottet und die Liebe als etwas Lächerliches abgetan. Kate wusste, dass es für ihn nichts Schlimmeres gab als die Vorstellung zu heiraten, 2,5 Kinder zu bekommen und den Gartenzaun weiß zu streichen. Er würde wohl ewig Junggeselle bleiben und Kate machte sich nichts vor – die Schuld daran trugen ihre Eltern.

Die beiden liebten sie und Jared. Dessen war sie sich sicher. Nur wurde diese Liebe oftmals von dem Hass verschluckt, den sie füreinander empfanden.

Sie seufzte schwer, schickte Jared eine *Ich hab dich lieb*-Nachricht und ging dann zum frisch gestrichenen Cottage. Seit Maya hier wohnte, hatte sich einiges geändert. Nathans früherer Garten aus Gestrüpp war einem Kirschbaum, Rosenbüschen und einer Gruppe gelb leuchtender Sonnenblumen gewichen. Die Fassade glänzte hellgrün und die roten Dachschindeln spiegelten das Licht der Sonne.

Seufzend erklomm Kate die Stufen. Die Liebe war nicht nur Nathan gut bekommen, auch sein Heim hatte davon profitiert. Und verdammt, das wollte sie auch!

Kate hob gerade die Hand, um zu klopfen, als die Tür geöffnet wurde.

»Zelt ist hinten«, sagte Nathan knapp.

Er war kein Fan von Worten. Sie waren eine Verschwendung seiner Zeit.

»Wunderbar! Ist Maya da?«

Er schüttelte den Kopf, schloss die Tür hinter sich und ging über die Veranda zum hinteren Teil des Hauses. »Sie verschönert das Gartenstück vor der Polizeiwache.«

»Freut sie sich auf morgen?«

Nathans Mundwinkel zuckten. »Sie war noch nie mit Ava zelten. Also ja.«

Kate musste ebenfalls lächeln. Ava nahm die Freizeitaktivitätengestaltung auf ihren Trips sehr ernst. Wenn irgendjemand keinen Spaß hatte, schlug sie ihm so lange mit einem Smiley ins Gesicht, bis er so tat, als sei er glücklich.

Ach, Ava war großartig.

»Ava hat mir die Marshmallow-Rationierung überlassen«, sagte Kate stolz. »Sie vertraut mir.«

»Ja, weil du keine Marshmallows magst.«

»Der Grund ist egal, Nate. Sie hat mir Verantwortung übertragen! Das ist, als hätte der Papst mir seinen Segen gegeben.«

»Jaja. Ich habe die Aufgabe bekommen, öfter mal zu lächeln.«

»Und? Übst du schon fleißig?«

Nathan warf ihr über die Schulter einen düsteren Blick zu. »In dieser Woche hatte ja wohl nicht ich ein Problem mit dem Lächeln. Hast du dich zufällig mit Sawyer gestritten?«

Bei Sawyers Namen machte Kates Magen unangenehme Dinge. Sie räusperte sich. »Was?«

Nathan verdrehte die Augen. »Schon klar. Und ihr beide seid sicher, dass ihr zusammen in einen einsamen Wald gehen wollt, in dem niemand eure Schreie hören kann?«

Ungläubig sah sie ihn an. »Du hast ihn doch dazu gedrängt, mitzukommen!«

»Ja, weil ich Avas Zorn nicht auf mich ziehen wollte.«

»Schisser. Mach dir mal keine Sorgen. Sawyer und mir geht es wunderbar.«

Nathan nickte steif. »Aha.«

»Lass das, Nate!«, sagte sie gereizt. »Ich bin es nicht, die sich unmöglich benimmt. Sawyer droht meinen Dates und fragt mich dann lächelnd, was mein Problem sei. Er ist es, der sich einfach nicht zusammenreißen kann.«

Langsam schüttelte Nathan den Kopf. »Komm schon, Kate«, murmelte er. »Als ob dir nicht klar wäre, woran das liegt. Du bist seine Achillesferse. Das warst du schon damals, als wir noch Kühe gestohlen und dir Geschichten vom Schwarzen Mann erzählt haben. Sawyer ist immer gelassen. Der Kerl lässt sich einfach nicht provozieren – außer wenn es um dich geht. Das musst du doch wissen.«

Ruckartig wandte sie den Blick ab. Sie wusste überhaupt nichts, wenn es um Sawyer ging. »Zeig mir einfach das Zelt, Nate«, sagte sie ungeduldig.

»Schön.« Er lief die Treppenstufen der Veranda hinunter und deutete auf einen Haufen dunkelgrünen Stoff. »Es funktioniert, aber würde keinen Regenschauer überstehen. Es ist den Motten zum Opfer gefallen und außerdem verdammt eng.«

Aber es gab ihr die Möglichkeit, allein zu schlafen. »Ich nehme es.«

Kapitel 8

New York, 2005

Lieber Sawyer,

ich erinnere mich noch daran, wie wir mal zu dritt zum See hochgefahren sind. Jared, du und ich. Ihr seid immer von einem der Bäume ins Wasser gesprungen und ich habe euch vom Ufer aus zugesehen. Weil ich dachte, dass irgendwer in der Nähe eines Handys sein sollte, um im Notfall den Krankenwagen zu rufen. Dein erster Blick, wenn du aus dem Wasser wieder aufgetaucht bist, galt jedes Mal mir. Als wolltest du dich versichern, dass ich noch da war. Weißt du das noch? Du hast mich angesehen, gelächelt und bist erneut zum Baum geschwommen.

Ich weiß noch, dass ich dasaß, zufrieden damit, euch zu beobachten, und dachte, dass es auch gute Zeiten gab. Dass ich mich nicht nur an meine streitenden Eltern erinnern würde, sondern auch an die gelösten Stunden mit euch. An die kurzen, gestohlenen Momente mit dir. Mochten sie auch nur in unseren Blicken existieren.

Immer, wenn ich einsam bin, wenn ich diese kleinen, stillen Momente habe, in denen die weiße Farbe an den Wänden auf einmal kalt wirkt, erinnere ich mich an diese Tage. Ich frage mich, ob sie auch dir noch immer etwas bedeuten. Dann stelle ich mir vor, dass du irgendwo auf der anderen Seite der Welt sitzt und immer noch lächelst, während du mich in deinem Geiste am Ufer suchst und siehst, dass ich nicht weggelaufen bin.

Denn ich bin immer noch hier, Sawyer, und warte darauf, dass dein Kopf durch die Wasseroberfläche bricht.

Lass dich nicht umbringen. Du schuldest mir noch eine Erklärung. Und einen Abschied.

Kate

»Ich hasse Zelten«, murrte Ava. »Überall sind Mücken. Blöde Insekten, die in deinen Schlafsack krabbeln. Und es ist immer kalt. Warum ist es immer kalt? Selbst im Hochsommer!«

Kate lachte laut. »Es war damals deine Idee, Ava! Du hast vorgeschlagen, dass wir gemeinsam zum See fahren, draußen schlafen und es zu unserer Tradition machen.«

Verdrießlich verzog die Rothaarige das Gesicht. »Ja, ich weiß«, gab sie schließlich zu und lehnte sich auf dem Sitz zurück. »Aber ich habe mir das immer romantischer vorgestellt. Die Wildnis, die Sterne …«

»Keine Toilette«, fügte Kate hinzu.

»Die Intimität eines Zeltes, das Plätschern des Sees.«

»Keine Toilette«, wiederholte Kate.

»Jaja, ich weiß. Es gibt keine Toiletten«, sagte Ava augenverdrehend. »Ist auch egal. Es ist nur eine Nacht. Ich reiß mich zusammen … Hatte ich schon die Mücken erwähnt?«

»Ruhe auf den billigen Plätzen«, rief Harper von vorne. Sie war heute ihre Fahrerin. »Die Wildnis ist wunderbar und das einzig Echte, was diese Welt noch zu bieten hat. Also hört auf zu meckern. Und Kate: Toiletten sind nicht das Wichtigste im Leben.«

Na ja, nicht das Wichtigste, aber doch sehr weit oben auf der Liste von tollen Dingen.

»Aye, aye, Sir«, sagte sie mit fester Stimme. Eigentlich hatte Kate nichts gegen Zelten. Sie mochte die Natur. Sie war nicht Harper, die mit einem selbst geschnitzten Speer einen Hasen jagen, ausnehmen und dann braten konnte, aber sie war als Jugendliche immer gerne wandern gegangen oder im viel zu kalten See geschwommen.

Nein, ihr einziges Problem war eins neunzig groß, hatte dunkle Haare und eine düstere Ausstrahlung. Außerdem flinke Finger, von denen sie die letzten fünf Nächte geträumt hatte.

Harper verdrehte die Augen in ihre Richtung. »Maya meckert auch nicht, obwohl das ihre erste Nacht in einem Zelt wird«, bemerkte sie vielsagend.

»Ich werde ja auch Nathan haben, der mich warmhält«, unterrichtete Maya sie.

»Oh nein!«, sagte Ava sofort. »Du wirst mit deinem Zuckerbären kein Zelt teilen. Zumindest höchstwahrscheinlich nicht. Wir losen jedes Mal aus, wer mit wem im Zelt landet.«

»Das hört sich pervers und falsch an«, bemerkte Harper trocken.

»Ist mir egal«, meinte Ava bestimmt. »Wir werden Karten ziehen. So haben wir alle die Chance, auch mal mit jemandem über tiefgründigen Kram zu sprechen, mit dem wir sonst nur Nachos essen. Ja, Harper. Ich spreche von dir.«

»Mach die Fahrerin nicht wütend«, sagte sie warnend. »Abgesehen davon, dass eine Nacht im Zelt nicht unbedingt bedeutet, dass man seine intimsten Geheimnisse bequatscht – denkst du nicht, dass wir allmählich zu alt werden, um auszulosen, wer neben wem schläft?«

»Ja«, bestärkte Kate sie sofort. »Ich habe ohnehin nur ein Einzelzelt mit. Ich werde allein schlafen.«

»Nichts da«, sagte Ava barsch und sah sie böse an. »Du bringst mein System nicht durcheinander. Wir werden eine Menge Spaß haben dieses Wochenende, nach meinen Regeln. Und du schläfst allein im Zelt, wenn die Karten es dir sagen. Basta.«

Kate verdrehte die Augen. »Du hörst dich an wie eine Tarot-Hexe.«

»Jap, und Voodoo beherrsche ich auch, also reiß dich zusammen!«, sagte Ava angriffslustig, bevor sie bemerkte: »Außerdem finde ich es sehr auffällig, dass gerade Sawyer und du zwei Einzelzelte mitgebracht habt.« Sie hob die Augenbrauen. »Lust, das zu erklären?«

Sawyer hatte auch ein Ein-Mann-Zelt?

Nun, Kate konnte sagen, was sie wollte, aber er war nicht dumm.

»Nein«, sagte sie fröhlich. Es war Zeit, das Thema zu wechseln. »Kommt Jax nach, Harper?«

Harpers Bruder war genauso outdoor-vernarrt wie seine Schwester.

»Nein, der muss leider arbeiten.« Harper hob die Schultern. »Aber ist vielleicht besser so. Er hätte sonst auf Strippoker bestanden.«

»Mit dir?«, fragte Maya und verzog das Gesicht.

Harper lachte leise. »Oh, nein. Ich wäre die Schiedsrichterin gewesen. Ihr drei allerdings …«

Maya kicherte und erwiderte etwas, doch Kate hörte ihr nicht zu. Harper fuhr um eine Biegung und der glitzernde Lake Lily kam zum Vorschein.

Der See war nach der sagenumwobenen Frau benannt, die am Leuchtturm auf ihren Mann gewartet hatte. Ava erzählte gerne, dass der See eine Ansammlung all der Tränen war, die die Frau des Seefahrers um ihren Mann vergossen hatte.

Harper erzählte gerne, dass Ava sie nicht mehr alle hatte.

Kate hingegen konnte sich sehr gut vorstellen, dass die Leuchtturmfrau viel geweint hatte. Sie musste schließlich sehr glücklich gewesen sein. Der Mann, der sie, den damaligen Verhältnissen nach zu urteilen, wahrscheinlich mehr als schlecht behandelt hatte, war endlich verreckt!

Allerdings war es nicht der See, der ihre Aufmerksamkeit weckte. Sie starrte etwas völlig anderes an.

Der September gab noch einmal Vollgas und die Temperaturen waren angenehm warm. Kate wünschte, das Wetter wäre schlechter. Dann hätte Sawyer vielleicht nicht den Drang gehabt, sein T-Shirt auszuziehen.

Doch jetzt stand er da und baute eine Zeltstange zusammen, während goldenes Licht seine Schultern und seinen Rücken flutete. Die dunklen Haare kräuselten sich im Nacken, während sich seine Muskeln mit jeder Bewegung an- und wieder entspannten. Es war hypnotisierend. Kate hatte schon immer eine Schwäche für schöne, männliche Rücken gehabt. Es half ihr nicht im Geringsten, dass Sawyers … nun ja, wunderschön war.

Auf einmal konnte sie nur noch an seine Hände auf ihrem Körper denken. An seine Lippen auf ihren. An die süßen Worte, die er ihr ins Ohr flüstern würde, während er sich tief in ihr vergr…

»Wie viel Alkohol haben wir dabei?«, fragte sie und riss den Blick von Sawyer los.

»Keine Ahnung. Jared sollte sich drum kümmern«, meinte Ava achselzuckend.

Gott sei Dank! Es würde mehr als genug geben.

Wie konnte ihr dummer Körper vergessen, dass Sawyer sie ewig ignoriert hatte? Dass er ihr nie gesagt hatte, dass die Briefe angekommen waren?

Harper hielt den Wagen an und sie stiegen aus.

Die Jungs waren für den Outdoorkram zuständig gewesen, die Mädels fürs Essen. Harper hatte sich mehr als einmal darüber beschwert, dass diese Rollenaufteilung überaus sexistisch sei. Als Ava sie jedoch gefragt hatte, ob sie gerne Campingkocher, Feuerholz und Mountainbikes in ihrem Auto verstauen wollte, war sie sehr schnell sehr still geworden.

Kate gähnte ausgiebig, während sie die Glieder streckte und das rot-orange leuchtende Blätterdach über ihr bewunderte.

Das waren unter anderem die Gründe gewesen, warum sie nach Eden Bay zurückgekehrt war. Die Schönheit der Natur. Die Stille. Die Wärme. New York war toll, aber der Central Park ersetzte keinen Indian Summer in Maine.

»Es ist wunderschön«, meinte Maya seufzend und stellte sich neben sie. »Das macht die Moskitos wieder wett, schätze ich.«

Kate nickte, als Sawyers Stimme zu ihr herüberwehte. »Klößchen, ich finde es vollkommen okay, dass du jetzt bei Liebesfilmen weinst. Vielleicht werden auch deine Tränen irgendwann zu einem majestätischen See?«

»Alter, sie sterben zusammen!«, rief Nathan und fuchtelte mit einer Zeltstange zu seinem Freund. »Sie können ohne einander nicht leben und sterben deswegen *gemeinsam*! Jeder, der dabei nicht flennt, hat ein Herz aus Eis.«

»Über welchen Film reden wir hier?«, fragte Adam. Er saß im Schneidersitz auf dem Boden, offenbar zufrieden damit, die anderen die Arbeit machen zu lassen. »*König der Löwen*? Boah, da habe ich richtig geheult.«

»Nein, es geht um *Wie ein einziger Tag*«, sagte Nathan. »Obwohl der *König der Löwen* auch verdammt hart war.«

Maya grinste breit. »Gott, er ist so knuffig«, flüsterte sie, bevor sie hinüberging, um ihren Freund ausgiebig zu begrüßen.

Sawyer wandte den Blick von den beiden ab und sah wie automatisch zu Kate.

Er hob die Augenbrauen und neigte den Kopf zur Seite. Eine stumme Nachfrage, ob es ihr gutging und ob sie beide ein Problem hatten.

Ein Kloß bildete sich in ihrem Hals und hastig sah sie weg. Denn ja, sie hatte ein Problem. Immer, wenn es um Sawyer ging, hatte sie ein Problem. Und es ermüdete sie – immer vorsichtig bei ihm sein zu müssen. Sich zurückhalten zu müssen.

Sie atmete zitternd ein und lief zu Jared, der am Kofferraum seines Wagens rumhantierte, sich aber wahrscheinlich nur davor drückte, die Zelte aufzubauen. Seiner Meinung nach waren seine Hände einfach nicht dafür geeignet, etwas Härteres anzufassen als den Körper einer Frau.

»Na, tust du so, als wärst du beschäftigt?«, begrüßte sie ihn.

»Ja, ich suche nach dem Bier«, sagte er abwesend und lud eine Reihe Fahrradhelme auf den Boden.

Bier. Brillante Idee! Auch wenn Kate Wodka lieber gewesen wäre. »Oh, von dem Bier nehme ich auch eins.«

Jared sah sie skeptisch an. »Bist du schon einundzwanzig? Ich hätte schwören können, dass du immer noch acht bist und mich dazu überredest, Flechtfrisuren an mir ausprobieren zu dürfen.«

Kate lachte. »Ich habe nichts dagegen, alte Zeiten wieder aufleben zu lassen. Aber deine Haare sind zu kurz. Ich würde dir erst Extensions reinmachen, wenn das okay ist.«

»Ja, das können wir gerne nach unserem nächsten gemeinsamen Maniküretermin angehen. Und jetzt halt mal kurz.«

Er drückte ihr einen Mini-Grill in die Hand und zog zwei Flaschen Bier aus dem Kasten, der darunter zum Vorschein gekommen war.

»Ah, lauwarm, so wie ich es am liebsten mag«, sagte er und zog eine Grimasse. Er nahm ihr den Grill wieder ab und gab ihr eine Flasche. »Ach, bevor du fragst: Nein, ich habe noch nicht mit Mom geredet. Ich wollte mir nicht das Wochenende versauen.«

Kate nickte, denn sie verstand es. »Kein Problem. Mach es nächste Woche.« Sie hob einen Mundwinkel. »Dann hast du etwas, auf das du dich freuen kannst.«

Jared sank seufzend auf den hinteren Stoßdämpfer und schirmte sein Gesicht mit der Hand vor der Sonne ab, während er auf den See sah.

»Erinnerst du dich daran, dass wir mal mit Mom und Dad zusammen hier oben waren?«, fragte er nach einer Weile.

Kate verengte die Augen und dachte darüber nach, schüttelte jedoch schließlich den Kopf.

Jared sah nicht verwundert aus. »Ja, du warst noch ziemlich jung damals. Vier Jahre vielleicht. Aber wir waren hier oben und haben gezeltet. Das waren noch die guten Zeiten. Ich habe Frösche gefangen und wollte dich damit erschrecken, aber du hast sie nur gestreichelt.«

Kate lächelte. »Du warst nie besonders erfolgreich darin, mich zu erschrecken.«

Jared hob eine Schulter. »Bei der Sache mit dem Schlauchboot hast du dich erschreckt.«

»Du meinst das Schlauchboot, das du und Sawyer kaputtgemacht habt?«

»Sawyers Zehennägel waren einfach zu scharf.«

Schnaubend ließ sich Kate neben ihn sinken. »Natürlich. Mithilfe seiner übermenschlichen Zehen hat er das Boot zum Platzen gebracht.«

»Genau so ist es.«

»Es hatte nichts damit zu tun, dass ihr euch zu zweit von einem Ast habt drauffallen lassen.«

Jared winkte ab. »Ist ja auch egal, auf jeden Fall hast du dich damals erschreckt.«

Es hatte sich ja auch angehört, als würde jemand auf sie schießen!

Kopfschüttelnd und trotzdem lächelnd stieß sie ihn sacht mit dem Ellenbogen an. »Danke, Jare.«

Überrascht hob er die Augenbrauen. »Wofür?«

»Dafür, dass ich bei allem mitmachen durfte. Normalerweise sind Jungs nicht allzu scharf darauf, ihre kleinen Schwestern überall mit hinzunehmen.«

»Normale Jungs haben auch nicht so eine coole Schwester wie ich«, meinte er achselzuckend und kratzte sich unangenehm berührt im Nacken. »Außerdem hatten die anderen nichts dagegen. Du hast uns, glaube ich, ganz gutgetan. Hast Nathan und Sawyer etwas beruhigt. Niemand wollte dich in Schwierigkeiten bringen. Den

Mist haben wir nur gemacht, wenn du nicht dabei warst.«

Kate nickte und sah erneut zu Sawyer, dessen Zelt schon halb stand. Sie dachte an den großen, ein wenig zu schlaksigen Jungen zurück, der er vor fünfzehn Jahren gewesen war. Der erwachsene Sawyer schien nicht mehr allzu viel mit dem Jugendlichen, der von einem Ast ins Schlauchboot sprang, gemein zu haben. Er war ruhiger geworden. Reifer und all den anderen Mist. Früher war Sawyer jeder noch so kleinen Verantwortung aus dem Weg gegangen … heute hieß er sie willkommen.

Ja, er war erwachsen geworden. Doch für sie, für sie war er noch immer derselbe.

»Okay, Leute, versammelt euch, wir losen jetzt aus, wer mit wem in einem Zelt schläft!«, rief Ava und winkte sie heran, einen Stapel Karten in den Händen.

Alarmiert ging Sawyers Kopf in die Höhe. »Losen? Wir müssen nicht losen.«

»Ja, müssen wir nicht, werden wir aber tun«, sagte Ava schnippisch. »Jetzt stell dich nicht so an, Soldat. Jeder hat Angst davor, bei dem schnarchenden Adam zu enden.«

»Ich schnarche nicht«, grummelte Adam. »Ich denke nur laut im Schlaf.«

Seufzend stand Kate auf und zog Jared mit, den das Ganze herzlich wenig zu interessieren schien. »Schön, bringen wir es hinter uns«, sagte sie knapp.

»Ein bisschen mehr Enthusiasmus, bitte«, sagte Ava tadelnd. »Das macht Spaß! Also, diejenigen, die den König ziehen, kriegen ein Einzelzelt. Die anderen finden sich in Paaren zusammen.«

Sie fächerte die Karten auf und ließ sie der Reihe nach ziehen. Als Kate sah, dass sie sich mit Maya ein Zelt teilte, war sie so erleichtert, dass sie sich gerne dramatisch die Hand auf die Brust gelegt hätte. Doch das wäre wohl zu auffällig gewesen.

Sawyer und Nathan bekamen jeweils ein Einzelzelt. Ava schlief bei dem schnarchenden Adam und Harper würde neben Jared schlafen.

»Seht ihr!«, sagte Ava lächelnd. »Das sind doch mal Konstellationen, die wir so sonst nicht gebildet hätten.«

»Du meinst, dass Sawyer und Nathan, die ihrem Partner sonst ohnehin das Ohr abkauen würden, allein schlafen?«, fragte Harper scheinheilig.

Kate grinste. Nathan und Sawyer könnten wochenlang schweigen und keinen von beiden würde es kratzen.

Ava verdrehte die Augen. »Halt die Klappe, Harper, und sag uns lieber, wo wir hinwandern. Wenn du nett bist, pack ich dir einen Kakao ein.«

»Aber ich darf den Kakao doch sowieso erst trinken, wenn ich meinen Apfel gegessen habe«, grummelte sie.

Adam lachte leise. »Und dich nennen sie Harpyie? Hast Angst vor …« Er verstummte, als er Avas Blick begegnete. »Sorry, Ma'am.«

»Seid nett zu Ava!«, sagte Kate warnend. »Sie hat auch die Macht über das Essen.«

Ihre Freundin grinste selbstzufrieden. »So ist es. Also, Harper … was ist unser Ziel?«

Sie hatten eine Tradition – wenn man eine Routine nach zwei Jahren so nennen durfte. Sie wanderten drei Stunden lang und aßen dann zu Mittag. Schließlich fuhren diejenigen, die Lust hatten, mit den Mountainbikes die neu angelegten BMX-Wege, bevor sie abends zum Grillen und Spielen zusammenkamen.

Für Kate waren solche Wochenenden die pure Entspannung. Aber das war gewesen, bevor Sawyer sich dazu entschieden hatte, doch mitzukommen …

*

Sawyer konnte sich nicht entspannen.

Nicht, weil der Weg den Berg hinauf steinig oder anstrengend war. Nicht, weil die Sonne heiß in seinem Nacken brannte und seinem Körper das Wasser entzog. Sondern schlicht und ergreifend, weil Kate ihn ignorierte und es schwierig werden könnte, mit ihr zu reden, wenn sie ihm nicht zuhören wollte.

Ava und Maya hingen zurück, sie wollten gemütlich laufen und die Bäume betrachten. Jared, Nathan und Harper hatten nach kurzer Zeit ein Wettrennen gestartet. Wer den Wasserfall als Letztes erreichte, bekam am Abend keine Marshmallows. Da alle drei ihre Marshmallowration sehr ernst nahmen, waren sie längst nicht mehr zu sehen.

Sawyer hätte mitmachen und seinen Kopf leeren können, doch er hatte Kate einfach nicht allein mit Adam zurücklassen wollen. Der Millionär mochte behauptet haben, dass zwischen den beiden nie etwas vorgefallen war, aber Sawyer war sich noch nicht sicher, ob er ihm glauben sollte.

Kate war in den Wäldern hier aufgewachsen und dementsprechend fit, wenn es ums Wandern ging, doch da sie Marshmallows ohnehin nicht mochte, war das Wettrennen für sie keine lohnenswerte Aktion. Sie führte ihren ganz eigenen Wettstreit, den Sawyer grob mit

Ignorieren wir den blöden Polizisten beschrieben hätte. Bis jetzt schlug sie sich fantastisch.

»Gott, mir tut alles weh«, jammerte Adam und ließ die Schultern kreisen. »Es ist, als würden meine Beine mir den Mittelfinger zeigen und eine Gehaltserhöhung verlangen, bevor sie in Streik treten.«

Kate verdrehte die Augen. »Wenn du weiter so rumstöhnst, verlange *ich* gleich eine Gehaltserhöhung.«

»Sawyer, verhafte sie wegen übler Nachrede!«

»Stell dich nicht so an«, meinte Kate schnaubend. »So steil ist der Berg nun wirklich nicht.«

»Du hast gut reden, du hast ja auch keinen Muskelkater.«

Kate sah ihn fragend an. »Muskelkater? Was hast du denn bitte Anstrengendes gemacht? Die zweihundert Meter, die du ab und zu joggst, können dich wohl kaum so belasten. Das Einzige, was dir wehtun dürfte, sind deine Sehnenscheiden, weil du am PC zu viel Pinball spielst.«

»Sawyer ist schuld«, grummelte Adam. »Er hat mich zu harter Arbeit gezwungen. Seinetwegen musste ich gestern den ganzen Tag Holz aus dem Boden reißen.«

Kate runzelte die Stirn, sah ihn noch immer nicht an, fragte jedoch: »Renovierst du deine Wohnung?«

»Nein«, sagte er schlicht. »Ich bringe das Haus meines Onkels auf Vordermann.«

Ihr Blick glitt zu ihm. »Ich wusste nicht, dass er dir das Haus vermacht hat«, sagte sie verblüfft.

Ja, Sawyer redete auch nicht gerne darüber.

»Er hatte keine andere Familie«, sagte er achselzuckend. »Und das Haus ist mittlerweile ziemlich verfallen. Ich will es ein wenig renovieren, bevor ich es verkaufe.«

Abrupt blieb Kate stehen und sah ihn schockiert an. »Du kannst das Haus doch nicht verkaufen! Du hast deinen Onkel geliebt und das Haus ist das Einzige, was dich noch an ihn erinnert.«

Ja, das mochte stimmen. Aber Sawyer war nicht der Typ Mann, der unnötig lang an der Vergangenheit festhielt. Abgesehen von Kate natürlich. Aber was Kate anging, schien er sich ohnehin im dauerhaften Ausnahmezustand zu befinden. »Es ist alt, es schluckt Geld. Ich brauche es nicht.«

»Aber …« Kopfschüttelnd starrte sie ihn an. »Wie kann es dir nichts bedeuten? Es war dein Zuhause.«

»Ich habe ein neues Zuhause. Es tut mir nicht gut, allzu sehr der Vergangenheit nachzuhängen.«

Unzufrieden zog sie die Augenbrauen tiefer ins Gesicht. »In ein paar Wochen ist der Todestag deines Onkels und du ehrst ihn, indem du das Haus verscherbelst, das er so geliebt hat?«

Sawyers Inneres zog sich unangenehm zusammen. Er hatte nicht vergessen, dass Gerry Wrights Todestag näher rückte. Er ignorierte es nur jedes Jahr. »Mein Onkel ist tot«, sagte er bemüht gelassen, auch wenn sein T-Shirt auf einmal zu eng schien. »Ihn interessiert nicht mehr, was ich mit seinem Eigentum mache.«

Kate presste die Lippen aufeinander und nickte steif. »Natürlich. Ich verstehe. Sein Tod liegt in deiner Vergangenheit und ist dir demnach egal«, sagte sie kühl, bevor sie sich erneut in Bewegung setzte, diesmal um einiges schneller.

Verwirrt sah Sawyer ihr nach, bevor er sich hilfesuchend zu Adam umwandte. »Was habe ich falsch gemacht?«

Adam schrak zusammen. »Was? Sorry, ich habe nicht zugehört. Wenn ihr beiden euch zankt, ist es meistens besser, nicht aufzupassen. Dann kann mich niemand zwingen, vor Gericht auszusagen.«

Sawyer schnaubte. »Großartig. Warum tun Frauen das? Warum werden sie wütend, ohne zu erklären, warum?«

»Weil sie damit durchkommen«, meinte Adam. »Kate meint immer, dass es unsere Aufgabe sei, zu wissen, was wir falsch gemacht haben.«

Das hatte Sawyer befürchtet. »Scheiße. Ich habe keinen Schimmer.«

»Hm.« Nachdenklich sah Adam ihn an. »Hast du ihr gesagt, dass sie mal wieder zum Frisör muss? Meiner Erfahrung nach mögen Frauen das nicht. Oder, oh – hast du sie darauf aufmerksam gemacht, dass sie scheiße aussieht, wenn sie weint? Das kam bei mir bisher auch nicht so gut an.«

»Sie hat nicht geweint.«

»Oh, gut. Also, wenn es keins von den beiden Dingen ist, weiß ich auch nicht. Alles andere übersteigt meinen Horizont.«

Kopfschüttelnd sah Sawyer ihn an. »Wie wirst du jemals flachgelegt?«

Adam neigte den Kopf zur Seite und schien kurz über diese Frage nachzudenken. Schließlich sagte er: »Das Reichsein und Gutaussehen hilft, habe ich mir sagen lassen. Meine dunkle Hautfarbe in Kombination mit den blauen Augen ist, ich zitiere, der *helle Wahnsinn.* Ironische Wortwahl, wenn du mich fragst, aber da die Ladys nicht gern korrigiert werden, habe ich bisher nie was eingewendet.«

Sawyer schnaubte. »Halt lieber die Klappe, Adam. Wenn du dich weiter so anpreist, verlieb ich mich noch in dich.«

»Würde ich dir nicht raten. Ich bin der reinste Workaholic.«

»Das wird sich ändern, sobald unsere Kinder kommen«, versicherte Sawyer ihm trocken und setzte sich in Bewegung. Immer weiter den Berg hinauf, der ihm auf einmal um einiges steiler schien als zuvor.

Kapitel 9

New York, 2005

Lieber Sawyer,

weißt du noch damals, als Mom und Dad ihr Hochzeitsgeschirr zerstört haben? Es an Wände, die Decke und auf den Boden geworfen haben und ich in meinem Zimmer saß und dachte, dass das doch nicht mein Leben sein kann?

Jared war damals nicht da, er hat irgendeinem Mädchen nachgestellt. Wahrscheinlich der Pfarrerstochter. Also bin ich einfach gegangen und habe mich versteckt. Weil ich den Streit und den Hass nicht mehr ertragen konnte. Weil ich mich nach Ruhe gesehnt habe.

Meine Eltern und Jared haben mich die halbe Nacht gesucht. Niemand wusste, wo ich war. Nur du hast mich gefunden. Im Baumhaus. Du hast dich neben mich gesetzt, meine Hand genommen und geschwiegen. Bis ich bereit war, zu gehen.

Du hast mich schon immer gefunden, Sawyer. Weil du der Einzige warst, der von diesem Ort wusste. Und du hast ihn nie verraten. So wie du nie eines meiner Geheimnisse weitererzählt hast.

Gott, das Ganze ist schon so lange her, aber ich kann das Baumhaus nicht mehr betreten.

Weil ich weiß, dass du mich dort nicht finden wirst. Weil du sonst wo steckst und dabei bist, alles zu vergessen, was ich dir jemals anvertraut habe. Warum sollte ich also noch hingehen? Wenn niemand anderes sich je die Mühe gemacht hat, mich dort zu suchen.

Lass dich nicht umbringen. Du schuldest mir noch eine Erklärung. Und einen Abschied.

Kate

»Ich schwöre dir, wenn du noch ein Wort über die Brandgefahr verlierst, lasse ich dich in den See schmeißen!«, sagte Ava warnend. Dank der Schatten der orange leuchtenden Flammen des Lagerfeuers sah ihr Gesicht erschreckend bedrohlich aus. »Harper arbeitet auch bei der Feuerwehr, Nathan, und sie regt sich trotzdem nicht auf.«

»Harper ist ja auch schon besoffen«, gab Nathan zu bedenken und deutete auf die Brünette, die der Länge nach auf dem Erdboden lag und mit den Händen versuchte, die kleinen Funken einzufangen, die das Feuer in die Nacht schleuderte.

Ava zuckte nur die Achseln. »Ja, und sie sieht sehr glücklich dabei aus. Oder, Harper?«

»Lala«, sagte sie grinsend.

Ava nickte. »Eben. Dieses Feuer ist außerdem polizeilich genehmigt. Nicht wahr, Sawyer?«

»Klar«, sagte der lapidar und fischte sein Marshmallow vom Ende des Stockes, den er bis eben noch über die Flammen gehalten hatte. »Jetzt entspann dich, Klößchen. Das kleine Feuer könnte ich allein austreten.«

Nathan grummelte etwas Unverständliches, doch als Maya nach seiner Hand griff, verdrehte er nur die Augen und schwieg.

Ava nahm sich lachend ein weiteres Marshmallow, während Jared sehnsüchtig auf die Packung starrte. Da er das Wettrennen verloren hatte, durfte er sich nicht bedienen. Grinsend reichte Kate ihm die Tafel Schokolade, die sie den ganzen Abend über schon für sich beansprucht hatte.

»Deine Kondition ist scheiße, Jared«, stellte sie fest.

Er schnaubte. »Erzähl mir etwas, das ich nicht weiß. Harper ist eine verdammte Maschine!«

»Hey!«, meldete sich die Feuerwehrfrau und richtete sich leicht schwankend in eine sitzende Position auf. »Ich bevorzuge Amazone. Und wenn du nicht alle paar Meter angehalten hättest, um deine Haare zu richten, hättest du mich vielleicht noch eingeholt.«

Jared machte eine wegwerfende Handbewegung und brach etwas von der Schokolade ab. »Ich werde meine Sorgen einfach ertränken. Ava, du hast doch bestimmt irgendein Trinkspiel parat, das mir den Abend rettet.«

»Ich habe sogar direkt mehrere zur Auswahl«, sagte sie fröhlich und begann, eine Reihe von Spielen aufzuzählen.

Kate hörte nicht richtig zu. Sie stützte sich mit den Händen ab und legte den Kopf in den Nacken, um die Sterne zu betrachten. Sie würde es nie leid werden, am See zu sitzen und in den Himmel zu schauen. Der Rauch des Feuers stieg hinauf und ließ die Funken tanzen wie Glühwürmchen. Es roch nach Laub und verbranntem Holz und wohlige Wärme breitete sich in Kate aus.

Wenn sie sich Mühe gab, konnte sie so tun, als wäre sie allein hier. Als würde niemand sie bei ihren Gedanken stören. Als läge die Welt offen und frei vor ihr. Als würde sie keine emotionalen Altlasten mit sich herumschleppen und als würde ihr Herz nicht schwer werden, wenn sie an Sawyers Worte dachte.

Sie hatte es verstanden. Er war gut darin, Vergangenes hinter sich zu lassen, während sie seit fünfzehn Jahren an einen gestohlenen Kuss gar nicht weit von hier zurückdachte.

Schwer seufzend richtete sie sich wieder auf und griff nach der Flasche, die neben ihr auf der Erde stand. Dank der kühlenden Wirkung des Sees war das Bier sogar halbwegs genießbar.

»Sawyer, du fängst an«, sagte Ava gerade und Kate zwang ihren Blick zu dem dunkelhaarigen Mann, der im Schneidersitz auf dem Waldboden saß und aussah, als würde er hier hingehören.

Rau wie die Erde, düster wie der Nachthimmel, heiß wie das Feuer.

Okay, Kate hatte womöglich auch schon einen sitzen.

»Schön«, sagte Sawyer, wenn auch nicht begeistert. »Ich hab noch nie … ein Huhn gefangen.« Er prostete Nathan zu.

Unfreiwillig zuckten Kates Mundwinkel.

Die Regeln von *Ich hab noch nie* waren simpel. Jemand sagte, was er noch nie getan hatte und jeder, der nicht dasselbe von sich behaupten konnte, musste trinken. Alle hier Anwesenden wussten, dass Nathan vor ein paar Monaten heroisch das Huhn des heimischen Seniorenheims gefangen hatte.

»Du bist so ein Witzbold«, meinte Nathan trocken, nahm jedoch pflichtbewusst einen Schluck von seinem

Bier. Er war als nächstes an der Reihe und nickte Sawyer mit vielsagendem Blick zu. »Ich hab noch nie mein Shirt ausgezogen, weil eine alte Frau meinte, dass das ihr letzter Wunsch sei, bevor sie stirbt.«

Ava verschluckte sich an ihrem Getränk und spuckte es auf den Boden vor sich. »Das hast du nicht getan«, stieß sie ungläubig hervor und starrte Sawyer an.

Kates Lächeln vertiefte sich und sie verbarg das Gesicht hinter ihrer Flasche.

»Ich diene nun einmal der Gesellschaft«, meinte Sawyer schulterzuckend und trank sein Bier.

»Ich hoffe, du hast ihr keinen Herzinfarkt beschert«, meinte Harper grinsend.

»Vielleicht sollte er sich besser einmal ausziehen, damit wir das selbst beurteilen können«, schlug Maya vor.

Nathan warf ihr einen argwöhnischen Blick zu. »Und ich dachte, du wärst nur von *meinem* Oberkörper besessen.«

»Oh, das bin ich! Aber es schadet ja nicht, zu gucken, oder? Damit ich einen Vergleich habe.«

Kates Kopf lief heiß an und sie sah absichtlich weg. Sie wusste noch sehr genau, wie Sawyer halbnackt aussah. Die alte Dame hatte definitiv einen klugen letzten Wunsch geäußert.

»Sehe ich genauso«, bestärkte Ava sie. »Zieh dich aus, Sawyer.«

Der Polizist grinste nur. »Nee, Nathan und Harper haben Urlaub. Ich möchte nicht, dass sie gleich erste Hilfe leisten müssen.«

Adam und Jared schnaubten hörbar, während Ava kicherte.

»Dieses Gespräch ist noch nicht vorbei«, warnte sie. »Aber Maya, du bist dran.«

»Okay. Ich hatte noch nie was mit mehr als zwei Leuten an einem Abend«, sagte sie und blickte mit verengten Augen zu Nathan.

Der hob jedoch nur die Schultern. »Ich bin kein Schwein.«

Adam und Jared tranken gierige Schlucke und zu Kates Überraschung hob auch Ava ihre Flasche.

»Ava!«, sagte Harper schockiert. »Und ich dachte, du bist Verfechterin der Romantik.«

»Die sahen im Dunkeln alle so ähnlich aus!«, verteidigte sie sich mit erhobenen Händen. »Ich dachte, es wäre derselbe Kerl, aber anscheinend waren es drei verschiedene. Das ist nicht meine Schuld. Heutzutage laufen alle Männer gleich rum.«

Jared lachte leise. »Und ihr dachtet alle, ich hätte die schlimmste Geschichte zu erzählen, oder?«

»Nein, ich dachte an Adam«, meinte Kate. »Dein Rekord liegt bei vier Frauen an einem Abend. Adam hatte schon fünf.«

Skeptisch sah Adam sie an. »Wieso zum Teufel weißt du das?«

Sie grinste. »Ich weiß alles, Süßer. Drei davon waren mit mir auf dem College und haben mir noch Wochen danach die Ohren vollgeheult. Danke dafür. Jared hat wenigstens den Anstand, ihr Herz zu brechen. Du rufst sie einfach nicht mehr an.«

»Siehst du, Adam?«, meinte Jared selbstgefällig und zeigte mit seiner Flasche auf ihn. »Ich habe Anstand.«

»Ja, dafür kein Geld. Die Verteilung finde ich fair.«

»Bah, Adam!«, rief Harper und verzog das Gesicht. »*Fünf* Frauen an einem Abend? Ist das dein Ernst?«

Entschuldigend hob er die Hände. »Es war eine einmalige Angelegenheit – und wenn es dir hilft: Nur mit zwei von ihnen habe ich geschlafen.«

Ava warf ihn mit Marshmallows ab, Harper nahm Erde, Maya schlug mit ihrem Stock nach ihm und Kate zeigte ihm den Mittelfinger.

»Ich glaube, es hilft nicht«, mutmaßte Sawyer.

Adam lachte nur. »Ich war jung und brauchte die Bestätigung. Und jetzt hört auf, mich zu schlagen, Jared ist immer noch der Ekligere von uns beiden.«

Damit hatte er irgendwie recht.

»Schön«, sagte Ava. »Ich bin dran.« Ihr Blick glitt zu Kate und ein kleines, diabolisches Lächeln breitete sich auf ihrem Gesicht aus. »Ich hab noch nie mit Sawyer rumgemacht.«

Abrupte Stille senkte sich über sie und ausnahmslos alle Köpfe wandten sich zu ihr um.

»Wehe, du trinkst!«, rief Jared und richtete den Zeigefinger auf sie.

Hilflos öffnete sie den Mund und ihr Blick flackerte zu Sawyer, dessen Gesicht so viel verriet wie ein unförmiges, in Zeitungspapier eingewickeltes Päckchen.

»Du musst ehrlich sein«, erinnerte Ava sie.

Kate seufzte schwer, schloss die Augen … und nahm einen Schluck aus ihrer Flasche.

»Ich wusste es!«, rief Ava triumphierend.

»Uhhh«, machte Maya.

»Wann?«, fragte Jared scharf und seine Stimme war die lauteste.

»Ist doch egal, wann«, meinte Harper augenverdrehend. »Ich hab auf jeden Fall schon die nächste Kategorie: Ich war noch nie in Kate verliebt.« Mit einer gehobenen Augenbraue sah sie zu Sawyer.

Abrupt wandten sich alle Gesichter ihm zu.

Kates Mund wurde trocken und ihr Hals zog sich unangenehm zusammen. »Hör auf, Harper«, flüsterte sie.

»Was denn?«, fragte sie unschuldig. »Wir alle wollen wissen, wer trinkt.«

»Es ist gemein«, sagte Kate wütend, unfähig dazu, Sawyer anzusehen.

»Es ist nur ein Spiel, Kate«, versuchte Ava sie zu beschwichtigen.

Abrupt stand Kate vom Boden auf. »Ja, ein Spiel, das nicht mehr witzig ist«, sagte sie schroff, drehte sich um und ging.

Sie wollte nicht sehen, ob Sawyer trank oder seine Flasche unberührt neben ihm stehen blieb.

Sie verschränkte die Arme vor der Brust, ignorierte die Rufe ihrer Freunde und stapfte einfach in den Wald hinein. Die Dunkelheit verschluckte sie wie der Wal Pinocchio. Mit zittrigen Fingern zog sie ihr Handy aus der Hosentasche, um sich den Weg zu leuchten.

Es war einfach zu viel in letzter Zeit.

Zu viele Erinnerungen. Zu viel Sawyer.

Das Laub raschelte unter ihren Schritten und ihre Füße trugen sie wie von allein den Waldweg entlang. Sie wusste, wo sie landen würde, noch bevor sie das Baumhaus in der Dunkelheit erahnen konnte. Sie hatte den Weg nicht vergessen. Sie war seit einem Jahrzehnt nicht mehr hier gewesen, aber könnte die Strecke dennoch im Schlaf zurücklegen.

Sie ließ das Handy sinken und starrte zu den düsteren Umrissen hinauf. Das Mondlicht fiel nur spärlich durch das dichte Blätterdach und tauchte es in seinen fahlen Schein.

Das Baumhaus war so alt und brüchig, dass sie es nicht wagte, die klapprige Leiter zu nehmen und hinaufzusteigen. Es war schon immer hier gewesen. Kate hatte keine Ahnung, wer es wann gebaut hatte. Sie war eines Nachmittags, als sie kaum vierzehn gewesen war, darauf gestoßen, hatte es angesehen und zu ihrem heiligen Ort gemacht. Als Sawyer zwei Minuten später zu ihr gestolpert war, hatte sie nur die Finger auf die Lippen gelegt und war hastig Jared entgegengelaufen, damit er es nicht fand.

Sawyer hatte Stillschweigen über den Ort bewahrt. Bis zum heutigen Tag.

Dennoch hatte er das Baumhaus für sie kaputtgemacht. Weil er sie hier geküsst hatte – bevor er zwölf Jahre lang verschwunden war.

Kate atmete langsam ein und aus, während sie sich mit dem Rücken an die raue Rinde lehnte. Es war still um sie herum. Sie hörte nichts außer dem Rascheln des sanften Windes in den Bäumen und ihrem eigenen Herzschlag.

Wie brillant von ihr, die Vergangenheit hinter sich lassen zu wollen und an diesen Ort zurückzukehren. Einer ihrer eher dämlichen Schachzüge, wenn sie darüber nachdachte. Aber sie war immer hergekommen, wenn ihre Eltern nicht aufgehört hatten, sich anzuschreien. Jedes Mal, wenn sie sich einsam, gestresst oder verletzt gefühlt hatte.

Und es war schwer, alte Gewohnheiten abzulegen.

Etwas knackte und ihr Kopf fuhr nach oben. Schritte näherten sich. Sie wusste sofort, zu wem sie gehörten.

»Geh weg«, murmelte sie. »Mein Auftritt gerade war schon peinlich genug.«

Natürlich hörte er nicht auf sie. Stattdessen leuchtete ein Taschenlampenkegel auf und flackerte über das dunkle Holz des Baumhauses.

»Es war nicht peinlich, Katie«, drang Sawyers Stimme durch die Dunkelheit, bevor er hinter einem Baum zum Vorschein kam und auf sie zutrat.

Kate schnaubte und wandte den Blick ab. »Oh bitte, Sawyer! Alle wissen es. Alle wissen, dass ich als Jugendliche Hals über Kopf in dich verliebt war. Jeder hat es mitbekommen, jeder außer dir. Mir ist klar, dass du nicht dasselbe für mich empfunden hast, aber ich muss das nicht vor all meinen Freunden ins Gesicht gedrückt bekommen.«

Sawyer schwieg, legte die Taschenlampe auf eine der Sprossen der brüchigen Leiter und fuhr sich mit der Hand durch die Haare, bevor er leise sagte: »Ich wusste es, Kate.«

Verwirrt zog sie die Augenbrauen tiefer ins Gesicht. »Was?«

»Ich wusste, dass du in mich verliebt warst. Damals.«

Sprachlos sah sie ihn an. Sie verstand nicht. »Aber … warum hast du nie was gesagt?«

»Weil es keinen Unterschied gemacht hätte.«

Ungläubig riss sie die Augen auf. »Es hätte einen Unterschied für *mich* gemacht.«

Kopfschüttelnd presste er die Lippen zusammen und starrte auf den Stamm des Baums. »Du warst sechzehn, Kate. Du warst sechzehn und Jareds Schwester – es war egal, ob ich es wusste. Es war egal, ob ich die Gefühle erwidert habe oder nicht. Ich konnte ohnehin nichts deswegen machen.«

Kates Hals wurde eng und unentwegt starrte sie ihn an. »Es war nicht egal. Nicht für mich.«

Schnaubend ließ Sawyer die Hände in die Hosentaschen gleiten, bevor er scheinbar mühsam den Blick auf sie richtete. Seine Augen schwarz in der Dunkelheit. »Glaub mir einfach«, sagte er leise, »es hätte die Sache nicht erleichtert.«

Kates Brust hob und senkte sich schwer, während ihre Gedanken unkontrolliert durch ihren Kopf flogen.

»Hast du die Gefühle erwidert?«, flüsterte sie schließlich. »Wolltest du mich?«

»Kate …«

»Ich habe dir eine Frage gestellt«, sagte sie bemüht gefasst. »Hast du mich damals gewollt, Sawyer?«

»Natürlich *wollte* ich dich!«, fuhr er sie bitter an und lachte trocken auf. »Was denkst du? Herrgott, ich wollte dich immer. Jeden verdammten Tag. Aber du warst sechzehn. Du hattest dein ganzes Leben noch vor dir! Es wäre ganz oder gar nicht gewesen, und ich hätte dich sicher nicht dazu gezwungen, auf mich zu warten. Ich musste erwachsen werden. Ich konnte dem nicht nachgeben. Also habe ich die Klappe gehalten. Weil es die Sache zwischen uns nur so viel komplizierter gemacht hätte! Weil es das Richtige war.«

»Aber für mich war es doch schon kompliziert!«, rief Kate mit zitternder Stimme und kämpfte gegen das Brennen in ihren Augen an. »Für mich war es doch schon scheiße. Ich habe dich *geliebt,* Sawyer! Ich war so unglaublich verliebt in dich, dass ich nicht richtig denken konnte.« Sie stieß sich vom Baum ab und ballte wütend die Hände zu Fäusten. »Und dann küsst du mich, als würde dein Leben davon abhängen, sagst mir, dass du nicht der Richtige für mich bist … und verschwindest am nächsten Tag? Ohne ein Wort? Ohne eine Nachricht? Ich habe es von Jared erfahren, Sawyer!

Dass du dich eingeschrieben hast. Du hast mir das Herz gebrochen. Es ist egal, dass ich sechzehn war. Denn Herzen vergessen nicht! Und jetzt erzählst du mir, dass du das wusstest, aber nie etwas gesagt hast? Dass dir klar war, dass ich dich wollte, dass du die Gefühle erwidert hast, dass du meine Briefe bekommen hast – und du bist nie auf die verdammte Idee gekommen, vielleicht mal zu erwähnen, dass ich mir nicht die Mühe machen brauche? Dass ich dich vergessen sollte, weil nie etwas zwischen uns passieren würde?«

»Es wäre gelogen gewesen, Kate!«, fuhr er sie an und machte einen Schritt auf sie zu. »Ich habe es dir nicht gesagt, weil es eine beschissene Lüge gewesen wäre. Weil zwischen uns *immer* die Möglichkeit besteht, dass etwas passiert. Aber damals … damals war es das Richtige.«

»Richtig für wen?«, fragte sie ungläubig. »Für dich? Weil du dir wenigstens einreden konntest, dass du mir keine Hoffnungen gemacht hast?«

Sawyer seufzte frustriert auf. »Kate, das Ganze ist schon so ewig her!«

»Ich *weiß*!«, rief sie mit bebender Stimme. »Und ich hasse mich dafür, dass ich es nicht loslassen kann. Aber ich habe schon verstanden, Sawyer. Es tut dir nicht gut, allzu sehr der Vergangenheit nachzuhängen. Deine Jugend in Eden Bay ist nichts, woran du gerne zurückdenkst, also schaltest du deine Emotionen einfach aus. Ich kapiere es. Aber ich bin nicht wie du. Ich kann nicht rational denken. Ich kann Dinge nicht abhaken, nur weil sie lange zurückliegen. Ich wünschte, ich könnte es, aber … du machst es mir *unmöglich*. Gott, ich habe gewartet, Sawyer! Ich wollte es mir nicht eingestehen, aber ich habe darauf gewartet, dass du zurückkommst. Und dann tust du es, dann stehst du plötzlich wieder vor mir, ziehst zurück nach Eden Bay, und nichts hat sich geändert. Wir hängen immer noch in der Luft. Wir haben uns keinen Millimeter bewegt. Und ich verstehe es nicht.« Sie schnaubte und biss sich frustriert auf die Unterlippe. »Wenn du Eden Bay so hasst, wenn es dir so schwerfällt, mit den Erinnerungen zu leben, warum bist du dann hier? Warum lässt du deine Vergangenheit dann nicht einfach hinter dir und gehst?«

Sawyer starrte sie unentwegt an. Der Blick dunkel und eindringlich, während unruhige Schatten über sein Gesicht tanzten. »Ich musste zurückkommen, Kate.«

»Aber *warum*?«

Er schnaubte und streifte mit den Fingerspitzen ihren Arm, als er die Hände aus den Hosentaschen zog. »Das müsstest du doch am besten wissen! Du hast mich dreiundsechzig Mal daran erinnert.«

Verwirrt sah sie zu ihm hoch. »Was?«

»Ich bin nach Eden Bay zurückgekehrt, weil ich dir eine Erklärung schulde, Katie«, sagte er ruhig. »Und einen Abschied.«

Kate öffnete die Lippen und ihr Herz setzte einen Schlag aus. Als hätte es eine Stufe übersprungen. »Du bist meinetwegen zurückgekommen?«, flüsterte sie, während ihre Arme kraftlos hinabsanken. »Aber …«

»Kate? Sawyer?«, durchriss eine Stimme die Nacht. »Wo zum Teufel seid ihr? Und *wann* habt ihr rumgemacht? Was ist da los?«

Kate zuckte zusammen und schloss die Augen. Jared würde nicht zufrieden mit der Antwort auf seine Frage sein.

»Lass uns gehen«, murmelte sie und lief an Sawyer vorbei. Sie war immer noch nicht bereit, das Baumhaus an ihren Bruder zu verlieren.

Und möglicherweise war sie nicht bereit, die Erklärung zu hören, auf die sie seit fünfzehn Jahren wartete.

Kapitel 10

New York, 2006

Lieber Sawyer,

manche Momente sind zu schön, um sie zu beschreiben. Manche Momente zu still, um sie mit Worten zu beschmutzen. Manche Momente zu vollkommen, um ihnen noch etwas hinzuzufügen.

Ich war gestern wieder in Eden Bay, saß auf dem Pier und habe den Wellen gelauscht. Das habe ich oft gemacht, als ich noch klein war. Es war, als würde das Meer mir eine Geschichte erzählen.

Maine ist wunderschön. Ich liebe New York, aber ich glaube nicht, dass ich für immer hierbleiben werde. Es ist nicht mein Zuhause, weißt du?

Hattest du jemals ein Zuhause, Sawyer?

Lass dich nicht umbringen. Du schuldest mir noch eine Erklärung. Und einen Abschied.

Kate

Ich bin nach Eden Bay zurückgekehrt, weil ich dir eine Erklärung schulde, Katie. Und einen Abschied.

Kate drehte sich auf die andere Seite, zog den Schlafsack höher über die Schultern und starrte in die Dunkelheit. Die Zeltwand flatterte sacht im Wind.

Er war ihretwegen hier. In der Stadt, die er über die Jahre hinweg zu hassen gelernt hatte.

Ihr Zwerchfell zog sich zusammen und drückte auf ihr Herz. Eine tiefe Unruhe erfüllte sie, deren Ursprung sie nicht benennen konnte. Sie hatte das Gefühl, etwas verpasst zu haben. Etwas fundamental Großes vergessen zu haben.

Was hatte er damit gemeint? Er war ihretwegen hier? Um was zu tun? Sie wahnsinnig zu machen? Wenn das sein Plan gewesen war, hatte er ihn verdammt gut umgesetzt.

Sie legte sich zurück auf den Rücken und breitete die Arme aus. Die Luftmatratze quietschte leise unter ihren Bewegungen, doch sie musste keine Angst haben, jemanden aufzuwecken. Maya lag schon längst nicht mehr neben ihr. Sie war vor einer Stunde »kurz aufs Klo« gegangen und nicht mehr zurückgekehrt. Kate vermutete stark, dass sie zu Nathan ins Einzelzelt geklettert war, um ein Abenteuer zu erleben.

Es war Kate egal. Sie konnte ohnehin nicht schlafen. Es war still hier draußen. So still, dass ihre eigenen Gedanken sie anzuschreien schienen. Sie hatte genug davon. Sie wollte nicht mehr denken, sie wollte nicht hinterfragen. Sie wollte *fühlen.* Ohne Schuld. Ohne Zweifel.

Also hörte sie auf zu denken. Sie schlug den Schlafsack zurück und krabbelte zum Ende des Zelts, bevor sie vorsichtig den Reißverschluss aufschob und nach draußen schlüpfte.

Die drei Doppelzelte waren nebeneinander aufgereiht und lagen still da. Die Einzelzelte standen ein paar Meter entfernt, nahe der Waldgrenze.

Kates Herz schlug heftig in ihrer Brust, doch ihre Füße bewegten sich von allein. Sie lief barfuß über den trockenen Boden, wich Wurzeln aus und hockte sich vor das linke Zelt. Sie wusste es besser, als einen Soldaten im Schlaf zu überraschen, weshalb sie leise Sawyers Namen flüsterte.

Anscheinend war er noch wach, denn innerhalb von drei Sekunden erfüllte ein sanftes Leuchten das Zelt und der Reißverschluss wurde geöffnet. Sawyers dunkler Schopf kam zum Vorschein, dann folgten seine nackten Schultern, die den gesamten Zelteingang einzunehmen schienen.

Fragend sah er sie an.

Kate starrte in seine dunklen Augen, glitt mit dem Blick über seinen scharf geschnittenen Kiefer, seinen Hals hinab zu den starken Schultern und Oberarmen. Ihr Herz stockte und unwillkürlich leckte sie sich über die Lippen.

»Ich will kein Wort von dir hören«, flüsterte sie, bevor sie die Hand auf seine Brust legte, ihn zurück ins Zelt schob und hinterherkletterte.

Verblüfft rutschte Sawyer nach hinten, sodass Kate die Plane hinter sich zuziehen konnte. »Was …«

»Kein Wort«, murmelte sie, strich mit den Fingerkuppen seine raue Wange hinauf und legte ihm den Zeigefinger auf die Lippen. »Ich will die anderen nicht wecken.«

Sawyer schwieg, folgte ihren Bewegungen lediglich mit seinem Blick. Sie ließ den Finger von seinem Mund sinken und kniete sich hin. Erst jetzt bemerkte sie den harten Boden unter sich.

»Du schläfst auf einer Isomatte?«, zischte sie ungläubig.

Unsicher hob Sawyer eine Augenbraue. »Soll ich jetzt reden oder nicht?«

Nein. Er sollte schweigen, bevor er es kaputtmachte. Deshalb schüttelte sie nur den Kopf und legte ihre Hand erneut auf seine harte Brust. Seine Haut war warm und glatt und brannte unter ihrer Berührung. Sie spreizte ihre Finger über seinem Herzen, genoss die Wärme und glitt mit der Hand vorsichtig seinen Oberkörper hinab. Sie spürte, wie sich seine Bauchmuskeln unter ihrer Berührung anspannten, während sie mit den Fingern weiter südlich wanderte und den Schlafsack von seinem Schoß zog.

Den würden sie nicht brauchen.

Sie folgte ihrer Berührung mit dem Blick, genoss den Anblick von Sawyers Oberkörper. Von seinen sehnigen Muskeln. Sacht kratzte sie mit den Nägeln über seinen flachen Bauch und zog mit dem Zeigefinger die Beckenknochen nach, bis ihr Blick auf seinen schwarzen Boxerbriefs landete. Das Einzige, was er noch anhatte.

Er war bereits vollkommen hart. Sie erkannte seine große Erektion deutlich durch den Stoff.

Hitze durchflutete Kate und sammelte sich schwer in ihrem Unterleib, bevor sie ihn sacht durch den Stoff streichelte.

Sawyer atmete angestrengt ein, während sein Penis zuckte, und als sie nach oben blickte, sah sie, dass er die Augen geschlossen und den Kopf in den Nacken gelegt hatte. Seine Brust hob und senkte sich schwer, als sie ihre Hand wieder nach oben wandern ließ und diesmal unter den Bund seiner Boxer fuhr. Vorsichtig, fast ehrfürchtig, strich Kate seine beeindruckende Länge hinauf, bevor sie ihn fest mit der Hand umfasste.

Sawyer keuchte, als sie die Faust auf und ab bewegte und mit dem Daumen über seine Spitze kreiste. Sein Penis fühlte sich heiß und groß und glatt in ihrer Hand an und Kate spürte, wie sie feucht wurde. Wie allein der Gedanke an Sawyer, der tief in sie stieß, sie erschaudern ließ.

Sie zog die Hand aus seinen Shorts. Im nächsten Moment schob sie ihren Schenkel über seine Beine und setzte sich auf ihn. Durch ihre dünne, kurze Schlafhose spürte sie seine Erektion deutlich unter sich. Vorsichtig bewegte sie sich hin und her. Genoss den Druck, den seine Härte auf ihre Mitte ausübte, umfasste seine Schultern.

Sawyer hatte die Augen wieder geöffnet und starrte sie schwer atmend an. Seine Iriden kaum noch von seinen Pupillen zu unterscheiden. Er fuhr mit den Händen ihre Arme hinauf. Fing bei ihren Fingerspitzen an, strich mit den Kuppen über die empfindliche Haut ihres Unterarms und bis zu den Schultern, bevor er mit beiden Händen in ihre Haare fuhr und sanft ihr Gesicht umschloss.

Er strich über ihre Unterlippe, zog ihren Kopf zu ihm hinunter – bevor er seinen Mund auf ihren presste.

Sein Kuss war heiß, feucht und sanft. Anders als am Pier. Vorsichtiger. Bedachter. Seine Zunge fuhr über ihre Lippen, bat um Einlass, während seine Hände den Weg ihren Oberkörper hinabsuchten und unter ihr T-Shirt fuhren. Ein Prickeln zog sich über Kates Körper. Überall dort, wo Sawyer sie berührte. Er umfing ihre

Taille, zeichnete ihren Rippenbogen nach, glitt sanft mit den Fingerspitzen über die Unterseite ihrer Brüste.

Kate seufzte auf, während sie sich unruhig auf seinem Schoß hin und her schob. Mehr wollte.

Sawyers Zunge glitt genau zu dem Zeitpunkt in ihren Mund, als seine Daumen rau über ihre Nippel strichen. Kate erschauderte, presste sich enger auf ihn, spannte die Beinmuskeln an.

Sawyers Kuss wurde tiefer, gieriger, seine Berührungen grober. Er fuhr mit offenem Mund ihren Hals hinab, kratzte mit seinem Bart über ihre Haut und schrappte mit den Zähnen über die Stelle direkt hinter ihrem Ohr. Kates Atem beschleunigte sich. Sie legte den Kopf in den Nacken, keuchte auf, als Sawyer ihr Ohrläppchen zwischen die Zähne nahm und gleichzeitig in ihre Nippel kniff.

Ihre Bewegungen auf seinem Schoß wurden drängender, schneller. Sawyer wiegte sich vor und zurück, rieb immer wieder über ihre feuchte Mitte, während er fahrig nach dem Saum ihres T-Shirts suchte und es ihr über den Kopf zog. Seine Lippen fanden erneut ihre und diesmal hatte sein Kuss nichts Weiches, Vorsichtiges mehr an sich. Diesmal trafen sich ihre Zungen, umspielten sich gierig, während Kate ihre weichen Brüste an ihn presste, die Arme um seinen Rücken geschlungen.

Sawyer packte sie an der Taille, hob sie hoch und legte sie mit dem Rücken auf die Matte.

Das sanfte Licht der Taschenlampe reflektierte sich in seinen vor Verlangen verdunkelten Augen und trieb Kates Puls in die Höhe. Als Sawyer sie erneut küsste, seine Lippen ihren Körper hinunterwanderten und feucht ihren rechten Nippel umschlossen, wimmerte sie leise auf.

Ein Lächeln stahl sich auf Sawyers Gesicht, während er sie unter schweren Lidern ansah, die Finger ihre Seiten hinab bis zum Bund ihrer Hose gleiten ließ und sie ihr über die Hüften, die Beine hinabschob. Kate schloss die Augen, während Sawyer ihre Schenkel spreizte. Seine Lippen wanderten tiefer, als er mit dem Zeigefinger durch ihre Schamlippen strich, auf und ab, sie umkreiste und schließlich zielsicher auf ihre intimste Stelle presste.

Kate zuckte zusammen, hob ihre Hüfte an, um mehr zu bekommen, atmete schwer.

»Sieh mich an, Kate«, flüsterte er und schwerfällig öffnete sie die Augen.

Sein Blick verließ ihren nicht, als er ihren Bauch küsste – während er zeitgleich mit zwei Fingern in sie stieß.

Kate stöhnte laut auf, biss sich auf die Lippen, um nicht aufzuschreien. Seine Finger fuhren vor und zurück, während seine Lippen ihren Unterleib hinabwanderten, ihren einen Schenkel küssten, den anderen … und seine Zunge zwischen ihre Beine glitt. Um ihren Kitzler kreiste, während seine Finger noch immer im erbarmungslosen Rhythmus in sie stießen.

Kate wimmerte laut, biss in ihre Faust. Ihr Unterleib zog sich zusammen, glühte heiß, doch so wollte sie nicht kommen. Diesmal nicht. Sie wollte ihn in sich haben. Hart und heiß und tief.

Ruckartig umfasste sie sein Gesicht und zog ihn hoch, küsste seine Lippen mit offenem Mund und riss an seinen Boxerbriefs. Sawyer tat ihr den Gefallen und zog sie herunter, sodass seine Erektion gegen ihren Bauch sprang.

Er beugte sich über sie, küsste ihre Wangen, ihren Hals, während er nach seiner Brieftasche tastete und im nächsten Moment ein Kondom in den Händen hielt. Bevor er es jedoch öffnen konnte, nahm Kate es ihm ab. Sawyer setzte sich hin, während sie die Packung öffnete und das Gummi über seinen Penis rollte. Schließlich kniete sie sich mit gespreizten Schenkeln über ihn, ihre Hände auf seinen Schultern, seine auf ihren Hüften. Ihre Blicke verhakten sich, hielten sich fest, während sie den heißen Kopf seines Penis' an ihrer Öffnung spürte.

Ihr Atem beschleunigte sich. Immer noch sah sie in Sawyers Augen, als sie sich quälend langsam auf ihn hinabsenkte. Er war groß, dehnte sie und sie brauchte einige Zeit, bevor sie ihn vollkommen in sich aufnehmen konnte. Immer wieder richtete sie sich auf und glitt zurück, bis er bis zur Wurzel in ihr war. Kate leckte sich keuchend über die Lippen und Sawyer zog ihr Gesicht hinunter, um sie erneut zu küssen – bevor er unnachgiebig in sie stieß.

Ein Zittern durchlief Kate, während ihr Blut zu kochen begann. Sawyer umfing mit einem Arm ihre Hüfte, presste sie fester auf ihn, während er sich mit dem anderen abstützte, um hart in sie zu rammen.

Kate keuchte, kam ihm entgegen, empfing jede seiner Bewegungen, nahm alles, was er ihr gab. Jeder einzelne Stoß tiefer als der zuvor. Sein Rhythmus wurde schneller, während er sie so positionierte, dass seine heiße Erektion jedes Mal über genau die richtigen Stellen strich.

Kates Lider fielen zu, sie grub die Nägel in seine Schultern, ihr Inneres zog sich zusammen. Die Hitze wurde unerträglich, als Sawyer eine Hand zwischen ihre

Körper schob und den Daumen auf ihren Kitzler presste.

Der Orgasmus schlug über Kate zusammen und sie öffnete den Mund, um zu schreien, doch Sawyer versiegelte ihre Lippen mit seinen. Bebend schlossen sich ihre Muskeln um Sawyers Schwanz, während er weiter in sie stieß. Härter, fester … bevor ein Zittern seinen Körper durchlief, er in ihre Unterlippe biss und genau dann still wurde, als Kate erschöpft auf ihn sank.

Momente der Ewigkeit vergingen, während sie schwer atmend dasaßen und sich ansahen.

Sawyer strich ihr eine Haarsträhne aus der Stirn, bevor er ihre Wange umschloss. Dann küsste er sie zärtlich. Kate hatte das Gefühl, ihr Herz würde zerspringen, wenn er sie jetzt losließ. Doch er tat nichts dergleichen. Er schloss die Arme um sie, drückte sie an sich, legte seine Stirn auf ihre Schulter und presste die Lippen auf ihr Schlüsselbein.

Kate schloss die Augen, bettete ihre Wange auf seinen Kopf, die Hände in seinem Nacken verschränkt, die Finger in seinen Haaren vergraben.

Und sie schwiegen.

Jeder Satz wäre unpassend gewesen. Jedes Wort zu viel.

Also hielten sie sich nur fest. Einen Moment. Eine Weile. Eine Ewigkeit.

Kates Knie taten von dem harten Boden weh, doch sie wagte es nicht, sich zu bewegen. Sie wollte diesen Augenblick festhalten. Den Moment, in dem ihr Herz nicht leer war. In dem es mit Wärme gefüllt war und in dem sie sich nicht verloren fühlte.

Sie hatte Angst, dass ihr die Ruhe entgleiten könnte, sobald sie eine unbedachte Bewegung machte.

Als schließlich die Kälte zu ihr durchdrang und sich eine Gänsehaut ihren Rücken hochzog, hob Sawyer sie von sich herunter, auf den Schlafsack. Er entsorgte das Kondom, während Kate nur dasaß, unsicher, was zu tun war.

Doch bevor sie sich allzu große Gedanken machen konnte, schloss Sawyer schon die Arme um sie, legte sie auf die Isomatte, schaltete das Licht seiner Taschenlampe aus und zog den offenen Schlafsack über sie beide. Er schob den Arm unter ihren Kopf, zog ihren Körper an seinen und vergrub die Nase in ihrem Haar.

Kate spürte seinen Herzschlag, während Sawyers Wärme sie umhüllte wie weiche Watte, die alles andere um sie herum dämpfte. Sie schloss die Augen, küsste seine Schulter, verschränkte die Füße mit seinen und lauschte Sawyers gleichmäßigem Atem.

Kate schlief nicht. Sie lag nur da und genoss die Nähe. Ihr Kopf war leer und mit einem Mal fiel es ihr leicht, jegliche Konsequenzen einfach auszublenden.

Sie wusste nicht, wie lange sie dalag. Wie viele Stunden sie Sawyers Herzschläge zählte, doch irgendwann wand sie sich aus seiner Umarmung, warf ihre Klamotten über und kletterte nach einem letzten Blick auf den schlafenden Sawyer vorsichtig in die Nacht hinaus.

Es wäre keine gute Idee, wenn irgendjemand sie am nächsten Morgen aus seinem Zelt spazieren sah. Sie wusste nicht, wie Jared reagieren würde, und an die romantische Ava wollte sie gar nicht erst denken.

Auf leisen Sohlen tapste sie über den Waldboden zu ihrem Zelt, öffnete den Reißverschluss … und zuckte zusammen, als ein gedämpfter Lichtstrahl sie ins Gesicht traf.

Maya saß auf der Luftmatratze, ein breites Grinsen auf den Zügen, den Zeigefinger auf sie gerichtet.

»Du hattest Sex mit Sawyer!«, zischte sie ungläubig.

Perplex starrte Kate sie an, bevor sie sich hastig nach links und rechts umsah. Doch es war still im Wald. Alle anderen schienen zu schlafen. »Wovon redest du?«, flüsterte sie, kletterte ins Zelt und schloss den Eingang, während sie versuchte, das Blut aus ihrem Kopf zu zwingen.

»Ich hab es gesehen, Kate«, sagte Maya und fing leise an zu lachen. Sie hielt sich die Hand vor dem Mund und schüttelte den Kopf. »Weißt du, was passiert, wenn man im Zelt das Licht anhat und es außen herum dunkel ist?«

Entsetzt weitete Kate die Augen. »Du hast …«

»Keine Sorge, ich bin so schnell abgehauen, dass ich kaum etwas mitbekommen habe«, beruhigte Maya sie grinsend. »Ich bin doch kein Spanner. Aber … du hattest Sex mit Sawyer!«

»Pscht«, machte Kate. »Sei still. Wenn du das noch lauter rumschreist, glaubt dir das noch jeder!«

»Es ist ja auch die Wahrheit.«

»Ist doch egal. Du warst auch bei Nathan«, verteidigte sie sich sofort.

Maya prustete. »Ja. Aber Nathan ist auch mein Freund und gesetzlich quasi dazu verpflichtet, dreckige Dinge mit mir zu tun. Aber bei dir und Sawyer …« Ihre Augen leuchteten auf. »… da ist das was ganz anderes! Seid ihr jetzt zusammen, oder was? Läuft das schon länger? Weiß Jared Bescheid? Ist es was Ernstes?«

Diesmal musste sich Kate überhaupt keine Mühe geben, das Blut floss von ganz allein aus ihrem Gesicht. Genau wegen dieser Fragen hatte sie nicht gewollt, dass es irgendwer mitbekam. »Maya, es bedeutet nichts.

Ich …« … *war einsam. Wollte nicht allein sein. Wollte seit fünfzehn Jahren mit Sawyer schlafen.* »Es bedeutet nichts«, wiederholte sie und sah sie ernst an. »Und du darfst es nicht weitersagen. Vor allem nicht Jared!«

Sie war sich ziemlich sicher, dass ihr Bruder wusste, dass zwischen ihr und Sawyer immer irgendetwas gewesen war. Aber genauso sicher war sie, dass er ausrasten würde, wenn er wüsste, was sie heute nur wenige Meter von ihm entfernt miteinander getrieben hatten.

Maya machte große Augen. »Nichts? Es bedeutet nichts? Denkt Sawyer auch so?«

Kate schluckte und zuckte die Achseln. Denn sie wusste es nicht. Wusste es nie, wenn es um ihn ging. »Keine Ahnung«, gab sie zu. »Es ist auch egal. Wir … Wir wären ein Desaster als Paar. Wir kommen doch keinen halben Tag ohne Streit aus.« Und es wäre zu riskant. Es stand zu viel auf dem Spiel.

Maya nickte, während sie sagte: »Ich verstehe nicht.«

Irritiert blinzelte Kate. »Warum nickst du dann?«

»Weil ich eine gute Freundin sein und dich bestärken will«, erklärte sie. »Aber ihr beide habt doch Chemie und …«

»Ja, mit Chemie setzt man einen Wald in Brand, aber führt kein langes, glückliches Leben.«

Eine Weile lang sah Maya sie ungerührt an, bevor sie leise fragte: »Glaubst du das wirklich?«

Kate dachte an ihre Eltern und schluckte. »Ich weiß es«, murmelte sie und legte sich hin.

Kapitel 11

New York, 2006

Lieber Sawyer,

Leute, die ihre Wäsche mit Wäscheklammern aufhängen – obwohl in ihrem Wohnzimmer kein Wind weht. Vegetarier, die drei Autos besitzen – aber nicht müde werden, einem vorzuhalten, dass man der Umwelt schadet, indem man Fleisch isst. Männer, die mir auf die Brüste starren – und im gleichen Atemzug ein Kompliment für meine Augen machen.

Das sind alles Dinge, die mich wahnsinnig machen!

Jared hat mich gestern auf eine Schießsportanlage mitgenommen. Er meinte, New York sei gefährlich und das Ganze möglicherweise die Lösung für mein Aggressionsproblem.

Ich hasse es, Jared rechtzugeben – da er einfach so verdammt oft falsch liegt! –, aber ich habe heute schon drei Hunde mit Strasssteinen im Fell gesehen und bin noch nicht ausgetickt.

Es ist ein Anfang, oder?

Lass dich nicht umbringen. Du schuldest mir noch eine Erklärung. Und einen Abschied.

Kate

Sawyer hatte mit der ein oder anderen Frau geschlafen.

Diesen Punkt wollte er gar nicht weiter ausführen. Er mochte die Frauen, die Frauen mochten ihn. Das war eine allgemein anerkannte Tatsache. Als Soldat war es so gut wie unmöglich gewesen, eine ernste Beziehung aufrechtzuerhalten – abgesehen davon, dass es in seinem Leben ohnehin nur eine einzige Frau gab, mit der er jemals eine Beziehung in Betracht gezogen hatte. Also hatte er oftmals auf One-Night-Stands zurückgegriffen.

Dennoch war es bis zum heutigen Tag noch nicht vorgekommen, dass sich eine Frau nachts einfach so aus seinem Bett schlich. Er verstand es, Kate wollte nicht von ihren Freunden erwischt werden. Aber hätte sie ihn nicht verdammt noch mal wecken können?

Genervt richtete er sich auf seiner Isomatte auf und stieß den Schlafsack von sich. Er roch nach Sex und Kate. Den würde er wohl nie wieder waschen können.

Mit der Hand fuhr er sich über Augen, Nase und Mund, während er zu begreifen versuchte, was gestern passiert war. Wäre seine Erinnerung nicht allzu lebendig, hätte er in Betracht gezogen, dass er einen äußerst realistischen, dreckigen Traum von Kate gehabt hatte. Aber keiner seiner bisherigen Träume war so verdammt gut gewesen!

Er ärgerte sich, nicht mit Kate in den Armen aufgewacht zu sein. Er hatte zu verdammt lang darauf gewartet, um nicht das volle Programm zu bekommen. Außerdem hatte er keine Ahnung, was das Ganze für Kate gewesen war. Und das musste er wissen.

Er zog sich Hose und T-Shirt über, was in diesem engen Zelt ein Akt der Unmöglichkeit zu sein schien. Bevor er aber den Reißverschluss öffnen und die kühle

Morgenluft hereinlassen konnte, vibrierte sein Handy. Er ahnte, dass er es bereuen würde, aber er hatte keine Wahl. Manche Verpflichtungen konnte er nicht ignorieren. Also sah er drauf. Tatsächlich hatte er eine Nachricht der DEA bekommen, dass sie ihn in zwei Stunden für einen Sondereinsatz brauchten. Shit.

Er rollte seinen Schlafsack zusammen und trat hastig nach draußen.

Jared, Nathan und Kate saßen bereits auf Decken um das erloschene Feuer herum und aßen Brot mit Erdnussbutter. Stirnrunzelnd sah er auf seine Uhr. Es war halb neun.

Was sagte man dazu. Gestern Nacht musste ihn wirklich ausgelaugt haben. Normalerweise schlief er nie länger als bis sieben.

Als würde Kate seinen Blick magnetisch anziehen, landete er auf ihrem Nacken. Sie hatte die blonden Haare zu einem losen Dutt auf dem Kopf zusammengefasst, vereinzelte Strähnen lockten sich an ihrem Hals. Das Verlangen, sich neben sie zu setzen und die Strähnen von ihrer weichen Haut zu streichen, war so übermächtig, dass Sawyer die Hände eilig in seine Hosentaschen stopfte.

»Sieh mal einer an, der Supersoldat hat seinen Schönheitsschlaf endlich beendet«, bemerkte Jared grinsend und nickte ihm zu. Sawyer sah deutlich, wie Kate zusammenzuckte und sich ihr Rücken versteifte. »Dabei dachte ich, du erwachst immer beim ersten Sonnenstrahl, Rapunzel.«

»Du meinst Schneewittchen oder Dornröschen«, korrigierte Nathan ihn. »Rapunzel hat nie geschlafen.«

Jared runzelte die Stirn. »Das verstehe ich nicht. Sie war ein Mensch. Sie muss doch irgendwann geschlafen haben.«

Nathan schnaubte. »Ja, klar. Aber nicht übermäßig lange oder aufregend, so wie Dornröschen oder Schneewittchen. Rapunzels Schlaf ist nicht nennenswert.«

»Wie definierst du *aufregend schlafen*? Ich schlafe nackt. Ist das aufregend?«, wollte Jared verwundert wissen.

»Dazu möchte ich mich ehrlich gesagt nicht äußern«, stellte Nathan trocken fest. »Ich weiß nur, dass du die Märchenanalogie falsch benutzt hast.«

»Du kennst dich viel zu sehr mit Märchen aus, Alter.«

»Das nennt man Allgemeinbildung.«

»Nein, das nennt man *Maya mag Disney und du bist ein Pantoffelheld*, Klößchen.«

Nathan verdrehte die Augen. »Was auch immer. Sawyer, setz dich zu uns und bring Jared zum Schweigen.«

»Ich kann nicht, ich muss fahren«, sagte er entschuldigend. »Ein Job, den ich nicht absagen kann. Sorry.«

Das war das erste Mal, dass Kate sich zu ihm umwandte. Ihr Blick flackerte nur für eine Sekunde zu seinem Gesicht, dennoch schnellte Sawyers Puls in die Höhe. Sie sah müde aus. Als hätte sie überhaupt nicht geschlafen.

»Ah.« Jared zog eine Grimasse. »Dann fahr lieber, bevor Ava aufwacht, sonst lässt sie dich nicht gehen.«

Er nickte, sah zu Kate, doch die hatte den Blick schon wieder auf den See gerichtet.

»Nehmt ihr mein Zelt und meinen Kram mit?«, fragte er. »Und ich glaub, meine Waffe ist in deinem Auto eingeschlossen, Jare.«

Ava hatte sie ihm gestern ungläubig mit den Worten »Wer, denkst du, greift dich hier an, Sawyer? Ein süßes Häschen?« abgenommen und weggesperrt.

»Klar, machen wir. Kate hat meine Schlüssel.«

Kate rutschte unruhig auf ihrem Platz hin und her. »Ja, sie sind im Zelt. Ich …« Sie seufzte. »Ich hole sie.«

Hastig stand sie auf, wich Sawyers Blick aus und schlenderte zu dem Doppelzelt, in dem sie gestern eigentlich die Nacht hätte verbringen sollen.

Sawyer lief ihr eilig hinterher und fing sie ab, als sie die Schlüssel aus dem Zelt geborgen hatte, in dem Maya noch immer schlief.

»Hier«, sagte sie und drückte sie ihm in die Hand, den Blick zur Seite gerichtet.

»Kate«, murmelte er. »Können wir reden?«

Sie blinzelte und ihr Blick flatterte unsicher zu seinem. »Jetzt? Ich dachte, du musst los.«

Ja, aber er konnte gestern nicht so stehen lassen. Er musste wissen, was sie dachte. »Ich will nur wissen, ob …«

»Wir müssen wirklich nicht darüber sprechen«, unterbrach Kate ihn im Flüsterton und schüttelte den Kopf.

»Doch, müssen wir. Kate, wir sind keine Fremden, die zufällig miteinander im Bett gelandet sind.«

Kates Wangen fingen Feuer und er sah sie schwer schlucken. »Hör auf, Sawyer. Es bedeutet nichts. Ich war einsam, das ist alles«, murmelte sie und wollte ihn stehen lassen, doch er wandte sich um und griff nach ihrem Handgelenk.

»Schwachsinn«, sagte er bemüht leise. »Nichts, was zwischen uns passiert, ist bedeutungslos.«

»Doch, ist es. Denn wenn es anders wäre, wo stünden wir dann, Sawyer? Wieder am Anfang. Aber am Anfang wovon?«

»Kate«, flüsterte er eindringlich und griff nach ihrer anderen Hand. »Ich …« Über ihrer Schulter begegnete er Jareds verkniffenem Blick.

Sawyer seufzte frustriert und ließ sie los. Großartig. Das war weder der richtige Ort noch der richtige Moment, um dieses Gespräch zu führen. Und er hasste alles daran.

»Okay«, sagte er widerstrebend. »Wir reden wann anders darüber. Wie wäre es, wenn …«

»Klar«, unterbrach sie ihn mit wackeliger Stimme, wandte ihm den Rücken zu und ging zurück zu den anderen.

Zwei Tage später riss Sawyer so langsam der Geduldsfaden.

Ihm war klar gewesen, dass Kate ein wenig Zeit brauchte, um ihre Gedanken zu ordnen. Dass er sie nicht bedrängen durfte, wenn er tatsächlich eine vernünftige Unterhaltung mit ihr führen wollte. Er hatte jedoch nicht damit gerechnet, dass sie seine Anrufe ignorieren, das *Sullivan's* meiden und sich in Luft auflösen würde, sobald er einen Raum betrat. Die vergangenen achtundvierzig Stunden hatte er gefühlt nichts anderes getan, als Kate beim Verschwinden zu beobachten. Und das war inakzeptabel.

Es machte ihn wahnsinnig, dass er nicht wusste, was in ihrem Kopf vorging. Doch da er sie schlecht kidnappen und zu einem Gespräch mit ihm zwingen konnte, blieb ihm wohl nichts anderes übrig, als den richtigen Moment abzupassen.

Sawyer lehnte sich gegen sein Auto und hielt die Radarpistole im Anschlag. Verkehrskontrollen durchzuführen, gehörte zu seinen Hassaufgaben, war aber leider unumgänglich.

Gähnend blickte er auf seine Uhr. Mittlerweile stand er seit einer Stunde hier und hatte lediglich einem Touri-Pärchen eine Wegbeschreibung zum Lake Lily gegeben.

Er überlegte gerade, ob er es für heute gut sein lassen sollte, als sein Handy klingelte. Stirnrunzelnd sah er auf die Anruferkennung und seufzte schwer. Darauf hatte er jetzt wirklich keine Lust. Aber wenn er nicht abhob, würden sie ja nur wieder anrufen. Und wieder. Und wieder.

»Sie müssen aufhören, mich so zu belästigen«, sagte er ins Telefon, sobald er abhob. »Sonst erwarte ich das nächste Mal einen Verlobungsring.«

»Sie sind ein Charmebolzen, Wright. Genau deswegen wollen wir Sie für unser Team gewinnen«, kam es von der anderen Seite der Leitung.

Sawyer schob sich die Sonnenbrille höher auf die Nase. »Und ich dachte, ich hätte Ihnen höflich gesagt, dass Sie sich Ihr Angebot an einen warmen, dunklen Ort stecken können.«

»Na, ich dachte, vielleicht tun Sie nur, als wären Sie schwer zu haben. Sie sind Kleinstadtpolizist, Wright. Sie verdienen einen Dreck. Wir würden Ihnen das Doppelte zahlen.«

»Ich komme klar.«

»Ach, bitte! Ihr Job kann Sie unmöglich glücklich machen. Ich kenne Soldaten wie Sie. Sie glauben, Sie sehnen sich nach einem ruhigen Leben, aber spätestens nach einem Jahr jucken Ihre Finger. Sie brauchen das Adrenalin.«

Er lebte zusammen mit Kate in einer Stadt. Er hatte genug Adrenalin. »Ich hab gestern eine Wolkenformation in Form einer Handgranate gesehen. Das war aufregend. Ich glaube, mehr brauche ich nicht.«

Sein Gesprächspartner schnaubte. »Sie werden es sich noch anders überlegen, Wright. Das garantiere ich Ihnen.«

»Garantieren Sie mir lieber, dass meine Kaffeemaschine die nächsten fünfzehn Jahre hält. Darüber würde ich mich mehr freuen.«

»Amüsant«, bemerkte der andere und legte auf.

Sawyer lächelte und steckte das Handy zurück in die Tasche. Viele glaubten ihm nicht, aber er war wirklich sehr zufrieden mit seinem Job. Die nötige Action bekam er bei den Außeneinsätzen der DEA. Mehr brauchte er nicht.

Abgesehen davon hatte er immer noch einen Einbruch aufzuklären. Adams Haus war hinweisfrei geblieben und in Eden Bay schien es einfach niemanden zu geben, der ihrem Stadt-Millionär etwas Böses wollte. Sawyer hatte ihn sogar gegoogelt, doch Kate hatte recht behalten. Kein einziger Skandal pflasterte Adams Vergangenheit. Keine neidischen Konkurrenten, keine eifersüchtigen Ex-Freundinnen. Wenn sie morgen früh gemeinsam am Haus seines Onkels weiterarbeiteten, müsste er ihn noch einmal nach Feinden fragen. Adam war reich und reiche Leute machten sich Feinde, egal was das Internet sagte.

Erneut hob er die Radarpistole und sah nach rechts auf ein näher kommendes Auto. Sein Lächeln wurde breiter. Er kannte den Wagen. Und nein, er fuhr nicht zu schnell.

Sawyer drückte trotzdem den Abzug – denn er hatte auf einen Moment gewartet, mit Kate zu reden, und er würde ihn nicht verstreichen lassen. Im nächsten Augenblick setzte er sich in den Wagen, fuhr ihr hinterher und schaltete die Anzeige ein, die das Auto vor ihm höflich darum bat, an den Straßenrand zu fahren.

Es hätte ihn nicht gewundert, hätte Kate ihn einfach ignoriert und aufs Gas gedrückt. Aber zu seiner Überraschung fuhr sie tatsächlich langsamer und glitt bei der nächsten Möglichkeit rechts ran.

Sawyer schaltete den Motor aus und verengte die Augen. Durch die Windschutzscheibe erkannte er, dass Kate nicht allein war. Ein Mann befand sich auf ihrem Beifahrersitz.

Fantastisch.

Er stieg aus und lief zu Kates Fahrerfenster, das sie bereits pflichtbewusst nach unten gekurbelt hatte.

Kate lächelte ihn von unten herauf an, doch Sawyer ließ sich nicht eine Sekunde lang täuschen. Ihr zuckersüßer Gesichtsausdruck war Ergebnis jahrelangen Trainings, um ihre wahren Emotionen zu verbergen.

»Was kann ich für Sie tun, Officer?«, fragte sie betont gelassen.

»Chief, nicht Officer«, korrigierte er sie. »Fahrzeugpapiere und Führerschein, bitte.«

Das Lächeln wackelte auf ihrem Gesicht. »Was genau habe ich falsch gemacht?«, wollte sie wissen.

»So einiges.« Unter anderem hatte sie seine Anrufe ignoriert. Das gab schon einmal eine Verwarnung. Sein Blick glitt zu ihrem Beifahrer, der Anzug und Krawatte trug, also unweigerlich einer von Adams Freunden sein musste. Jap, das war der zweite Strike.

»So einiges?«, wiederholte Kate hölzern. »Bin ich zu schnell gefahren?«

»Fahrzeugpapiere und Führerschein, *bitte.*«

»Habe ich ein Stoppschild überfahren? Ein Reh gerammt?« Sie verengte die Augen und der süße Gesichtsausdruck bröckelte wie Zucker von ihren Zügen. »Oder habe ich dich falsch angesehen?«

»Letzteres«, bestätigte er.

Kate schnaubte laut. »Du machst dich lächerlich, Sawyer!«, fuhr sie ihn an. »Ich habe überhaupt nichts Illegales getan.«

Er seufzte schwer. »Fahrzeugpapiere und Führerschein, bitte, Miss Sullivan. Oder soll ich dich gleich aussteigen und in ein Röhrchen pusten lassen?«

Kate rührte sich nicht. »Du nutzt deine Autorität aus, Sawyer«, flüsterte sie warnend.

»Na, anders scheine ich dich ja nicht zu erreichen. Also …?«

»Gib ihm doch einfach die Papiere«, sagte ihr Beifahrer in diesem Moment und tätschelte beruhigend ihre Schulter. »Ist doch nichts dabei.«

Kate warf ihm einen missmutigen Blick zu, seufzte schwer, tat jedoch widerstrebend wie geheißen. »Schön«, grummelte sie. »Halten wir die Farce doch aufrecht, bis die Situation eskaliert.«

Sie kramte in ihrem Handschuhfach und reichte ihm die gewünschten Papiere.

Sawyer gab sich nicht einmal die Mühe, einen Blick darauf zu werfen. »Würden Sie bitte aussteigen, Miss?«, fragte er freundlich.

»Das ist nicht dein beschissener Ernst«, zischte Kate.

»Doch. Schon.«

»Wundervoll!« Ruckartig löste sie ihren Gurt. »Einfach wundervoll.«

»Was ist jetzt genau das Problem?«, fragte ihr Nebenmann. »Soll ich …«

»Bleib einfach sitzen, Mitch. Ich regle das schon.«

»Okay …« Verwundert sah er zu Sawyer hoch, der nur zurücklächelte, während Kate ihr Fenster hochkurbelte, ausstieg und die Tür hinter sich zuwarf.

»Schön! Was zur Hölle willst du?«, fragte sie angriffslustig und lehnte sich mit dem Rücken gegen den Wagen.

Er zog sich die Sonnenbrille vom Gesicht. »Du gehst mir aus dem Weg.«

»Wow, ja. Du hast mich erwischt. Herzlichen Glückwunsch«, sagte sie augenverdrehend. »Ich wüsste einfach nicht, worüber wir reden sollten, und ich warte auf den Moment, in dem es aufhört, komisch zu sein, dass …« Sie brach ab.

»Dass wir es in einem Zelt wild miteinander getrieben haben?«, half ihr Sawyer auf die Sprünge.

Ihre Wangen liefen feuerrot an und sie wandte den Blick ab – nickte jedoch.

»Dir ist klar, dass du zu mir ins Zelt gekrabbelt bist, oder?«, hakte er stirnrunzelnd nach. »Und nachdem du mich überfallen und zum Sex gezwungen hast, gönnst du mir nicht einmal eine erwachsene Unterhaltung zu dem Thema?«

Kate prustete laut und ihre Mundwinkel zuckten. »Erwachsen? Sawyer, als wir das letzte Mal eine erwachsene Unterhaltung miteinander geführt haben, war ich fünfzehn. Und jetzt tu nicht so, als hättest du dich gegen mich gewehrt!« Sie verschränkte die Arme und räusperte sich. »Ich bin nicht blöd, okay? Es war unvermeidlich, dass wir miteinander im Bett landen. Also habe ich das Ganze vorangetrieben. Da wir das jetzt hinter uns gebracht haben, können wir unser blödes Katz-und-Maus-Spiel also endlich beenden.«

»Oh, Kate«, murmelte Sawyer kopfschüttelnd. »Wir haben noch nicht einmal angefangen.«

Mit geöffneten Lippen starrte sie ihn an. »Was?«

Gott, das würde schwerer werden als gedacht. »Wenn du einen meiner Anrufe entgegengenommen hättest, dann wüsstest du, *was*. Dachtest du ernsthaft, es ging mir die letzten zwei Jahre darum, dich ins Bett zu bekommen?« Belustigt hob er eine Augenbraue.

Kate blinzelte verwirrt. »Wovon sprichst du?«

Sawyer rieb sich mit der flachen Hand über die Stirn. »Von uns, Kate.«

»Es gibt kein Uns!«

Gott, war sie süß, wenn sie falschlag. »Natürlich gibt es das«, sagte Sawyer ungeduldig. »Und da wir gerade über uns sprechen … Wer ist das?« Er nickte zum Wagen hin.

»Das kann dir doch egal sein.«

»Ist es aber nicht. Also?«

Kate atmete tief durch und reckte das Kinn. »Ein guter Freund von mir, mit dem ich sehr bald ausgehen werde. Auf ein Date.«

»Aha. Wie lange kennt ihr euch?«

»Lange genug, um zu wissen, dass wir uns mögen.«

Sawyer nickte, auch wenn ihm danach war, Kate an den Schultern zu packen und sie zu schütteln, bis sie endlich klar dachte.

Als hätte der mysteriöse Beifahrer gehört, dass sie über ihn sprachen, stieg er in diesem Moment aus.

»Gibt es ein Problem?«, wollte er wissen.

»Oh ja«, sagte Kate und ließ ihre Arme sinken. »Mit Sawyer gibt es immer ein Problem.«

»Ihr zwei kennt euch also?«

»Flüchtig«, meinte Kate fröhlich und winkte ihren Freund um das Auto herum. »Mitch, das ist Sawyer. Er wollte dich unbedingt kennenlernen. Sawyer, das ist Mitch.«

Sawyer biss die Zähne aufeinander und streckte die Hand aus, um Mitchs zu schütteln. »Kate hat mir gerade erzählt, wie sehr ihr euch mögt.«

Die Farbe in Kates Wangen vertiefte sich, doch Mitch lachte nur. »Oh ja. Sie hilft mir sehr dabei, mich im Kleinstadtdschungel zurechtzufinden. Ich hatte Glück, sie als meine Maklerin gewinnen zu können. Man trifft selten so ein nettes Mädchen wie Kate.«

Sawyers Mundwinkel hoben sich. »Nett? Kate?«

»Natürlich«, erwiderte Mitch und zuckte mit einer Schulter.

Sawyer lachte leise und nickte. Erleichterung durchströmte ihn. »Alles klar. Sorry, dass ich euch aufgehalten habe. Ihr dürft weiterfahren. Mit den Papieren ist alles okay. War nett, dich kennenzulernen, Mitch.«

Der andere Mann lächelte etwas verwirrt, stieg dann jedoch zurück ins Auto.

Sawyer lachte lauter.

»Was ist so lustig, Sawyer?«, fragte Kate bissig und riss ihm die Fahrzeugpapiere aus der Hand.

»Ach, es ist nur so offensichtlich, dass nichts zwischen euch passiert ist.«

»Woher willst du das wissen?«

»Weil er denkt, dass du *nett* bist. Niemand, der sich dein Freund nennt, würde einen derartigen Fehler begehen.«

»Ich bin nett«, fauchte sie und funkelte ihn wütend an.

»Natürlich«, meinte Sawyer noch immer grinsend, bevor er die Hände um ihr Gesicht legte, sie auf die Zehenspitzen zog und fest küsste. »Ruf mich an, wenn du bereit bist, dieses erwachsene Gespräch zu führen, von dem ich geredet habe.«

Er ließ sie los und machte einen Schritt zurück.

Kate stand da und starrte ihn mit vor Schreck geweiteten Augen an.

»Ich meine es ernst, Kate«, sagte er ruhig. »Ruf mich an.«

Dann drehte er ihr den Rücken zu und stieg in seinen Wagen.

Ja, es hatte seinen Grund gehabt, dass er hatte warten wollen, bevor er mit ihr sprach. Man sollte meinen, zwei Jahre wären genug gewesen … Sawyer hatte da so ein Gefühl, dass dem nicht so war. Aber es war ohnehin zu spät, um jetzt noch einen Rückzieher zu machen. Er konnte es sich nicht leisten, weiterhin ein Feigling zu sein.

Also würde er lebensmüde ins kalte Wasser springen.

*

Kate legte die Finger an ihre kribbelnden Lippen und starrte Sawyers Rücklichtern nach.

Was zum Teufel …?

Dieser Mann ergab überhaupt keinen Sinn!

»Hat der Typ dich gerade geküsst?«

Kate zuckte zusammen und fuhr herum. Mitch war wieder aus dem Auto gestiegen und sah sie irritiert an.

»Ich dachte, du wärst Single?«

»Das bin ich«, sagte sie blinzelnd. »Ich … Er ist nicht …«

Mitch hob eine Augenbraue. »Ja?«

Sie hatte keine Ahnung. »Es war ein … freundschaftlicher Kuss.«

»Das sah nicht freundschaftlich aus.«

Es hatte sich auch nicht freundschaftlich angefühlt.

»Lass uns einfach fahren«, sagte sie atemlos und stieg hastig in den Wagen. Ihre Gedanken rasten. Ihr wurde schwindelig vom Zuhören.

»Okay. Ich bin nur etwas verwirrt«, gab Mitch zu und ließ sich neben sie fallen. »Ich dachte nämlich eigentlich, dass du mir Signale gegeben hättest, dass du an mir interessiert wärst?« Er sah sie erwartungsvoll an.

Sie nickte. »Oh ja. Ja, das habe ich«, bestätigte sie und drehte den Zündschlüssel.

»Ähm, okay …« Mitch schien immer verwirrter. Damit war er nicht allein. »Also, wenn ich frage, ob du mit mir essen gehen willst, würdest du Ja sagen?«

Sie räusperte sich. »Wahrscheinlich.«

»Und würde der Polizist dann herausfinden, wo ich wohne, und mich umbringen?«

»Wahrscheinlich.«

»Aha. Das sind keine sonderlich guten Aussichten für mich«, bemerkte er scherzhaft, auch wenn er auf einmal etwas blass um die Nase herum wirkte.

Kate antwortete nicht. Stattdessen drückte sie aufs Gas und atmete kontrolliert ein und aus, den Blick auf die Straße gerichtet.

Was bezweckte Sawyer?

Als sie vor dem Haus hielt, das sie Mitch heute zeigen wollte, hatte sie noch immer keine Antwort auf diese Frage gefunden.

Alles an dem letzten Gespräch machte sie nervös. Das Schlimmste war, dass sie absolut keine Ahnung hatte, was sie von ihm hören wollte. Zum ersten Mal in ihrem Leben war sie unfähig, sich auszumalen, wie ein erwachsenes Gespräch über ein mögliches *Uns* ausgehen könnte.

Weil sie Angst hatte. Weil das Versteckspiel der letzten zwei Jahre zwar nervenaufreibend, aber sicher gewesen war. Sie hatten ihre Grenzen ausgetestet, aber nie etwas riskiert. Wenn Sawyer jetzt ihre Regeln über den Haufen warf …

Als Kate ruckartig die Bremse betätigte, wurden sie und Mitch nach vorne geworfen, sodass der Gurt unangenehm in ihr Fleisch schnitt.

»Entschuldige«, sagte sie kopfschüttelnd. »Ich bin etwas durcheinander.«

Mitch nickte und lächelte. »Das merke ich. Mach dir nichts draus. Verkauf mir lieber ein Haus.«

Erleichtert über die mögliche Ablenkung stieg Kate aus und kramte nach den Schlüsseln für das Haus, das direkt am Strand, gar nicht unweit ihrer Wohnung stand. Doch als sie den Blick hob, merkte sie, dass sie den Schlüssel gar nicht brauchte.

Schockiert blieb sie stehen. Ein Fenster des Hauses war eingeschlagen worden und die Tür stand sperrangelweit offen.

»Scheiße«, hauchte sie und stolperte einen Schritt zurück.

Es war kurz nach zehn. Es grenzte an ein Wunder, dass noch keiner der Senioren dieser Stadt die Polizei gerufen hatte. Die hatten doch sonst nichts Besseres zu tun, als sich in fremde Angelegenheiten einzumischen.

»Alles okay?«, wollte Mitch wissen und musterte sie, während er die Wagentür schloss.

»Nein«, sagte sie kopfschüttelnd und nickte zum zerschmetterten Küchenfenster, bevor sie ihr Handy aus der Tasche zog.

»Verdammt«, sagte Mitch beinahe beeindruckt. »Meine Güte, Adams Preise sind viel zu hoch, wenn alle naselang bei ihm eingebrochen wird.«

Kate seufzte und hielt sich das Telefon ans Ohr. »Adam«, sagte sie zwei Sekunden später. »Irgendjemand hasst dich. Es wurde wieder bei dir eingebrochen.«

Einen Moment lang herrschte Stille in der Leitung, dann sagte Adam trocken: »Du verarschst mich.«

»Ich wünschte, es wäre so. Aber jemand hat ein Fenster eingeschlagen. Du musst kommen und dir das ansehen.«

»Warum?«, fragte er missmutig. »Meine Anwesenheit macht keinen Unterschied. Ruf Sawyer an und regle das mit ihm.«

Oh nein. Das würde nicht passieren. »Komm vorbei, Adam«, sagte sie mit Nachdruck. »Ich habe noch andere Dinge zu tun.«

»So wie Sawyer aus dem Weg zu gehen?«

Sie biss sich auf die Unterlippe. »Halt die Klappe, ruf ihn an und schwing deinen Arsch hierher. Mitch wird auf dich warten. Ich muss etwas sehr Wichtiges erledigen.«

Irgendetwas weit weg von Sawyer.

Kapitel 12

New York, 2006

Lieber Sawyer,

Alkohol ist böse.

Ich habe keine Ahnung, was gestern passiert ist. Im einen Moment habe ich überlegt, mir einen ruhigen Abend zu Hause zu machen, und im nächsten stehe ich besoffen in einem fremden Pool, in dem Adam gerade mit zwei Frauen gleichzeitig rummacht. Habe ich dir schon von Adam erzählt? Er ist ein Freund von Jared. Hyperintelligent und total verpeilt. Du würdest ihn mögen. Das mit den Frauen war auch eher ein Versehen, meint er. Es wäre einfach so passiert, als er fallen ließ, dass er neuerdings Millionär ist.

Auf jeden Fall dreht sich immer noch alles. Wundere dich also nicht, wenn dieser Brief nach Alkohol stinkt.

Lass dich nicht umbringen. Du schuldest mir noch eine Erklärung. Und einen Abschied.

Kate

»Ich mach dir keinen Mojito.«

»Was für eine Art Barkeeper bist du eigentlich, Jared? Ich bin eine Kundin und will Alkohol.«

»Du bist meine Schwester und es ist zehn Uhr in der Früh.«

»Viertel nach zehn.«

»Viertel nach: Nein.«

Kate runzelte die Stirn und sagte langsam: »Du bist über dreißig und hattest noch nie eine Freundin.«

»Mit Komplimenten kommst du nicht weiter, Kate«, sagte Jared entschuldigend.

»Aber womit komm ich dann weiter?«

»Mit einem Glas Wasser und der Möglichkeit, mir von deinen Problemen zu erzählen.«

Mhm, nein. Das wollte sie nicht. Ein Pinnchen Tequila wäre ihr lieber. »Kannst du das Wasser wenigstens in ein Longdrinkglas füllen, damit ich mir einbilden kann, ich würde mich abschießen?«

»Nein. Das wäre Placebo-Alkohol und du lässt dich viel zu leicht beeinflussen.«

Sie verdrehte die Augen. »Weißt du eigentlich, was ich schon alles für dich getan habe, Jared?«

»Nein, aber ich bin sicher, du wirst mir gleich eine Liste geben.«

»Ich hab deinen Brokkoli verschwinden lassen, wenn Mama dich dazu zwingen wollte, ihn zu essen.«

»Jap, ich hatte recht.«

»Ich habe deinen Ex-Freundinnen erzählt, dass du deine Zeit jetzt darauf verwenden willst, mittellosen Kindern das Lesen beizubringen.«

Jared deutete mit dem Zeigefinger auf sie und nickte entschlossen. »Wenn es in Eden Bay mittellose Kinder gegeben hätte, hätte ich das gemacht!«

»Ich habe Dad erzählt, ich hätte den Kratzer auf seinem Mustang hinterlassen, weil ich wusste, dass er auf mich nur halb so wütend wird wie auf dich. Ich habe dir in New York bestimmt mehr als tausend Dollar geliehen. Ich habe der Pfarrerstochter erfolgreich eingeredet, dass du Jesus bist und es somit okay war, mit dir zu schlafen. Ich habe …«

»Du hast mit Sawyer rumgemacht, wir sind quitt«, unterbrach Jared sie abgehackt und stellte ein Glas Wasser vor ihr auf den Tresen.

Kate seufzte. »Darüber werde ich nicht mit dir reden.«

»Gut, ich will es nämlich nicht hören. Alles, was ich wissen muss, ist, dass es jetzt vorbei ist?«

Kate tippte gegen das Glas. »Kann ich für das Wasser eine Zitronenscheibe haben?«

»Kate …«

»Oder nein. Ich will eine Orangenscheibe. Warum hast du überhaupt schon geöffnet? Ich dachte, ich müsste dich aus dem Bett klingeln.«

Jared warf ihr einen düsteren Blick zu, tat dankenswerterweise jedoch so, als würde er sich erfolgreich vom eigentlichen Thema ablenken lassen. »Die Oldies veranstalten bald einen Talentwettbewerb im Seniorenheim und haben einen Ort zum Trainieren gebraucht. Da ich schwach bin und Avas Großmutter sehr überzeugend ist, üben sie gleich hier.«

Kate grinste. »Was üben sie denn?«

»Sie tanzen.«

»Nackt?«, fragte sie hoffnungsvoll.

»Nein, aber im rosa Tutu. Und das ist fast noch schlimmer.«

Jetzt lachte Kate. »Du bist ganz allein mit all den alten Damen hier, die absichtlich ihre Drinks auf dich schütten, damit du dein Shirt ausziehst?«

»Hey, ich kann es ihnen nicht verübeln, mein Körper ist ein Werk Gottes.«

»Ja, Nacktmulls und der Blobfisch sind auch Werke Gottes.«

»Und soeben habe ich entschieden, dass du jetzt doch anfangen musst, deine Drinks hier zu bezahlen«, meinte Jared im Plauderton und lief um den Tresen herum, da es an der Tür geklopft hatte. »Außerdem bin ich nicht allein, ich habe mir Verstärkung geholt. Benjamin Kavanagh hilft mir. Er sucht einen Job und ist talentiert darin, alte Damen abzulenken. Außerdem ist er dazu in der Lage, eine CD anzuschalten. Das ist ein großer Vorteil.«

Jared öffnete die Tür und sofort drang reges Schnattern zu Kate durch, bevor ihre drei Lieblingssenioren in den Raum strömten, dicht gefolgt von Benjamin, Harpers jüngstem Bruder. Er sah müde aus. Kate folgerte, dass er schon etwas länger Zeit mit den drei Damen verbrachte.

Mrs. Chestnut, Avas Großmutter, und ihre beiden besten Freundinnen Mrs. Lesiki und Mrs. Rosenbaum waren sehr moderne und sehr motivierte Frauen. Sie waren höchst amüsant, aber auch höchst anstrengend.

»Hey«, grüßte Kate sie fröhlich, als sie die Bar erreicht hatten. »Ich habe gehört, ihr führt einen Tanz auf?«

»Hallo, Kitty-Kate«, sagte Avas Großmutter und umarmte sie fest. »Was machst du denn hier? Es ist kurz nach zehn. Ich dachte, ihr Kinder müsst alle arbeiten.«

»Ein kleiner Vorfall hindert mich daran, meine Arbeit ordentlich zu machen«, meinte sie achselzuckend.

»Tatsächlich?« Neugierig hob Mrs. Lesiki die Augenbrauen. »Das hört sich interessant an.«

»Hey, Kate«, sagte Benjamin. »Was ist auf dem Ocean Drive los? Ich bin gerade dran vorbeigefahren und die Polizei steht da rum. Wohnst du nicht da?«

»Polizei?« Mrs. Lesiki riss die Augen und höchstwahrscheinlich auch die Ohren auf.

Kate konnte es ihr nicht verübeln, die Kriminalitätsrate in Eden Bay war in etwa so hoch wie der Bordstein. »In eines von Adams Häuser wurde eingebrochen«, erklärte sie. »Aber ich bin sicher, dass sich Sawyer darum kümmert.«

»Eingebrochen?«, echote Mrs. Rosenbaum.

»Das ist ja großartig«, sagte Mrs. Lesiki begeistert. »So aufregend. Ich habe euch immer gesagt, dass die Mafia uns erreichen wird. Eden Bay ist der perfekte Ort, um einen Haufen Drogen zu verstecken.« Sie wandte sich an Benjamin. »Du bist jung und rauchst doch sicherlich Gras. Wer ist dein Dealer und hat er erwähnt, dass er sein Business expandieren will?«

Ben öffnete verblüfft den Mund und sah hilfesuchend zu Jared.

»Ich rauche kein Gras und jung bin ich auch nicht mehr«, erklärte der Barkeeper schlicht. »Du bist also der richtige Ansprechpartner.«

»Es ist nicht die Mafia«, sagte Mrs. Rosenbaum und verdrehte die Augen. »Das wüsste ich. Howard hatte früher Freunde dort. Es geht bestimmt um Gold. Dieser Internet-Heini wäre doch blöd, wenn er nicht in Gold investieren und es überall in der Stadt verstecken würde.« Erwartungsvoll sah sie zu Kate.

»Adam steht nicht so auf Gold«, meinte sie. »Aber ich würde mich sehr darüber freuen, wenn du ihn weiterhin Internet-Heini nennen würdest.«

»Ihr seid beide albern«, meinte Mrs. Chestnut pikiert. »Zufällig weiß ich, dass es schon der zweite Einbruch in eins von Adams Häusern ist. Es ist offensichtlich, dass wir ein Bandenproblem in Eden Bay haben.«

Benjamin zog eine Grimasse. »Sie sind zweimal bei Adam eingebrochen? Meine Fresse, der muss ziemlich angepisst sein.«

»Nein, nicht wirklich«, bemerkte Kate achselzuckend. »Adam ist zu übermüdet, um sich über irgendetwas aufzuregen. Man müsste schon sein Auto oder einen seiner Computer kaputtmachen, um ihn richtig wütend zu machen.«

Benjamin schnaubte, während Mrs. Lesiki die Hintergründe der Banden hinterfragte, die Eden Bay unsicher machten. Nach fünf Minuten war sie davon überzeugt, dass Jax und Nathan die Anführer sein mussten, da beide Männer tätowiert waren.

»Oh, ja, da könnte was dran sein«, überlegte Jared laut. »Ihr solltet dem definitiv auf den Grund gehen und nach dem Training zur Feuerwehrwache hochfahren.«

Kate konnte sich nur schwer ein Lachen verkneifen, während die Damen bereits festlegten, wer der gute und wer der böse Cop sein durfte.

Ja … sie liebte diese Stadt. Und sie würde es sich nicht nehmen lassen, die Oldies eigenhändig zur Wache zu fahren.

*

»Adam, du bist in etwa so hilfreich wie ein blinder, tauber Mann, der sein Gedächtnis verloren hat.«

»Ich bin mir nicht sicher, aber ich glaube, das war diskriminierend.«

»Ja, gegenüber den Blinden«, bestätigte Sawyer.

»Meine Talente liegen einfach anderweitig«, meinte Adam achselzuckend. »Und es wurde doch schon wieder nichts gestohlen. Was ist also das Problem?«

Sawyer schnaubte und leerte sein Bier. »Du weißt nicht, ob was gestohlen wurde, weil du keine Ahnung hast, was du besitzt.«

Adam winkte ab. »Kate kümmert sich normalerweise um den Kram. Du musst sie fragen. Ich hab keine Geduld für anstrengende Unterhaltungen. Ich tue nur Dinge, die Spaß machen.«

»Weißt du, manche sagen, dass Geld den Charakter verdirbt. Ich frage mich, woher das kommt.«

Adam zuckte die Achseln und trommelte mit den Fingern auf den Tresen, während er einer Kellnerin beim Bierzapfen zusah. »Keine Ahnung. Aber das hat bestimmt irgendein armer und neidischer Typ behauptet. So wie Jared, der gerade in der Küche steht und irgendeinem Bastard einen Burger brät.«

»Du hast dir den Burger bestellt, Adam.«

Er grinste. »Ich weiß. Apropos Jared. Hat er dich schon verprügelt, weil du mit seiner Schwester rumgemacht hast?«

»Nein.« Denn Jared dachte, dass sie vor fünfzehn Jahren rumgemacht hatten. Was zwar stimmte – aber nicht die ganze Geschichte war. Doch Jared war zurzeit nicht das Problem. Um den würde Sawyer sich kümmern, sobald Kate bereit war, mit ihm zu reden.

Er wusste, dass sie Angst hatte. Er hatte es ihr angesehen, als er sie heute Morgen geküsst hatte. Aber das änderte nichts. Denn ja, er hatte auch Angst. Doch wenn sie es nicht riskierten, würden sie sich immer fragen, was gewesen wäre, wenn. Und das war inakzeptabel.

»Mhm, ich hätte gedacht, dass er dich beiseite zieht und eine Warnung ausspricht. Meine Güte, das war das Erste, was er mir gesagt hat, als wir uns kennengelernt haben. Kates Kerle hatten es nie leicht.«

Kerle. Mehrzahl. Die hatte Kate in ihren Briefen nie erwähnt.

»Ich habe keine Angst vor Jared«, meinte Sawyer.

»Ach, richtig. Du hast nur Angst vor Kate.«

Sawyer hob die Augenbrauen in seine Richtung. »Als ob du keine Angst vor Kate hättest.«

»Gott, natürlich habe ich die«, sagte Adam und lachte leise. »Sie weiß, wie man mit einer Harpune tötet, und könnte dich mit einem Lächeln dazu überreden, die Leiche zu verstecken.«

»Wenn es deine ist, ließe sich darüber diskutieren.«

Adam grinste breit. »Du zeigst deine Liebe auf seltsame Weise, Sawyer. Kein Wunder, dass die arme Kate so verwirrt ist. Ah, wenn man vom Harpunenfischer spricht.« Er nickte über Sawyers Schulter.

Automatisch wandte er den Kopf, sah zur Tür und entdeckte Kate. Sie stand im Eingangsbereich, die blonden Haare vom Wind zerzaust, die Wangen gerötet. Über die fremden Köpfe hinweg begegneten sich ihre Blicke. Sie hielt inne, starrte ihn an – und drehte sich auf dem Absatz um.

Ungläubig sah Adam Sawyer an. »Meine Güte, was ist zwischen euch passiert?«

Wir hatten Sex.

Komisch. Sawyer hatte immer gedacht, dass Sex zwei Menschen näher zusammenbrachte. Offensichtlich hatte er sich geirrt.

»Ich gehe«, murmelte er und stand auf.

»Ich glaube, wenn eine Frau vor dir wegläuft, will sie nicht, dass du ihr folgst«, mutmaßte Adam.

»Ich werde sie nur nach Hause bringen.«

»Das heißt, du willst ihr wie ein Stalker mit dem Auto folgen?«

Genau das.

Es nieselte, als Sawyer sich in seinen Wagen setzte. Eine zähe Wolkendecke verschluckte jegliches Mond- und Sternenlicht, während er darauf wartete, dass sich Kates Scheinwerfer einen Weg durch die Dunkelheit suchten. Es sprach für seine Stalkerkünste, dass er sie unter Hunderten erkannt hätte. Er war nicht stolz drauf, doch es war nicht das erste Mal, dass er Kate nachts nach Hause folgte. Sie war eine furchtbare Autofahrerin – was nichts mit ihrem Geschlecht, aber alles damit zu tun hatte, dass sie Regeln generell eher als Richtlinien betrachtete – und Sawyer schlief ruhiger, wenn er wusste, dass sie sicher zu Hause angekommen war.

Ungeduldig tippte er auf das Leder seines Lenkrads, als er Kates Wagen an sich vorbeifahren sah. Ein paar Sekunden wartete er, bevor er sich nach ihr in den nicht existenten Verkehr einfädelte. Er hielt ein paar Autolängen Sicherheitsabstand, während sie am Meer entlangfuhren und der leichte Regen weiter seine Windschutzscheibe beschmutzte.

Vor ihm wurde Kates Wagen langsamer, wahrscheinlich, weil sie nach draußen auf das unruhige Meer starrte. Das hatte sie schon als sechzehnjähriges Mädchen immer gerne getan. Im Regen gesessen und die Wellen dabei beobachtet, wie sie sich am Pier oder auf dem Sand brachen.

Als Kate jedoch auf zwanzig Stundenkilometer runterbremste, bekam Sawyer allmählich ein schlechtes Gefühl. Im nächsten Moment fuhr sie seitwärts ran und bremste ruckartig ab. Sie stieg bereits aus dem Auto und knallte die Tür zu, bevor er es hätte wagen können, an ihr vorbeizufahren. Sie brauchte kein Blaulicht, um ihm zu bedeuten, dass er verdammt noch mal sofort anhalten sollte. Seine Ninja-Fähigkeiten schienen in letzter Zeit ein wenig gelitten zu haben.

Seufzend hielt er hinter ihrem Wagen an und stieg gemächlich aus. Die Brandung rauschte laut und der Nieselregen formte sich zu dicken Tropfen, die in den Erdboden unter ihnen sanken, während die Wolken den Himmel schwarz färbten.

Kate lehnte mit verschränkten Armen an ihrem Kofferraum und starrte ihn an. Sawyers Scheinwerfer ließen ihre blauen Augen hell aufleuchten. »Suchst du irgendetwas, Sawyer?«, fragte sie gespielt neugierig. »Hängt die Antwort auf die Fragen des Universums vielleicht an meiner Stoßstange?«

»Ich weiß nicht«, meinte er vage. »Es ist dunkel. Um das zu wissen, müsste ich etwas genauer hinsehen.«

Sie schüttelte den Kopf. »Fahr einfach nach Hause, Sawyer. Ich brauche keinen polizeilichen Begleitschutz.«

»Hier läuft jemand rum, der in Adams Häuser einbricht«, sagte er gelassen und wischte sich die feuchten Haare aus der Stirn. »Falls es dir entfallen ist: Du wohnst in einem dieser Häuser.«

»Na und? Der Einbrecher wird mich doch, wenn überhaupt, im Wohnzimmer attackieren, nicht auf dem Weg zur Wohnung. Willst du mich jetzt auch noch nach drinnen begleiten und unter meinem Bett nach Monstern suchen?«

Ja, da hätte er nichts gegen.

Offenbar las sie die Antwort in seinen Augen, denn sie schnaubte laut und senkte das Kinn auf ihre Brust. Er beobachtete, wie sie schwer ein- und ausatmete, scheinbar nach Fassung rang, die Arme sinken ließ und sich schließlich vom Wagen abstieß. Sie trat ein paar Schritte auf ihn zu und hob den Blick, sodass sie ihm in die Augen sehen konnte.

»Du musst aufhören, Sawyer«, flüsterte sie.

»Womit?«

»Keine Ahnung. Zu atmen. Mich anzusehen. Mit mir zu streiten. Mir abends mit dem Auto hinterherzufahren, um sicherzugehen, dass ich heil ankomme.«

»Das mit dem Atmen erscheint mir ein wenig drastisch«, gab er zu bedenken.

»Aber es scheint die einzige Lösung zu sein«, presste sie zwischen den Zähnen hervor. »Das hier«, sagte sie und deutete zwischen ihnen hin und her, »macht mich wahnsinnig! Es hält mich nachts wach, es …« Ihre blauen Augen glänzten und Sawyers Inneres zog sich zusammen. »Das muss aufhören«, wiederholte sie mit zittriger Stimme. »Ich kann nicht mehr. Ich muss weitermachen. Du kannst nicht … Du darfst nicht einfach …« Sie holte tief Luft. »Verstehst du?«

Ja, er verstand. »Ich bin deiner Meinung«, murmelte er, trat einen Schritt auf sie zu und umfasste sanft ihre Ellenbogen. »Wir sollten weitermachen. Genau da, wo wir Samstag aufgehört haben.«

Kate schloss die Augen und schüttelte den Kopf. »Ich verstehe dich nicht, Sawyer. Ich verstehe dich *nie*.«

»Weil du mich nicht erklären lässt.«

»Schön.« Kate entwand ihm ihre Arme, strich sich fahrig die feuchten Haare hinter die Ohren und sah ihn fest an. »Du wolltest reden? Hier hast du deine Chance. Erklär es mir. Alles. Warum hast du dich nicht verabschiedet? Warum hast du mir nie zurückgeschrieben? Warum hast du mich geküsst? Was willst du von mir, Sawyer?«

Er ließ seine Hände sinken, spürte die stetigen Tropfen des Regens auf seinen Schultern, auf seinem Gesicht, sein Kinn hinabperlen. Er wusste, dass er es jetzt nicht versauen durfte. Er musste ihr die Wahrheit sagen … durfte aber nicht zu viel verraten.

Weil Kate Angst hatte. Weil sie unsicher war. Weil sie mit einem Fuß bereits halb aus der Tür war.

»Ich wollte dir eine faire Chance geben, Kate«, flüsterte er, sodass seine Stimme fast vom Rauschen des Meeres verschluckt wurde. »Jemanden zu finden, der dir alles geben kann, was du willst. Deswegen habe ich nicht zurückgeschrieben. Deswegen bin ich dir aus dem Weg gegangen. Du solltest dich nicht an mir aufhängen.«

»Und deswegen hast du mich geküsst, bevor du verschwunden bist, ja? Damit ich dich möglichst schnell vergessen kann?«, fragte sie bitter.

Sawyer fuhr sich mit der Hand durch die Haare und schüttelte den Kopf. »Nein, das hatte rein selbstsüchtige Gründe. Ich wollte eine Erinnerung an dich behalten. Ich wollte nicht gehen, ohne … zu wissen, wie es ist.«

Kate schloss die Arme um ihre Mitte und nickte. Ein Regentropfen verfing sich in ihren Wimpern und sie schlug die Lider nieder, sodass er ihre Wange hinabrann. »Und warum hast du dich nicht verabschiedet? Warum hast du kein Wort darüber verloren?«

»Weil ich dann nicht gegangen wäre.« Er lachte trocken auf. »Er wäre beinahe gestorben, Kate. Meinetwegen. Ein kleiner Junge hätte fast sein Leben verloren, weil ich zu dumm und zu rücksichtslos war, um einzusehen, dass ein Straßenrennen bei Regen keine gute Idee ist. Der ganze Unfall lag in meiner Verantwortung. Es war meine Idee, es war mein Wagen. Ich *musste* gehen. Und hätte ich mich von dir verabschiedet … hätte ich zugelassen, dass wir mehr als nur diesen einen Kuss haben, dann wäre das nie passiert. Denn nur ein Idiot würde dich allein zurücklassen und darauf warten, dass dich das erstbeste Arschloch von der Straße wegschnappt. Also ja. Ich bin gegangen, ohne etwas zu sagen. Weil es für mich die einzige Lösung war.«

Erneut fuhr Kate sich mit der Hand unter den Augen her. Doch diesmal war Sawyer nicht sicher, ob sie bloß Regentropfen wegwischte.

»Hör auf. Hör auf, so was zu sagen. Du hattest die letzten zwei Jahre Zeit, Sawyer. Du hattest so viele Chancen, aber nie hast du eine ergriffen. Und jetzt, da ich weitermachen will, fällt dir plötzlich ein, dass du mich nicht gehen lassen kannst?«

Nein, sie lag so unglaublich falsch. »Katie«, flüsterte er und fuhr mit dem Daumen ihre Wange entlang. »Ich wollte dir nicht wehtun. Ich habe so ziemlich jeden Menschen verletzt, der mir irgendwann mal wichtig war. Bei dir wollte ich es anders machen.«

»Das hat nicht funktioniert«, erwiderte sie schlicht und schloss die Augen. »Du hast mir das Herz gebrochen. Und dann bist du wiedergekommen und hast kein Wort darüber verloren. Wie du es schon immer getan hast. Du hast geschwiegen, als es wichtig gewesen wäre, etwas zu sagen! Du hast mir meine Entscheidung abgenommen. Du hättest mich wählen lassen können. Du wolltest nicht, dass ich auf dich warte … aber ich habe es dennoch getan. Jahrelang.« Sie öffnete die Augen. »Aber ich bin schlauer geworden. Ich habe gedacht, wir würden zusammengehören. Ich habe geglaubt, dass irgendetwas uns zusammenbringen würde. Aber so funktioniert die Welt nicht. Wir können nicht vorhersehen, welche Entscheidung uns wohin führt. Wir spielen mit dem Zufall, hoffen auf Schicksal, aber verbinden die Punkte nur falsch herum.« Sie schluckte schwer. »Wir sind nicht füreinander bestimmt, Sawyer. Wir hängen aufeinander fest, aber wir sind zu verschieden. Wir streiten pausenlos. Wir haben Chemie, aber das reicht nicht, um eine Beziehung miteinander zu führen. Das reicht nicht, um glücklich bis ans Ende aller Tage zu leben. Und ich will dich so sehr loslassen – aber ich kann es nicht.« Weitere Tränen lösten sich aus ihren Augenwinkeln, perlten über seinen Daumen und hinterließen salzige Spuren auf ihrer Haut. Sawyer hasste sich dafür, dass er der Grund für sie war. »Ich glaube, dass das Herz splittert, sobald es das erste Mal gebrochen wird«, flüsterte sie. »Einer meiner Splitter ist bis in deines geflogen – und er fehlt mir. Seit fünfzehn Jahren fehlt er mir und ich bekomme ihn einfach nicht zurück. Du hältst ihn fest. Und wenn du ihn mir nicht zurückgibst, dann komme ich nie weiter. Also bitte … gib mir meinen Splitter und lass mich gehen, Sawyer.«

Sawyer schüttelte den Kopf und legte auch die andere Hand an ihre Wange. Er wollte es ihr leichter machen. Er wollte, dass sie aufhörte zu weinen. Aber er konnte ihr ihren Wunsch nicht erfüllen. »Nein, Kate. Das kann ich nicht.«

»Warum nicht?«

»Weil es dieser Splitter ist, der mein Herz zusammenhält.« Der Wind dämpfte seine Stimme, sie war nur ein

Flüstern, doch er wusste, dass Kate ihn gehört hatte. Überrascht öffnete sie die Lippen. »Du hast recht«, murmelte er. »Es reicht. Ich will nicht mehr, Kate. Ich will nicht mehr spielen. Ich will nicht mehr streiten.«

»Und was ist dann deine Lösung, Sawyer?«

»Ich gebe mich geschlagen«, flüsterte er und senkte seine Lippen auf ihre. Denn er wusste, was Kate vergessen wollte: Er war dafür gemacht, sie zu küssen.

Seine eine Hand fuhr in ihren Nacken und unter ihre nassen Haare, während er mit dem Daumen der anderen ihr Kinn hob, um den Kuss zu vertiefen. Kate lehnte sich in seine Berührung, seufzte leise, so als würde auch sie aufgeben, und öffnete ihre Lippen unter seinen. Sie fuhr unter seine offene Jacke, über sein T-Shirt, das ihm mittlerweile an der Brust klebte, zu seinem Rücken. Sawyer spürte jede ihrer Berührungen wie Stromschläge, die unter seine Haut fuhren, sich in sein Inneres brannten und seinen Puls in die Höhe trieben.

Es war egal, was sie mit ihren Händen tat – er bekam nicht genug. Weil er wusste, dass es Kate war, die ihn berührte. Das allein genügte.

Der Regen fiel weiter auf sie herab, als er seine Hände ihren Rücken hinabgleiten ließ, ihren Po umfasste und sie auf die Zehenspitzen zog, um ihr Becken gegen seines zu pressen. Kate gab ein leises Stöhnen von sich, das stark an Sawyers Selbstbeherrschung zerrte. Ihre Nägel kratzten mittlerweile über nackte Haut, zogen sein T-Shirt nach oben und hielten abrupt inne.

Kate löste sich von ihm und sah ihn mit geröteten Lippen an. »Hast du ein Kondom dabei?«, fragte sie atemlos.

»Wieso?«

»Weil ich dir ein Ballontier basteln will«, sagte sie trocken.

Seine Mundwinkel zuckten – aber sie konnte ihm keinen Vorwurf dafür machen, dass er gerade etwas langsam war. Sein Blut war nicht mehr in seinem Kopf. »Nein. Und selbst wenn ich eins hätte. Ich will dich in einem verdammten Bett.«

Sie leckte sich über die Lippen und nickte. »Dann bring mich nach Hause.«

Kapitel 13

New York, 2007

Lieber Sawyer,

okay. Ich verstehe doch, was Leute an Sex finden. Ich habe nur etwas gebraucht. Sagen wir einfach, ich bin bekehrt.

Lass dich nicht umbringen. Du schuldest mir noch eine Erklärung. Und einen Abschied.

Kate

Kate prallte mit dem Rücken gegen die Wand, doch sie spürte den Schmerz kaum, weil Sawyer ihr bereits das nasse T-Shirt über den Kopf zerrte und den BH folgen ließ. Seine rauen Hände glitten über ihre Brüste, drückten sie nach oben, als er sie erneut küsste und schließlich in seine Arme hob.

Sie schlang die Beine um ihn, presste ihr Becken gegen seines und kratzte mit den Nägeln über seine Schultern.

Sie hatte es aufgegeben. Sich gegen ihn zu wehren, sich gegen sich selbst zu wehren. Sollten sie doch der

Anarchie verfallen und gucken, wo sie am Ende landeten. Es war ihr alles egal.

»Schlafzimmer?«, keuchte er.

»Ich fasse es nicht, dass du noch nie bei mir warst.«

»Schlafzimmer, Kate!«

»Erste Tür links.«

Er nickte, küsste sie erneut, glitt mit seiner Zunge über ihre Lippen und folgte ihrer Wegbeschreibung. Im nächsten Moment schaltete er das Licht an und warf sie aufs Bett. Kate landete auf Dutzenden Kissen, die sie fahrig unter sich hervorzog und achtlos zu Boden warf. Mit gierigem Blick stand Sawyer vor der Matratze und sah auf sie herab.

»Sehr viel besser als in einem Zelt«, sagte er atemlos, bevor er ihr auf das Bett folgte und sie mit seinem Körper bedeckte. Er küsste ihre Lippen, ihren Hals, ihr Schlüsselbein, während sein Gewicht sich köstlich auf sie herabpresste und keinen Zentimeter Luft zwischen ihnen ließ.

Kate stöhnte auf, als er seine Hüfte vor und zurückschob, immer wieder mit seiner deutlich unter dem festen Jeansstoff zu spürenden Erektion über sie strich. »Warum hast du noch was an?«, fragte sie heiser und zerrte ungeduldig an seinem T-Shirt … das augenblicklich ein Ratschen von sich gab.

Sawyer löste die Lippen von ihrem Hals und sah sie stirnrunzelnd an. »Hast du gerade mein T-Shirt zerrissen?«

»Es war von schlechter Qualität«, sagte sie ernst, bevor sie sich weiter Mühe dabei gab, es über seine breiten Schultern zu kriegen.

Sawyer grinste und zog sich den Stoff in einer fließenden Bewegung über den Kopf, sodass sie endlich seine glatte Haut berühren konnte. Wohlig seufzte sie auf, als sie mit den Fingerspitzen über seinen muskulösen Rücken fuhr, bevor sie ihr Gesicht in seine Halsbeuge presste und tief seinen Geruch einatmete. Niemand roch so sehr nach Mann und Sex wie Sawyer Wright.

Sie küsste ihn hinters Ohr, küsste seinen Hals, während Sawyer geschickt den Reißverschluss ihres Rockes öffnete und ihn mitsamt des Höschens über ihre Hüften streifte.

Als Kate erneut in seine Augen sah, spiegelte sich ihr eigenes Verlangen dort wider. Sawyer richtete sich auf seinen Unterarmen auf und sah schwer atmend auf sie herab. »Hände hoch.«

»Was?«, fragte Kate verwirrt und hielt mit ihrer Berührung an seinem Rücken inne.

Sawyer grinste dreckig. »Deine Hände. Ich will, dass du dich damit am Bettkopf festhältst und nicht loslässt.«

Kates Lippen wurden trocken und ihr Herzschlag beschleunigte sich. »Aber was, wenn ich sie brauche?«

Sawyer lachte leise und zog ihre Hände von seinem Körper, bevor er sie über ihrem Kopf positionierte und sich langsam aufrichtete, sodass er mit beiden Beinen zu Seiten ihrer Unterschenkel über ihr hockte. »Lass sie oben, Kate«, flüsterte er rau. »Ich will dich für ein paar Momente ansehen.«

Kate schwieg und biss sich auf die Lippen, die Finger um die Metallstäbe ihres Betts gelegt, während Sawyer sie einfach nur anstarrte. Erst ihr Gesicht, ihre Lippen, dann schweifte sein Blick ihren Oberkörper hinab, blieb an ihren Brüsten hängen, an ihrem Bauch, bis er zwischen ihren leicht geöffneten Beinen verharrte.

»Du bist feucht«, murmelte er und seine Augen verdunkelten sich.

Kate sah auf seinen gespannten Hosenschlitz. »Und du bist hart.«

Sawyer hob einen Mundwinkel. »Seit fünfzehn Jahren.«

»Dito.«

Sein Lächeln wurde breiter und erneut ließ er seinen heißen Blick schweifen. Tastete jeden Zentimeter ihres Körpers mit ihm ab. Weitere Hitze sammelte sich zwischen Kates Beinen und mit jedem ihrer Atemzüge wurde das Ziehen in ihrem Unterleib unerträglicher. Wenn es möglich war, allein unter einem Blick zu kommen, dann stand sie kurz davor.

»Guck schneller«, flüsterte sie. »Ich stehe ohnehin schon auf Santas Liste der unartigen Kinder – und ich bin sehr ungeduldig.«

Sawyer grinste noch breiter, während er sich Zeit dabei ließ, mit den Fingerspitzen ihren Oberkörper zu erkunden. Er strich mit den rauen Kuppen über ihr Schlüsselbein und umrundete ihre Brüste, bevor er in ihre Nippel zwickte, nur um im nächsten Moment drauf zu pusten. Als wollte er sie den kurzen Schmerz vergessen lassen.

Kate erzitterte und schloss die Augen.

Sawyers Berührungen wanderten tiefer. Er malte Kreise auf ihren Rippenbogen, bevor er die Stellen küsste, die er soeben angefasst hatte. Seine Lippen wanderten über ihren Bauch, seine Bartstoppeln kratzten über ihre empfindliche Haut, während er mit den Händen ihre Schenkel spreizte, ihre Beine hinabglitt und eine Gänsehaut hinterließ. Er leckte über ihre Hüfte, berührte mit der Zungenspitze sacht die Stelle zwischen Oberschenkel und Schambereich … Seine Finger, seine Küsse landeten überall – aber nicht an der Stelle, an der Kate sie haben wollte.

»Sawyer«, keuchte sie und versuchte ihre Beine zusammenzupressen, doch er hielt sie mit seinen Schultern offen. »Ich schwöre dir, wenn du nicht gleich …«

Mit der Fingerspitze fuhr er durch ihre Feuchtigkeit, teilte ihre Lippen, kurz bevor er seine Zunge folgen ließ. Eine elektrische Welle zuckte durch Kates Körper und automatisch flogen ihre Hände nach vorne, um seinen Kopf dort zu halten, wo er war.

Unter schweren Lidern sah Sawyer sie von unten herauf an, bevor er ihre Hände einfing und sie seelenruhig zurück nach oben schob. Frustriert stöhnte Kate auf, doch Sawyer beachtete sie gar nicht.

Der gespannte Reißverschluss seiner Jeans fuhr kalt über ihren Bauch, als Sawyer die Hände über ihrem Kopf auf die Matratze presste und sie auf den Mund küsste.

Sein Kuss war hungrig und heiß. Feucht und hart. Fordernd und rau. Die Hitze in Kates Unterleib verband sich zu einem schmerzlich-süßen Ziehen, das ihr die Luft zum Atmen nahm. Sie wollte ihre Hände losreißen, wollte Sawyer berühren, wollte ihre Beine um sein Becken schließen und ihn in sich aufnehmen, doch er ließ sie nicht.

»Muss ich erst meine Handschellen holen, Kate?«, fragte er rau an ihren Lippen.

Kates Hände wurden klamm, als sie in seine dunklen Augen hinaufsah. Sie wollte die Beine zusammenpressen, wollte, dass der innere Druck endlich nachließ, doch Sawyer hielt sie offen.

»Vielleicht solltest du das tun«, flüsterte sie atemlos.

Ein träges Lächeln zog an seinen Mundwinkeln. »Um ehrlich zu sein, benutzen wir bei der Polizei eher Kabelbinder.«

Kate schluckte hörbar und biss sich auf die Unterlippe.

»Aber die sind im Auto«, fügte Sawyer hinzu.

»Dann vielleicht beim nächsten Mal«, murmelte sie, bevor sie ihren Kopf hob, um seine Lippen zwischen die Zähne zu nehmen. Sie küsste ihn tief, während Sawyer ihre Hände erneut um die Stäbe des Bettkopfes legte, bevor er ihre Seiten hinabstrich, die Unterseiten ihrer Brüste reizte und schließlich zwischen ihre Beine wanderte.

Kate keuchte auf, als er zielsicher die Stelle fand, die nach der meisten Aufmerksamkeit verlangte. Träge kreiste Sawyer mit dem Daumen um ihren Kitzler, während er kleine Bisse an ihrem Hals verteilte, mit der Zunge über ihren Nippel fuhr – und mit zwei Fingern in sie eindrang.

»Ist es das, was du willst?«, fragte er leise und stieß geschmeidig vor und zurück.

Kate wimmerte, konnte ihm nicht antworten, während sie ihm bei jedem seiner Stöße das Becken entgegenhob und mit aller Kraft dagegen ankämpfte, die Hände oben zu lassen. Sein Daumen strich weiter vor und zurück, während er sie mit den Fingern quälte und mit dem Mund immer weiter ihren Oberkörper hinabwanderte. Das Ziehen in Kates Unterleib wurde unerträglich, breitete sich in ihrem ganzen Körper aus, ließ ihre Brust eng werden … bis Sawyer sie zwischen die Beine küsste und kurz an ihr saugte.

Kate kam mit einem lauten Stöhnen. Ihre Fersen gruben sich in die Matratze, während sie unter Sawyers

Zungenspitze zuckte, der Orgasmus sie in einer einzigen Welle überrollte … bis sie schließlich zitternd und schwer atmend liegen blieb.

Mit gehobenen Augenbrauen sah Sawyer sie von unten herauf an. »Das war einfach.«

»Na, was erwartest du?«, fragte sie verärgert und schlug ihm fest auf die Schulter. Einige Herzschläge lang lag sie schwer atmend da, dann richtete sie sich abrupt auf. »Und jetzt reicht es. Ich bin dran.« Sie presste die Hände auf Sawyers Brust und drückte ihn im nächsten Moment auf die Matratze, sodass er mit dem Kopf am Fußende aufschlug.

»Du warst ganz schön gemein, Sawyer«, flüsterte sie, während ihre Fingerspitzen über seine Brust tanzten, sein Sixpack nachzeichneten und schließlich an seinem Hosenbund anlangten und den Knopf öffneten. »Ich fürchte, das kann ich nicht auf mir sitzen lassen.«

»Willst du mich bestrafen?«, fragte Sawyer amüsiert, während sie seelenruhig seinen Reißverschluss hinunterzog und die Jeans mitsamt Boxershorts über seine Hüften nach unten schob, denn oh ja, genau das hatte sie vor.

»Behalt deine Hände oben, Sawyer«, murmelte sie, küsste seine Lippen, seinen Hals, die Stelle hinter seinem Ohr. »Mir ist dein Auto nämlich nicht zu weit weg.« Ihre Hand glitt seine Leiste hinab. »Ich werde die Kabelbinder holen, wenn du dich nicht benimmst«, flüsterte sie und umschloss fest seine steinharte Erektion. Sawyer zuckte unter ihrer Berührung zusammen, während sie die Hand langsam auf und ab bewegte.

»Fuck«, fluchte er, sein Atem flach und unstet, als Kate eine Spur von Küssen seinen Oberkörper hinunterzog und ihre Bewegungen beschleunigte. Immer wieder pumpte sie auf und ab, fuhr mit der Zunge über seinen flachen Bauch, immer tiefer. Dann leckte sie sacht über die Spitze seines Penis.

Sawyer zuckte zusammen und seine Hände schnellten nach vorne zu Kates Kopf. Sofort nahm sie die Lippen von ihm und sah missbilligend zu ihm auf. Schweiß stand auf seiner Stirn und der Puls an seinem Hals schlug deutlich sichtbar.

»Was habe ich dir gesagt?«, fragte sie diabolisch lächelnd. »Wo sollen deine Hände sein?«

Zitternd riss Sawyer die Hände wieder nach oben. »Du bist …«

Sie glitt mit ihrer Zunge an seiner Erektion entlang, bevor sie ihn vollends in den Mund nahm.

»Scheiße!«

Seine Haut schmeckte salzig und süß zugleich und fest schloss Kate die Lippen um ihn, während sie ihren Kopf auf und ab bewegte.

Sie spürte Sawyer, spürte die Anspannung in seinem gesamten Körper, während er ihr mit der Hüfte entgegenkam, in ihren Mund stieß.

Kate spürte, wie sie erneut feucht wurde. Wie es sie anmachte, dass sie eine solche Macht über Sawyer hatte. Und auch wenn sie ihn ebenso hatte quälen wollen wie er sie, konnte sie nicht mehr warten. Sie löste den Mund von ihm, strich mit den Händen flach über seinen Bauch und positionierte sich über seiner Erektion, die heiße Spitze direkt an ihrem Eingang.

Schwer atmend riss Sawyer den Kopf nach oben. »Kondom?«

»Ich nehme die Pille«, flüsterte sie und senkte sich auf ihn hinab, bis er sie vollkommen füllte. Für einige Momente saß sie einfach nur da, genoss das Gefühl der

Dehnung, bevor sie sich erneut hob und wieder nach unten glitt. Auf und ab. Mit bebendem Körper schloss sie die Augen, als sie Sawyers Finger an ihrer Hüfte spürte, die sich in ihr Fleisch gruben, um ihre Bewegungen zu beschleunigen. Kate beugte sich vor, ihre Nippel streiften seine harte Brust, während ihre Lippen seine suchten.

»Nicht genug«, keuchte Sawyer, warf sie im nächsten Moment auf den Rücken und drang noch tiefer in sie ein.

Kate schloss die Beine fest um ihn, kam seinen Stößen entgegen, die härter, schneller wurden.

Sawyer verschränkte die Finger mit ihren, während er unerbittlich in sie stieß, sie höher trieb – bis sich ihre Muskeln zusammenzogen und ein zweiter Orgasmus sie überrollte. Sawyer vergrub sich ein letztes Mal in ihr … bevor er sich in sie ergoss und keuchend über ihr zusammensackte.

Kate schloss erschöpft die Augen und legte die Arme um seinen Hals. Sie brauchte ein paar Minuten, um sich wieder zu sammeln.

Schwer atmend lagen sie da, bis Sawyer sanft ihre Schulter küsste und sich von ihr rollte. Seine Hand noch immer mit ihrer verschränkt, blieb er neben ihr liegen und starrte an die Decke.

»Versteh mich nicht falsch«, sagte er noch immer außer Atem. »Die Episode im Zelt war fantastisch, aber das gerade …«

Kate lachte leise und nickte. »Wir sind verdammt gut, oder?«, stellte sie fest und richtete sich auf ihren Ellenbogen auf. »Ich meine …« Sie runzelte die Stirn und sah auf Sawyer hinab. »Oder?«

Sawyer grinste breit und zupfte an ihren Haaren, um ihren Kopf näher an seinen heranzuziehen. »Wir sind fantastisch«, bestätigte er und küsste sie, bevor er mit der Hand ihren Ellenbogen wegschubste, sodass Kate überrascht in seinen Arm rollte.

»Meinst du, es liegt an der jahrelangen Erwartung, die sich aufgestaut hat?«, wollte sie nachdenklich wissen und schlang ein Bein um seines, während Sawyer die Arme fest um ihre Schultern zog.

»Nein. Wir sind einfach zwei fantastische Leute, die zusammen noch was viel Fantastischeres ergeben.«

Kate schnaubte, gab ihm aber insgeheim recht.

Sie waren scheiße noch mal fantastisch!

Lächelnd presste sie die Lippen auf Sawyers Brust, bevor sie ihren Kopf darauf platzierte. Der Regen prasselte gegen das Fenster und der gleichmäßige Ton machte sie ganz schläfrig. Sawyer zeichnete Kreise auf ihre Schulter, hinterließ eine angenehme Gänsehaut auf ihrer Haut und eine stetige Wärme in ihrem Herzen.

Ihr ging auf, dass sie in ihrem Leben noch nicht so zufrieden gewesen war. Hier zu liegen, nackt in Sawyers Armen, sein Atem federleicht an ihrem Ohr, während sich die Welt draußen ohne sie weiterdrehte, war … wundervoll.

Ihr Herz ziepte leicht, während sich die Wärme weiter in ihr ausbreitete und bis in ihre Fingerspitzen drang.

Ja. Wundervoll war das richtige Wort.

Sawyers Brust hob und senkte sich gleichmäßig, fast so, als würde er sie vor- und zurückwiegen. Kate war gerade dabei, einzuschlafen, als sie seine fragende Stimme hörte.

»Sawyer elf, Kate zehn?«

Sie kuschelte sich enger an ihn. »Was?«

»Interessant«, murmelte er, bevor er sich unter ihr bewegte und auf einmal ein Papier an ihrem Ohr raschelte. »Warum trägst du einen Fetzen Papier mit meinem Namen darauf in deiner Rocktasche herum, Kate?«

Sie wusste immer noch nicht, wovon er sprach, und gähnte zaghaft. »Was redest du da?«

»Ich führe anscheinend. Aber wobei?«, sinnierte er weiter.

Moment. Führen?

Kate öffnete ein Auge und bemerkte, dass Sawyer einen Zettel in der Hand hielt. Einen Zettel, auf dem …

»Oh mein Gott!« Abrupt fuhr ihre Hand nach vorn, um ihm das Stück Papier zu entreißen. Leider war Sawyers Arm ungefähr doppelt so lang wie ihrer und die Zeit bei der Armee hatte seinen Reflexen nicht gerade geschadet.

»Worin führe ich, Kate?«, fragte er interessiert. Sie setzte sich auf, doch er tat es ihr gleich, sodass sie das Papier nun erst recht nicht zu fassen bekam.

»Es ist nichts«, sagte sie hastig und zog an seinem Bizeps.

»Elf … was habe ich elfmal getan?«, überlegte Sawyer laut. »Ich habe dich dieses Jahr öfter als elfmal nach Hause verfolgt.«

Ungläubig sah sie ihn an. »Du hast *was*?«

»Ah, das ist es also nicht.«

Seufzend ließ sie von seinem Arm ab. Sie war schwach, aber nicht dumm. Gegen seine Muskelkraft konnte sie nicht gewinnen. »Woher hast du den Zettel überhaupt?«

»Er lag auf dem Boden, ist wohl aus deiner Tasche gefallen. Kommen wir noch einmal zu dieser mysteriösen Elf zurück. Habe ich dich elfmal beim Dart besiegt?«

Sie prustete. »Das hättest du wohl gerne.« Außerdem ließen ihre Freunde sie nicht mehr zu zweit spielen. Seit dem März-Vorfall, der mit Blutflecken und einer Menge Eiswürfel auf dem Boden geendet hatte.

»Dann verrat mir, wofür die Zahl steht«, meinte Sawyer amüsiert und ließ den Zettel in ihren Schoß fallen.

Kate wich seinem Blick aus. Auf einmal wünschte sie sich, nicht mehr ganz so nackt zu sein, weshalb sie unter die Bettdecke schlüpfte, auf der sie soeben noch sehr dreckige Dinge getan hatten. Schnell griff sie nach dem Zettel und ließ ihn unter dem Bett verschwinden. »Es ist nicht so wichtig, wirklich«, sagte sie hastig.

Sawyer betrachtete sie fragend, nickte dann jedoch. »Okay. Du musst es mir nicht sagen.« Er stand auf, um das Licht auszumachen, bevor er die Decke ebenfalls zurückschlug und zu ihr kroch. Ihre Füße lagen auf den Kopfkissen, doch Kate machte es nichts aus und Sawyer anscheinend ebenso wenig. Er schob lediglich den Arm unter ihren Kopf und küsste sie sacht auf die Lippen.

Kate lächelte und entspannte sich allmählich wieder. Sie kuschelte sich an ihn und schloss die Augen.

Stille senkte sich über sie. Der Wind rüttelte an den Fenstern, während der Regen rhythmisch auf die Scheiben prasselte. Der Nachthimmel war wolkenverhangen und düster, sodass Kate kaum ihre eigenen Finger vor Augen erkennen konnte. Sein Herz schlug stetig unter ihrem Ohr und wieder lullte die Müdigkeit sie ein …

»Wofür ist die Strichliste, Kate?«

Sie konnte nicht anders, sie lachte laut. »Von wegen schweigsam und stoisch. Gott, wenn Ava wüsste, dass du doch nur eine elendige Labertasche bist, würde sie dich ab sofort auf jedes Mädelswochenende mitnehmen.«

»Ich wäre definitiv eine Bereicherung. Und du hast meine Frage immer noch nicht beantwortet.«

Kate seufzte schwer, zog seinen Arm unter ihrem Kopf hervor und rollte sich auf den Rücken. »Wenn ich es dir verrate, darfst du nicht lachen.«

»Okay.«

»Versprich es.«

»Ich verspreche es«, sagte er ernst.

»Gut.« Sie holte tief Luft. »Ich führe eine monatliche Strichliste darüber, wer unsere Streitereien gewinnt.«

Sawyer lachte nicht.

Er sagte überhaupt nichts.

Unsicher richtete Kate sich auf einen Ellenbogen auf. Es war zu dunkel, um sein Gesicht zu erkennen.

»Sawyer?«, flüsterte sie und tastete mit ihrer Hand nach seiner. »Was denkst du?«

»Ich weiß nicht«, sagte er nach einer Weile und Kate spürte, wie er mit der Hand sacht ihr Gesicht umschloss. »Ich bin nur überrascht. Ich habe bei unseren Streitereien nie das Gefühl, etwas gewonnen zu haben. Eher … dass mir etwas entgleitet.« Ein paar Momente schwieg er, strich mit dem Daumen gleichmäßig über ihre Wange, bevor er leise hinzufügte: »Ich glaube, größtenteils streite ich mit dir, weil es Spaß macht. Du … streitest intelligent. Nicht stumpf. Du bist eine Herausforderung. Offensichtlich stehe ich darauf.«

Kates Mundwinkel zuckten und sie ließ sich langsam wieder auf die Matratze sinken. Sawyer mochte es nicht wissen … aber er hatte soeben die ziemlich perfekte Antwort gegeben.

Die Matratze knarzte, als er sich plötzlich aufrichtete und über das Bettende beugte, um mit seiner Hand nach etwas zu tasten.

»Was tust du?«, fragte sie verwundert.

»Die Liste suchen.«

»Aber warum?«

Er hielt inne und selbst in der Dunkelheit sah Kate seine Zähne weiß aufleuchten, als er grinste. »Ich will dir zwei Striche aufmalen. Du hast heute Nacht definitiv schon zweimal gewonnen.«

Augenverdrehend zog sie ihn zurück ins Bett. Denn sie hatte vor, bis zum Morgen noch sehr viel öfter zu gewinnen. Und es wäre doch äußerst umständlich, wenn Sawyer immer wieder neue Striche aufzeichnen müsste …

Kate wachte auf, weil ihr kalt war.

Verwirrt fuhr sie mit der flachen Hand über die Matratze neben sich. Sie war leer. Als sie vorsichtig die Augen öffnete, bemerkte sie, dass Sawyer nicht mehr neben ihr lag. Einen Moment lang dachte sie, dass er vielleicht gegangen war, doch als sie sich hinsetzte, sah sie Licht unter der Schlafzimmertür hervordringen. Gähnend schwang sie die Füße aus dem Bett, hob Sawyers T-Shirt vom Boden auf, zog es über und tapste ins Wohnzimmer. Er saß in Jeans auf ihrer Couch, die Füße auf den kleinen Tisch vor sich ausgestreckt, und las eine Zeitschrift. Eine ihrer Cosmopolitans, wenn sie sich nicht irrte.

Kate neigte den Kopf zur Seite und ließ ihre Zehen in den Teppich sinken, bevor sie die Distanz zur Couch überwand.

»Alles okay?«, flüsterte sie. »Kannst du nicht schlafen?«

»Nein. Ich musste unbedingt wissen, ob ich ein Winter- oder Sommertyp bin«, meinte er und nickte zu dem Artikel, den er gerade las.

»Winter«, sagte Kate sofort, kniete sich neben ihn und ließ den Kopf auf Sawyers Schulter sinken. »Dein Gesicht ist immer in Winterstimmung. Außer du schläfst gerade mit mir. Dann erkenne ich auch ein bisschen Frühling.«

»Ich mochte den Winter schon immer«, murmelte er und kreiste mit dem Finger über ihr Knie. »Da ist alles still und klar.«

»Und kalt.«

»Du brauchst mir den Winter nicht mehr zu verkaufen, Kate. Ich finde ihn jetzt schon wundervoll.«

Sie schmunzelte und schloss die Augen. »Ich mag den Frühling. Wenn es warm wird und die ersten Blumen blühen. Es ist jedes Mal so, als würde die Welt zu neuem Leben erwachen.«

»Ja, gemeinsam mit den Pollen und Gräsern.«

»Du brauchst mir den Frühling nicht mehr zu verkaufen, Sawyer. Ich finde ihn jetzt schon wundervoll.«

Sawyers Lachen kitzelte in Kates Ohren, während er noch immer abwesend Muster auf ihre Haut malte.

Ein paar Augenblicke lang blieb Kate still. Sie sog Sawyers Geruch nach frisch gemähtem Gras und Mann ein, lauschte seinem Herzschlag. Schließlich fragte sie leise: »Hattest du einen Albtraum, Sawyer?«

Es dauerte eine Weile, bevor sie ihn nicken spürte. »Es ist das Wetter«, murmelte er. »Wenn es stürmt, schlafe ich unruhig. Das macht es leichter für die Bilder, meine Gedanken zu kapern.«

»Passiert das häufig?«, fragte sie, flocht ihren Arm unter seinen her und fuhr mit den Fingerkuppen sacht über seinen Ellenbogen.

»Häufiger, als mir lieb ist. Aber ich komme klar. Mein Psychologe hat mir ein paar sehr gute Beruhigungstechniken gezeigt.«

Kate öffnete die Augen und nahm den Kopf von seiner Schulter. »Ich wusste nicht, dass du zum Psychologen gehst«, stellte sie verwundert fest.

Sawyer zuckte mit den Achseln. »Es ist kein Geheimnis. Aber auch nicht das Erste, was ich jedem erzähle. Der Typ ist selbst Veteran. Er weiß, wovon er spricht.«

Kate nickte, während ihr Herz schwer wurde und sie in Sawyers Gesicht nach irgendwelchen Anzeichen von Unruhe oder vielleicht auch Schmerz suchte. Doch sie fand nichts. Er sah genauso gelassen aus wie sonst auch.

»Was war das Schlimmste?«, flüsterte sie. »Am Krieg?«

Sie erwartete fast, dass Sawyer nicht antwortete, doch sie wurde überrascht. »Die Unsicherheit«, sagte er zögerlich. »Nicht zu wissen, was als nächstes passieren wird. Wen man verlieren wird, was sein nächstes Ziel sein wird. Die Unsicherheit darüber, ob man das Richtige tut. Krieg ist nicht flüchtig. Er ist zäh. Und die Unsicherheit und Unruhe wachsen, bis man sie nicht mehr ertragen kann.«

Kates Zwerchfell zog sich zusammen und sie griff nach seiner Hand. »Ist es das, wovon du nachts träumst? Von diesem Gefühl?«

»Nein.« Er schüttelte den Kopf. »Ich träume davon, wie ich bewegungslos in einem Erdloch sitze und um mich herum nur geschossen wird«, murmelte er abwesend. »Als ich das dritte Mal ausgerückt bin, bin ich auf der Flucht vor feindlichen Truppen in ein Erdloch gefallen. Ich saß fast drei Tage lang dort fest und konnte mich kaum bewegen. Also bin ich einfach sitzen geblieben und habe gewartet und gehofft, dass sie mich finden. Was sie schließlich auch getan haben.«

Kates Augen fingen an zu brennen, als sie Sawyer erneut ansah. »Du hast das also ernst gemeint?«, fragte sie mit belegter Stimme. »Dass du Angst vor dunklen, engen Räumen hast.«

»Nicht direkt Angst …« Er drückte ihre Hand und lächelte schwach. »Vielmehr Panik.«

Sie schmunzelte zittrig und lehnte sich erneut gegen seine Seite, wollte ihm etwas von ihrer Wärme abgeben.

Eine Weile saßen sie schweigend da und hörten dem Wind dabei zu, wie er an den Rahmen zerrte.

Nach einer halben Ewigkeit murmelte Kate: »Ich habe Angst vor dem offenen Meer.«

»Was?«

»Du hast mir von deiner Angst erzählt. Jetzt erzähle ich dir von meiner«, erklärte sie und schloss die Augen. »Weißt du, ich habe diesen Albtraum, dass ich eines Morgens auf einer Luftmatratze auf dem offenen Meer aufwache und nicht mehr an Land komme. Die Möwen kreisen über mir, während langsam die Luft aus der Matratze weicht und ich schließlich untergehe. Ich traue mich nicht, weiter als zehn Meter vom Ufer wegzuschwimmen.«

Warm umschloss Sawyer ihre Hand. Er presste die Lippen auf ihre Schläfe, bevor er wisperte: »Ich mag keine Pilze mehr. Früher mochte ich sie, heute gibt es nichts Schlimmeres.«

Ein Lächeln zog an Kates Lippen. »Ich liebe Pilze. Aber ich hasse Avocados. Sie sind grün und ekelig. Sie sehen aus wie der verschrumpelte Kopf einer Barbiepuppe, der schon eine sehr lange Zeit übel ist.«

»Ist weiße Schokolade immer noch deine Lieblingseissorte?«

»Ist der Mond rund?«

»Also ja. Denkst du immer noch, dass Sterne die alten, weggeworfenen Glühbirnen der Menschen sind, die in den Himmel auffahren?«

Grinsend stieß sie den Ellenbogen in seine Seite. »Ich war zwölf. Ich dachte eine Menge Dinge. Was war deine Erklärung für die Sterne?«

»Mir war die Sache vollkommen klar: Sterne sind Glühwürmchen, die sich verirrt haben, weil sie keine Karten lesen können.«

Tadelnd schüttelte sie den Kopf. »Das ist absurd, Sawyer. Jeder weiß, dass Glühwürmchen zu schwach sind, um eine Karte zu halten.«

»Ihre Karten sind sehr klein. Deswegen können sie sie ja auch nicht lesen.«

Kate lachte und küsste seine nackte Schulter. »In New York gab es keine Glühwürmchen, das habe ich damals vermisst.«

»Was gab es dann in New York?«

»Glüh-Autos. Eine Menge Glüh-Autos. Ich habe es trotzdem geliebt. Man fühlt sich … frei in New York.«

»Als hätte man eine zweite Chance bekommen? Als könnte man ein neuer Mensch sein?«

Kates Herz zog sich süßlich zusammen und sie nickte. Sie war sich ziemlich sicher, dass Sawyer soeben einen ihrer Briefe zitiert hatte. »Ich konnte vergessen, wer ich selbst war, und von vorn anfangen«, flüsterte sie. »Das war ein schönes Gefühl. Aber hier in Eden Bay … bin ich mehr ich.«

»Weil du weißt, wer du warst und wer du sein kannst … und dich entscheidest, wer besser zu dir passt?«, folgerte Sawyer.

»Ja.« Sie küsste seinen Nacken und griff nach seiner Hand. »Ich hab Hunger«, stellte sie dann fest. »Wir sollten was backen. Das ist es doch, was du nachts tust, oder?«

»Ja, aber ich bin mir nicht sicher, ob wir backkompatibel sind.«

»Ich bin wunderbar in der Küche!«, widersprach Kate sofort und sprang auf. »Jared hat mir einiges beigebracht. Auch wenn er nicht so aufs Backen steht.«

»Ja, das kann schon sein, aber …« Zögerlich sah Sawyer sie an. »Du benutzt bestimmt kein Rezept.«

»Natürlich nicht«, sagte sie verwirrt. »Wer braucht denn so was? Das schränkt mich nur in meiner Kreativität ein. Ich bin doch kein totalitärer Staat, dem gesagt wird, was zu tun ist. Also, kommst du?« Sie zog an seiner Hand.

Sawyer seufzte, lächelte jedoch. »Na, wenigstens können wir jetzt Versöhnungssex haben, wenn wir uns streiten.«

Sie verdrehte die Augen. »Wir werden nicht miteinander streiten. Wir backen doch nur.«

»Finger weg, Sawyer!«, sagte sie warnend und schlug auf seine Hand. »Ich bin für den Teig zuständig, du machst das Frosting.«

»Das ist nicht ein Cup«, bemerkte er kopfschüttelnd und gestikulierte zu dem Mehl, das sie gerade in die Schüssel streute.

»Es ist *ungefähr* ein Cup.«

»Ungefähr ein Cup ist nicht ein Cup.«

Ihre Mundwinkel zuckten. »Hat da jemand eine kleine Zwangsstörung?«

»Nein, keine kleine.« Er nahm ihr die Packung aus der Hand.

Herausfordernd blickte Kate ihn an, bevor sie ihre Zuckerschachtel nahm und blind anfing, gehäufte Teelöffel in die Rührschüssel zu füllen.

Sawyer verengte die Augen. »Was genau tust du da?«

»Ich benutze mein Augenmaß«, sagte sie grinsend. »Das wird schon eine Unze sein.«

Langsam machte Sawyer einen Schritt auf sie zu, legte die Arme um ihre Hüfte und senkte seine Lippen auf ihre. Überrascht ließ Kate den Löffel fallen.

Er küsste sie lang und ausgiebig, ließ seine Finger unter ihr T-Shirt gleiten, bevor er sie ruckartig herumwirbelte und außer Reichweite des Zuckers bugsierte. »Ich habe eine Idee«, sagte er und glitt mit den Fingern in ihre Haare. »Ich backe – und du nicht.«

Ihr Grinsen wurde breiter. »Meine Güte, um dich steht es ja schlimmer als angenommen. Du hast doch bestimmt keinen einzigen Socken mit Loch in deinem Schrank.«

Irritiert sah er sie an. »Warum sollte ich Socken behalten, die ein Loch haben?

Missbilligend schüttelte sie den Kopf. »Mit dir kann man unmöglich diskutieren. Aber schön. Ich denke, ich wäre jetzt bereit für meinen Versöhnungssex.«

»Das war kein richtiger Streit«, bemerkte er.

»Oh, ich könnte ihn zu einem machen.«

Sawyer grinste breit. »Daran habe ich keine Zweifel. Aber was ist mit den angefangenen Cupcakes?«

»Die müssen leider draußen bleiben«, murmelte sie und zog Sawyer in Richtung Schlafzimmer.

Kapitel 14

New York, 2007

Lieber Sawyer,

ich habe Jared in meinem Leben nur dreimal so richtig wütend erlebt. Das erste Mal, als Mom sein weißes Lieblingsshirt mit einem roten Socken gewaschen und aus Versehen rosa gefärbt hat. (Okay, damals war er acht, aber ich habe Jared noch nie so laut weinen und brüllen gehört.)

Das zweite Mal, als ich zwölf war und Dad mich angeschrien hat, weil ich einen Fleck auf seiner blütenweißen Tischdecke hinterlassen habe.

Das dritte Mal war heute.

Ich war nicht zu Hause, als er an meine Wohnungstür geklopft hat. Ich habe bei einem Kerl übernachtet, den ich erst gestern Abend kennengelernt habe und dessen Nachnamen ich noch immer nicht weiß. Meine Güte, Jared ist ausgetickt. Er hat sogar meine Pfanne verbogen – und du weißt, wie heilig ihm seine gelobten Pfannen sind.

Ich kann es verstehen, denke ich. Das, was ich getan habe, war nicht sonderlich klug. Aber sind das nicht oftmals die besten Dinge? Die dummen?

Lass dich nicht umbringen. Du schuldest mir noch eine Erklärung. Und einen Abschied.
Kate

Ein Klingeln riss Sawyer aus dem Schlaf. Müde öffnete er die Augen und starrte auf das vibrierende Handy auf dem Nachttisch. Sie hatten es gestern dann doch noch geschafft, sich richtig herum hinzulegen. Er gähnte, küsste Kate, die an ihn gekuschelt dalag, auf die Stirn und hob dann ab.

»Ja?«, fragte er träge.

»Sawyer?«, drang eine verwirrte Stimme an sein Ohr.

»Adam? Was ist los?«

»Es ist halb acht, Sawyer.«

»Jobbst du jetzt nebenbei als Uhr?«

»Nein. Aber warum gehst du um halb acht an Kates Handy?«

Abrupt richtete er sich auf. »Was?«

»Oh mein Gott, du liegst bei ihr im Bett.«

»Ah, scheiße«, fluchte er und rieb sich mit der Hand über die Stirn.

»Was ist los?«, kam eine verschlafene Stimme neben ihm her.

Er sah auf Kate hinab, die Mühe hatte, ihre Augen zu öffnen. Unwillkürlich musste er lächeln. Sein Herz schlug auf einmal schwerer in der Brust und ein plötzliches Gefühl von Ruhe überkam ihn. Tiefer, allumgebender Ruhe.

Was sollte es. Das war es wert.

»Nichts«, flüsterte er. »Schlaf weiter. Du musst heute nicht arbeiten.«

Adam lachte laut in sein Ohr. »Wann sagst du es Jared?«, fragte er interessiert. »Kannst du mir Zeit und Ort nennen, damit ich dabei bin? Und du meinst das nicht ernst, oder? Sie hat nicht frei. Ich brauche Kate heute. Ich soll mit Menschen reden – und ich mag Menschen nicht.«

»Ich lege jetzt auf, Adam.«

»Nein. Warte, warte!«

Er seufzte schwer. »Was?«

»Na, du hast mir noch nicht den Termin genannt, an dem du Jared …«

Sawyer schaltete das Handy aus und schmiss es wieder auf den Nachttisch.

Gähnend streckte Kate die Arme über dem Kopf aus. »Warum ruft dich Adam so früh an? Normalerweise macht er das doch nur bei mir.«

»Ja, eigentlich hat er auch dich angerufen.«

Sie bekam große Augen. »Und du bist drangegangen?«

»Jap.«

Ihr Blick fuhr zum Wecker. »Es ist halb acht.«

»Ich weiß.«

»Und du bist an mein privates Handy gegangen.«

»Richtig.«

»Oh mein Gott, er wird doch Jared nichts sagen, oder?«

Sawyer schüttelte den Kopf und sank zurück in die Kissen. »Nein, das mache ich.«

Perplex öffnete sie den Mund. »Ähm. Hältst du das für eine gute Idee?«

Nein, natürlich nicht. Aber es war das Richtige. Und Sawyer würde alle Variablen, die ihre Beziehung gefährden konnten, aus dem Weg schaffen, so unübersichtlich sie auch waren.

»Kate«, murmelte er ernst, richtete sich auf die Ellenbogen auf und strich ihr eine wirre Haarsträhne von der Wange. »Ich will keine Affäre. Ich will nichts verheimlichen. Ich will, dass wir es miteinander versuchen. Dass wir es diesmal richtig machen.«

Er sah sie schlucken, während ihr das Blut aus dem Gesicht floss und sie sich aufsetzte. »Können wir nicht einfach … sein? Zusammen, aber nicht in einer Beziehung?«

»Nein«, sagte er schlicht. »Ich will das volle Programm.«

»Aber wäre es nicht besser, mit dem Schonwaschgang anzufangen?«, fragte sie vorsichtig. »Das ist der, in dem wir es unseren Freunden – vor allem Jared – noch nicht sagen.«

»Nein«, wiederholte er. »Ich fahr heute Abend zu Jared und erzähle es ihm.«

Sie schürzte die Lippen. »Aber ich mag dein Gesicht so, wie es ist.«

Sawyers Mundwinkel zuckten und er richtete sich auf, um sich gegen den mehr als ungemütlichen Bettkopf zu lehnen. »Ich bin stärker als dein Bruder.«

»Aber *sein* Gesicht mag ich auch so, wie es ist. Wenn du es kaputtschlägst, werden dir das die Frauen von Eden Bay niemals verzeihen.«

»Jared weiß seit siebzehn Jahren, dass ich auf dich stehe, Kate. Ich glaube nicht, dass es ihn groß überraschen wird, dass wir miteinander im Bett gelandet sind.«

Ungläubig öffnete sie den Mund. »Du hast es *ihm* damals erzählt, aber mir nicht?«

»Nein, er hat mich danach gefragt.«

»Und du hast *ehrlich* geantwortet?« Sie sah ihn an, als habe er ihr gebeichtet, dass seine Lieblingsspeise gebratene Katze sei.

Er hob die Schultern. »Ich lüge meine Freunde nicht an. Also … wir haben uns schon über ein mögliches Szenario, in dem ich mit dir zusammenkomme, unterhalten.«

»Und er fand das okay?«, fragte sie skeptisch.

»Ja.« *Für immer oder gar nicht.* Das waren die Bedingungen gewesen. Und Sawyer wollte sie einhalten. Er hatte sie immer einhalten wollen und er war fest davon überzeugt, dass nicht *er* das Problem sein würde …

»Das ist so einsichtig«, sagte Kate verwirrt. »Das klingt nicht nach Jared.«

Damit hatte sie recht. »Er hat mir auch gesagt, dass er mir das Genick brechen wird, wenn ich dich verletze.«

Ihre Miene erhellte sich. »Das wiederum klingt sehr nach ihm.«

Sawyer nickte und zog die Decke über ihre Beine. »Also, was sagst du?«

»Dazu, dein Genick zu brechen? Tendenziell bin ich eher dagegen.«

Er schnaubte. »Kate.«

Seufzend sank sie zurück in die Kissen und legte einen Arm über ihre Augen. »Du meinst das ernst, oder? Dass du es … versuchen willst?«

Er hatte in seinem Leben noch nichts ernster gemeint. »Ja.«

»Scheiße«, flüsterte Kate und rieb sich mit dem Handrücken über die Stirn, bevor ihr Blick wieder auf ihm landete. »Was ist, wenn alles schiefgeht?«, flüsterte sie unsicher.

»Dann werden wir es wieder geraderücken.«

»Was ist, wenn wir schon zu verbogen sind, Sawyer?«

»Dann werden wir es geradebiegen.«

Sie lächelte schwach. »Seit wann bist du ein solcher Optimist?«

Seit er für sie einer sein musste. »Seit wann bist du ein solcher Pessimist?«

»Was Beziehungen angeht? Seit knapp dreißig Jahren, schätze ich.«

»Das ist eine verdammt lange Zeit.«

»Du meinst, im Gegensatz zu fünfzehn Jahren jetzt?«, fragte sie im Plauderton.

Er zog eine Grimasse. »Schön. Es ist auch egal. Wenn wir es nicht versuchen, Kate …«

»Ich weiß«, unterbrach sie ihn und schloss die Augen. Schließlich stöhnte sie laut auf und setzte sich wieder hin. »Na gut! Wir sagen es den anderen und … gucken, was passiert. Es ist ja nicht so, als hätte ich noch keine lebensmüderen Dinge getan.«

Erleichtert atmete Sawyer auf. Das war zumindest ein Anfang. »Okay, aber zuerst …« Er sah sich suchend um. »Brauche ich die Strichliste.«

»Warum?«, fragte Kate verwirrt, während er nach dem Papier auf dem Nachttisch griff.

»Weil es in einer Beziehung keine Gewinner gibt«, stellte er sachlich fest und riss die Liste zweimal in der Mitte durch.

Kate starrte auf die Papierfetzen in seiner Hand. Sie sah erleichtert und gleichzeitig … ängstlich aus. Es war offensichtlich, dass sie dem Ganzen noch nicht traute.

Sie vertraute *ihm*, aber nicht ihrer Beziehung. Und Sawyer verstand es. Ihre Vergangenheit sprach nicht unbedingt für sie. Gerade deswegen musste Kate versuchen, ihre Bindungsängste hinunterzuschlucken. Sawyer wusste nur nicht, wie er ihr dabei helfen konnte.

»Okay, jetzt, da wir …« Kate schluckte hörbar. »Nun ja, etwas sind, hätte ich eine Frage.«

»Eine Frage, die du mir nicht stellen konntest, bevor du mit mir geschlafen hast?«

Kate schüttelte den Kopf, auch wenn ein Lächeln an ihren Mundwinkeln zog. »Nein. Es geht um das Haus deines Onkels.« Sie stützte sich mit den Händen auf der Matratze ab und lehnte sich nach hinten. »Ich will wissen, ob du das ernst gemeint hast. Ob du es wirklich verkaufen willst.«

Darüber musste Sawyer nicht einmal nachdenken. »Ja. Planmäßig bin ich am 15. Oktober mit den groben Renovierungen durch und dann …«

»Am 15. Oktober?«, hakte Kate mit hochgezogenen Augenbrauen nach. »Aber am 15. ist …«

»Ich weiß, was da ist«, unterbrach er sie schroff.

Kate biss sich auf die Unterlippe. »Okay, möchtest du …«

»Nein.«

»Aber Sawyer, er war dein Onkel und …«

»Nein«, wiederholte er. Darüber wollte er jetzt nicht nachdenken, geschweige denn reden. Nicht jetzt, da er Kate endlich in einem Bett hatte. Nicht jetzt, da er … da er glücklich sein sollte.

Eine Weile lang betrachtete Kate ihn stumm, schließlich seufzte sie leise. Er wusste, dass sie das Thema fürs Erste fallen lassen würde, auch wenn er sicher war, dass sie es nicht vergaß.

»Okay, aber ich würde das Haus gerne sehen, ja? Wenn ich es schon für dich verkaufen soll, will ich es vorher zumindest noch einmal angucken.«

»Wer hat gesagt, dass du es ver…«

Missbilligend schnalzte sie mit der Zunge. »Wenn du mit mir schläfst, engagierst du mich automatisch auch für deine Maklergeschäfte. Hast du das Kleingedruckte nicht gelesen?«

Sawyer runzelte die Stirn. »Das muss ich übersehen haben.«

»Tja. Das ist nicht meine Schuld, also …« Sie lächelte breit. »Gibt es sonst noch etwas zu klären?«

»Wegen Jared: Ich will es ihm sagen. Es gibt da einen … Code.«

Sie verdrehte die Augen. »Ach ja, der Code. Es ist mir schleierhaft, warum ihr Männer so auf Bürokratie abfahrt, aber von mir aus. Ich sag es Jared bestimmt nicht freiwillig, also kannst du gerne gleich hinfahren und es ihm erklären.«

Sawyer schüttelte den Kopf, gähnte und ließ sich zurück auf die Matratze gleiten. »Nein, nicht gleich. Heute Abend«, meinte er bestimmt.

Verwundert beugte Kate sich über ihn. »Warum erst dann?«

»Weil du spontan frei bekommen hast und ich den Tag über noch was vorhabe«, murmelte er lächelnd, bevor er die Hände hob und ihr Gesicht zu seinem heranzog.

Sie hatten eine Menge verlorene Zeit wettzumachen.

Sawyer war das *Sullivan's* nie bedrohlich vorgekommen. Jared hatte die Bar gekauft, um Menschen einen warmen Ort zu geben, an dem sie sich treffen, miteinander Spaß haben und gut essen konnten. An dem sie sich eben ein bisschen zu Hause fühlen konnten – ein Gefühl, mit dem Jared in seiner Jugend genauso wenig

Erfahrung gemacht hatte wie er. Deswegen, und weil Sawyer deutlich schlechter kochte als backte, war der Pub sehr schnell zu einem seiner Lieblingsorte geworden.

Als er jetzt aber davorstand und durch die Fenster in den noch leeren Innenraum sah, kam ihm der Laden auf einmal unheimlich vor.

Heute war Mittwoch, der einzige Tag, an dem das *Sullivan's* erst abends um sechs Uhr aufmachte, und Sawyer war extra pünktlich gekommen, um mit Jared allein reden zu können. Der September neigte sich dem Ende zu und der Wind wehte ihm kalt in den Nacken, während er sich stirnrunzelnd die Worte zurechtlegte, die er gleich benutzen würde.

Er hatte keine Angst vor Jared. Nur davor, was für einen Einfluss er auf Kate hatte. Wenn er seiner Schwester sagte, dass Sawyer eine beschissene Idee war, hatte er schlechte Karten. Die Sullivan-Geschwister glaubten nicht wirklich an andauernde Liebe – und Sawyer lachte trocken auf, als ihm klar wurde, dass er im Vergleich zu den beiden verdammt romantisch war.

Seufzend stieß Sawyer die Tür auf. Jared war kein sensibler Kerl, Samthandschuhe würden bei ihm ohnehin nichts bringen.

Sein Freund stand hinter der Theke und wischte gerade mit einem feuchten Lappen über die Bar, als er Sawyer bemerkte. Er hob die Hand und trat zum Wasserhahn.

»Na, heute in Zivil unterwegs?« fragte er, während er auch das Waschbecken saubermachte.

Sawyer sah an seinem T-Shirt und seiner Jacke hinunter und nickte. »War heute nicht im Dienst.«

»Also hast du entspannt auf der faulen Haut gelegen?«

Na ja, so konnte man das jetzt auch nicht formulieren. Entspannt war er, aber auf eine unfassbar fantastische Art und Weise war der Tag auch sehr anstrengend gewesen.

Als Sawyer nicht antwortete, blickte Jared fragend auf. »Oder hast du an Gerrys Haus weiterge…« Er hielt mitten im Satz inne, den Blick auf den Kragen von Sawyers T-Shirt gerichtet. Dann, ganz langsam, fiel ihm das Lächeln vom Gesicht. »Du hast da einen Knutschfleck am Hals, Sawyer«, sagte er leise und starrte ihn mit verengten Augen an.

Scheiße. Er hatte keine Samthandschuhe benutzen wollen, aber die Streitaxt dann auch wieder nicht.

»Von wem ist der?«, fragte Jared scharf.

Klasse, wirklich klasse. Sawyer atmete hörbar aus, bevor er sich mit der Hand über die Stirn rieb und murmelte: »Von Kate.«

Jared bewegte sich nicht. Ungerührt starrte er ihn an. »Du verarschst mich«, sagte er kühl.

»Nein«, erwiderte Sawyer betont ruhig. »Deswegen bin ich auch hier. Ich wollte mit dir darüber reden.«

Zornig presste Jared die Lippen aufeinander und warf den Lappen ins Waschbecken. »Wie zum Teufel hast du sie dazu überredet, mit dir ins Bett zu steigen?«, fragte er feindselig. »Als ich das letzte Mal nachgesehen habe, fand sie dich zum Kotzen!«

Sawyer schnaubte. »Überreden? Kate? In was für einer Welt lebst du, Jared?«

»In einer, in der ich es geiler finde, wenn mein bester Freund nicht meine Schwester vögelt!«, fuhr er ihn an und schlug mit beiden Fäusten auf den Tresen.

»Es geht nicht um den Sex, Jared. Wir sind … so was wie zusammen.«

»*So was wie*?«

»Ja.«

Jareds Kiefer knackte und auf einmal war Sawyer froh, dass ein Holztresen zwischen ihnen stand.

»Du willst mich schlagen, oder?«, fragte er nach einer Weile.

»Verdammt gern, ja«, sagte Jared, ohne zu zögern.

»Na, du kannst es versuchen, aber ich kann nicht für meine Reflexe garantieren.«

Jared schnaubte laut und schüttelte den Kopf. »Also heiratest du sie jetzt, oder was?«, hakte er schroff nach. »*Für immer*, Sawyer. Das war der Deal. Oder hast du das vergessen?«

»Natürlich nicht«, sagte er verkniffen. »Jared, ich bin kein Volltrottel. Denkst du, ich würde unsere Freundschaft riskieren, wenn ich nicht *für immer* einplanen würde? Auch wenn wir sicher nicht sofort heiraten werden.« Noch nicht.

»Du *planst*?« Spöttisch verzog Jared das Gesicht. »Du hattest in deinem ganzen Leben noch keine richtige Freundin, verdammt! Deine Pläne sind einen Dreck wert.«

Langsam wurde Sawyer wütend. Jared kannte ihn. Er musste doch wissen, dass er Kate nie absichtlich verletzen würde! Mit zusammengezogenen Augenbrauen verschränkte er die Arme vor der Brust. »Du hast eine Frau auch noch nie länger als zwei Tage hintereinander beglückt, Jare«, erinnerte er ihn leise.

»Ja, und ich plane auch, dass das so bleibt!«, erwiderte Jared abgehackt. »Aber wenn du noch keine einzige Langzeitbeziehung hattest – wie kannst du sicher sein, dass du es für immer mit Kate aushältst? Ich bin mit ihr aufgewachsen, sie ist kein Kindergeburtstag! Und ich habe dir gesagt, wenn du Zweifel hast, dann lässt du die Finger von ihr!«

»Jared, ich habe keine leichtfertige Entscheidung getroffen«, sagte er ernst. Denn es war die Wahrheit. »Du weißt genauso gut wie ich, dass ich Kate schon immer … mochte. Ich hatte keinen One-Night-Stand mit ihr. Ich will mit ihr zusammen sein. Und es wird funktionieren.«

»Das kannst du nicht wissen«, sagte Jared verächtlich. »Dinge passieren, Dinge gehen schief. Wenn ihr euch trennt, wird das scheiße für uns alle sein.«

Sawyer presste die Lippen aufeinander. »Denkst du, das weiß ich nicht? Mir ist das alles klar. Ich werde es dennoch versuchen.«

»Aber warum?«, fragte Jared. Seine Knöchel traten weiß hervor, so fest ballte er die Hände zusammen. »Ich verstehe es nicht. Es gibt so viele Frauen!«

Ja, aber nur eine Kate.

»Gott, es ist fast, als hättest du dir Kate ausgesucht, um uns allen das Leben schwer zu machen«, fuhr Jared fort und verzog genervt das Gesicht. »Du wirst sie enttäuschen. So, wie du jeden enttäuscht hast, der dir etwas bedeutet hat, Sawyer!«

Plötzliche Wut klammerte sich um Sawyers Zwerchfell und auf einmal hatte er Mühe, seine kühle Fassade aufrechtzuerhalten. Drohend machte er einen Schritt auf den Tresen zu. »Weißt du, Jared, vielleicht könntest du es verstehen, wenn du für einen Moment aufhören würdest, so fleißig in die Fußstapfen deines Vaters zu treten«, presste er zwischen den Zähnen hervor. »Wenn du irgendwann eine Frau triffst, die …«

»Halt die Fresse, Sawyer«, unterbrach Jared ihn harsch und ein harter, unnachgiebiger Zug entstand um seinen Mund. »Ich bin *nicht* mein Vater. Er war verheiratet und hat rumgevögelt. Ich werde niemals heiraten, also falle ich schon mal grob aus dem Muster, oder? Ja, manche Frauen sind besonders. Aber es gibt zu verdammt viele von ihnen, als dass man sich auf eine festlegen könnte! Der Mensch ist nicht für Monogamie geschaffen. Kate und du, ihr seid Wasser und Öl. Ihr überlebt doch keinen Tag, ohne zu streiten. Wie kannst du mir da versichern, dass ihr für immer zusammenbleiben werdet?«

Das konnte er nicht. Aber das änderte nichts an der Tatsache, dass er es versuchen musste. Für ihn war es ohnehin schon zu spät, er konnte keinen Rückzieher mehr machen. Nicht, ohne es den Rest seines Lebens zu bereuen.

Er öffnete den Mund, um ihm genau das zu sagen, als die Tür am anderen Ende des Raumes aufgestoßen wurde und gegen die Wand knallte. Harper und Ava traten lachend herein und kamen auf die Bar zu.

»Hey, Jare«, sagte Ava fröhlich. »Wir wollen das Bierfass für die Oldies abholen. Von denen darf keiner mehr fahren, also …«

Ihr Blick landete auf Sawyer und abrupt verstummte sie. Misstrauisch sah sie von Jareds Fäusten auf der Theke zu Sawyers kühlem Gesicht.

»Was ist hier los?«, fragte sie vorsichtig. »Warum seht ihr aus, als hätte jemand das letzte Einhorn getötet?«

Jared lächelte verkniffen. »Nun, unser werter Sawyer hier hat mir soeben verkündet, dass er und Kate jetzt …« Seine Zähne knirschten laut. »… *zusammen* sind.«

Harper klappte die Kinnlade herunter und Avas Augen weiteten sich. »Aber das ist ja großartig«, sagte sie begeistert und legte sich die Hand auf die Brust. »Keine unterdrückte sexuelle Energie mehr, die mir den letzten Nerv raubt. Keine Dartpfeile in Sawyers Brust mehr, keine offenen Wunden, die ich verarzten muss. Kein nerviges *Ich will nichts von Sawyer, Ava* und *Das bildest du dir ein, Ava* mehr! Oh mein Gott, das wird meine Lebensqualität um ein Vielfaches verbessern und …« Sie brach ab und lief rosa an. »Ähm, ich meine natürlich: Das freut mich voll für euch, Sawyer! Ich hoffe, ihr werdet sehr glücklich.«

Harper hatte Avas Ausbruch stirnrunzelnd betrachtet und fixierte jetzt Sawyer. »Weiß Kate davon, dass ihr zusammen seid? Das Ganze erscheint mir etwas plötzlich.«

»Meine Rede!«, unterstützte Jared sie sofort.

Sawyer fand eine Wartezeit von fünfzehn Jahren jetzt nicht gerade plötzlich, aber vielleicht war er in diesem Bereich auch einfach merkwürdig.

»Kate weiß, dass wir zusammen sind, aber danke für deinen Input, Harper.«

Sie hob die Schultern. »Wollte nur sichergehen. Ansonsten freue ich mich natürlich für euch. Das war ja ein Übel, das wir alle bereits vorhergesehen haben, also … versaut es einfach nicht, okay?«

Jared schnaubte laut. »Das ist alles? *Herzlichen Glückwunsch* und *Versaut es einfach nicht*? Ihr findet das okay?«

»Natürlich.« Harper lächelte süßlich. »Sie ist ja auch nicht meine Schwester. Und komm, Jared: Besser Sawyer als irgendein Typ von der Straße, den du nicht kennst, oder?«

Missmutig starrte Jared sie an. Offenbar unschlüssig, ob er ihr recht gab.

»Jared, jetzt sei kein miesepetriger Frosch«, sagte Ava lachend und tätschelte ihm über den Tresen hinweg den Kopf. »Sawyer wird sie gut behandeln. Du kennst ihn. Er ist ein guter Kerl. Und außerdem … wo ist das Bierfass?« Sie stellte sich auf die Zehenspitzen und lugte über den Tresen. »Die Senioren werden ungeduldig, wenn ihr Alkohol zu spät kommt.«

»Hinten«, sagte Jared knapp und nickte in Richtung der Küche.

»Wunderbar.« Ava verschwand mit Harper im Schlepptau hinter dem Tresen und durch die Tür zur Küche.

Sie blieben zu zweit zurück.

»Jared«, murmelte Sawyer und sah seinen Freund bittend an. »Kommen wir klar?«

Sein Gegenüber hob eine Schulter.

»Du bist mein bester Freund, Jare«, sagte Sawyer ernst und lehnte sich über den Tresen. »Aber ich …« Er zögerte. »Ich liebe Kate. Wenn ich mich zwischen euch entscheiden müsste, dann würde ich *sie* nehmen. Und nicht einmal darüber nachdenken.«

Augenblicklich verengte Jared die Augen. »Du *liebst* sie?« Er sprach das Wort aus wie ein Schimpfwort.

Sawyer nickte nur.

»Hast du ihr das gesagt?«

Er schnaubte. Natürlich nicht. Es war zu früh für sie. »Nein. Und es wäre nett, wenn du es auch noch für dich behalten könntest. Kate ist nicht gerade … vertrauensselig gegenüber der Liebe. Aber das muss ich dir ja nicht erzählen.«

»Schön.« Jared nickte knapp, sah zur Seite und verengte schließlich die Augen in Sawyers Richtung. »Du würdest sie vor mir wählen?«

»Jap. Sie ist einfach viel hübscher als du. Und sie rasiert sich die Beine.«

Genervt stöhnte Jared auf. »Scheiße. Jetzt kann ich nicht mal mehr wütend auf dich sein oder sagen, dass du nicht gut genug für sie bist.«

»Das tut mir nicht leid.«

»War klar. Was soll's.« Jared hob die Achseln und schob seinen Unterkiefer hin und her, wahrscheinlich in dem Versuch, ihn wieder zu entspannen. »Solange ihr euch nur küsst, wenn ich nicht hinsehe, und keinen Sex vor der Ehe habt … komme ich klar, denke ich.« Er schlug Sawyer fest auf die Schulter. »Die Sache mit dem Genickbruch steht natürlich trotzdem noch.«

Sawyer grinste. »Ich hätte mit nichts anderem gerechnet.«

Und mehr Akzeptanz konnte er von seinem besten Freund auch wirklich nicht erwarten.

Kapitel 15

New York, 2007

Lieber Sawyer,

ich habe von Gerrys Tod gehört. Es tut mir unglaublich leid. Ich weiß, du und dein Onkel hattet so eure Probleme, aber du hast ihn geliebt. Er war deine Familie. Und das wusste er. Auch wenn er – dir nicht unähnlich – nie über seine Gefühle gesprochen hat. Ich dachte, ich sehe dich vielleicht auf seiner Beerdigung, aber du konntest wohl keinen Urlaub nehmen. Vielleicht wolltest du auch einfach nicht hingehen, weil dir allzu viele überschwängliche Emotionen schon immer unangenehm waren. Aber wer weiß, vielleicht hat sich das ja auch geändert?

Sein Grab sieht sehr schön aus. Jared und ich waren bei der Zeremonie dabei und es wurden eine Menge Blumen gepflanzt. Oder wie Gerry sagen würde: Firlefanz.

Ich hoffe wirklich, dass es dir gut geht, Sawyer.

Lass dich nicht umbringen. Du schuldest mir noch eine Erklärung. Und einen Abschied.

Kate

Kate fand es verstörend, wie schnell sich all ihre Freunde an den Gedanken gewöhnt hatten, dass sie jetzt mit Sawyer zusammen war – während sie selbst solche Probleme damit hatte. Die gesamte Stadt schien über Nacht Bescheid zu wissen und andauernd begrüßten sie Leute mit Sätzen wie »Wurde aber auch Zeit« oder »Wann läuten denn endlich die Hochzeitsglocken?«

Das alles half ihr nicht dabei, sich wohlzufühlen. Für sie war das Ganze eher so etwas wie eine Testphase. Sie konnten sehen, ob es mit ihnen funktionierte, und falls nicht … konnten sie immer noch Freunde bleiben?

Das Fragezeichen am Ende dieses Satzes war zehn Meter hoch und jagte ihr eine Heidenangst ein, die sie so gut wie möglich zu ignorieren versuchte. Abgesehen davon … war sie so verdammt glücklich, dass es traurigen Leuten schwerfallen musste, sie auch nur anzusehen.

Größtenteils lag das wohl daran, dass Sawyer phänomenal gut im Bett war und hervorragenden Kaffee machte. Möglicherweise mochte sie es auch, dass sie keine Angst mehr davor haben musste, ihm über dem Weg zu laufen, sondern dass sie jetzt sogar darauf hoffte. Ganz vielleicht war es auch toll, jemanden zu haben, der ihr die Tränen von den Wangen küsste, wenn sie einen traurigen Film schauten, oder ihr anzügliche Blicke zuwarf, wenn der angesäuerte Bruder nicht hinsah.

Dann wären da noch die Streitereien.

Kate war zu einer spektakulären Einsicht diesbezüglich gekommen: Alles, was sie gebraucht hatten, um ihre Differenzen zu überwinden, war Sex. Denn bei jedem Streit landeten sie irgendwann im Bett – und plötzlich erschien ihnen beiden die Diskussion als dämlich.

Sawyer und sie waren sehr verschiedene Menschen. Das war ihr schon immer klar gewesen und das hatte sich auch jetzt nicht geändert. Sie ließ ihr Handtuch auf dem Boden liegen, er faltete es zu einem Origami-Schwan. Sie hielt Krieg für blödsinnig, er größtenteils für notwendig. Sie schlief gerne lang, er war um sieben Uhr morgens auf den Beinen.

Nichtsdestotrotz strichen zwei fast harmonische Wochen dahin, in denen sie jedes einzelne Zimmer ihrer beiden Häuser mit Sex einweihten. Der September verabschiedete sich und begrüßte den Oktober, während Kate sich allmählich beruhigte. Ja, sie schlossen Kompromisse, ja, es war seltsam, wenn Sawyer in der Öffentlichkeit ihre Hand nahm, so als hätte er das schon immer getan. Aber es war gleichzeitig … wundervoll. Nicht leicht, aber verdammt schön. Denn Sawyer war besser als normale Männer. Er war nicht vollkommen, aber … echt. Kate konnte dem nicht einmal einen richtigen Namen geben.

Sie waren nicht nur sie und er. Sie waren … mehr. Sie waren warm und kuschelig. Und heiß und leidenschaftlich. Und leise und tiefgründig.

Abgesehen davon, dass Kates Hormone jedes Mal vollkommen verrücktspielten, wenn sie ihn sah. Als würde ihre Libido eine wilde Party feiern und nur Sawyer war eingeladen. Sie bekam einfach nicht genug von ihm. Von seinen Berührungen, von seinen Küssen, von seinem Lachen – sogar von seiner Stirnfalte, wenn sie absichtlich etwas sagte, von dem sie wusste, dass es ihn aufregte. Es war wie ein Rausch, der niemals enden sollte. Und sie liebte es. Sie würde auf jede andere Droge verzichten, wenn sie Sawyer nur behalten konnte.

»Woran denkst du gerade?«

Kate schrak zusammen und sah Sawyer von der Seite her an. »An Drogen«, sagte sie schlicht.

Sawyer grinste, hielt den Blick jedoch weiter auf die Straße gerichtet. Sie fuhren stadtauswärts und der Asphalt war hier teilweise so brüchig, dass die Fahrt an eine Achterbahn erinnerte. »Gute Drogen?«

»Die Besten«, sagte sie wahrheitsgemäß. »Die Theorie von Mrs. Lesiki ist, dass die Mafia sich in Eden Bay niederlässt und bei Adam einbricht, um in seinem Keller Gras zu verstecken.«

Leise lachend bog Sawyer an der nächsten Kreuzung rechts ab. »Die Mafia in Eden Bay. Das wäre wie Godzilla auf dem Riesenrad.«

»Also ich persönlich würde mir Godzilla auf der Kirmes angucken, hört sich nach einem vielversprechenden Blockbuster an«, meinte Kate achselzuckend und ließ ihren Blick über die Kuhweiden schweifen, die an ihrem Fenster vorbeiflogen. »Apropos Mafia … Gibt es eigentlich irgendetwas Neues wegen der Einbrüche?«

»Nicht wirklich. Adam ist ein verdammter Heiliger. Alle mögen ihn.«

Ja, das hatte Adam so an sich.

»Ich habe mir allerdings einige seiner Geschäftspartner angesehen und bin unter anderem auf diesen Mitch gestoßen. Anscheinend ist er ein gar nicht so kleiner Konkurrent von Adam. Außerdem ist er auf der Suche nach einem Haus in der Gegend und würde davon profitieren, wenn nach einer Reihe von Einbrüchen die Verkaufspreise sinken …«

Ein Lächeln zupfte an Kates Mundwinkeln. »Bist du eifersüchtig, Sawyer, weil ich in den letzten Wochen öfter allein mit Mitch rumgekurvt bin?«

Sawyer brummte etwas Unverständliches und manövrierte den Wagen in den kleinen Feldweg, der zu dem Haus seines Onkels führte. Sawyer war gestern mit seinen Arbeiten daran fertig geworden und wollte es Kate nun endlich zeigen.

»Sawyer, du brauchst dir wirklich keine Gedanken zu machen«, sagte sie leichthin. »Ja, er ist reich und sieht gut aus und ist an mir interessiert, aber du hast einen schöneren Körper, also …« Sie neigte stirnrunzelnd den Kopf zur Seite. »… steht es unentschieden, würde ich sagen?«

Sawyer warf ihr einen düsteren Blick zu, was sie nur dazu animierte, noch breiter zu lächeln, während ihr Herz sich schmerzlich-süß zusammenzog. »Du bist entzückend, wenn du eifersüchtig bist«, flüsterte sie.

»Jaja«, sagte Sawyer schroff. »Mitch bleibt dennoch auf der Verdächtigenliste. Die Auswahl an Leuten mit Motiv ist einfach zu klein, um ihn runterzunehmen.«

»Vielleicht war es auch Zufall, dass nur in Adams Häuser eingebrochen wurde. Ich meine, er besitzt eine Menge Immobilien.«

Sawyer zuckte mit den Achseln und hielt den Wagen an. Hier oben hatten die Häuser riesige Gärten, sodass die nächstgelegenen Nachbarn mehrere Kilometer entfernt lagen. Gerry Wright hatte früher Rinder gezüchtet und sie auf den riesigen Weiden rund um sein Anwesen gehalten. Jetzt erkannte man nur noch eine kilometerweite, ungenutzte, ausgedörrte Grasfläche um das Haus herum.

Kate blieb sitzen und sah durch die Windschutzscheibe auf das frisch weiß gestrichene Ranch-Haus. Sie erinnerte sich noch sehr gut daran, auch wenn sie nicht oft hier gewesen war. Sawyer war als Jugendlicher nicht der Typ gewesen, der gerne mal ein paar Leute zu sich einlud, und sein Onkel war auch nicht unbedingt einer der umgänglichsten Menschen gewesen. Aber er war für Sawyer da gewesen und hatte an ihn geglaubt. Auch wenn Sawyer es nie laut ausgesprochen hatte, wusste sie, wie viel ihm das damals als Vollwaise bedeutet hatte.

»Du willst das alles wirklich verkaufen?«, fragte sie leise und ließ den Blick über die rot gestrichene Veranda zu dem zerwühlten Stück Erde schweifen, auf dem einmal der Schuppen gestanden haben musste. Alles war ruhig, unberührt und weitläufig. Friedlich. So wie Sawyers Leben immer hätte sein sollen.

Das Haus war zu riesig für einen Menschen. Aber nicht für eine Familie. Der Garten war groß genug, um einen Sandkasten, eine Rutsche … sogar einen Pool zu bauen! Und selbst dann wäre noch genug Platz für ein paar Blumenbeete und einen Kräutergarten. Je länger Kate das Anwesen anstarrte, desto mehr erwachte es zum Leben. Sie sah einen roten Gartenzaun, ein paar Obstbäume, Mohnblumen, Lavendel …

»Es ist wunderschön hier oben«, murmelte sie.

Sawyer trommelte mit den Fingern auf das Lenkrad. »Das Land habe ich schon an einen Bauern vier Kilometer weiter die Straße hoch verkauft. Es sind ohnehin nur noch das Haus und der umliegende Garten übrig.«

Kate sah ihn von der Seite her an, doch er hielt den Blick nach vorne gerichtet.

»Es ist nur ein Haus, Katie«, flüsterte er und stieg aus.

Sie sah ihm nach und seufzte leise. Merkwürdig, dass es sie jetzt überhaupt nicht mehr störte, wenn er sie beim alten Spitznamen nannte. Viel eher … mochte sie es. Niemand sonst nannte sie so.

Ihr Herz wurde schwer und sie schnallte sich ab. Ja, Sawyer war ein rationaler Typ. Manchmal vielleicht etwas zu rational. Irgendwann würde er es womöglich bereuen, das Haus verkauft zu haben, das ihn nach dem Tod seiner Eltern aufgefangen hatte.

Sie schwang ebenfalls die Beine aus dem Wagen und lief Sawyer die Auffahrt hinauf zur Haustür nach. Die Sonne schien auf die trockene, gelbe Rasenfläche, die Maya nicht als Garten, sondern als Schandfleck bezeichnet hätte, und zu ihrer Linken sah sie in der Ferne das Meer glitzern. Ja, sogar den Leuchtturm konnte man von hier aus erahnen.

Bevor Sawyer die Tür öffnen konnte, griff Kate nach seiner Hand und zog sacht daran, sodass er sich mit fragendem Blick zu ihr umwandte.

Sie sah in seine dunklen Augen hoch, die nicht warm und einladend, sondern verschlossen waren. So, wie sie immer aussahen, wenn Sawyer wirklich nicht über ein Thema sprechen wollte. Doch sie musste mit ihm darüber reden. Weil sie ihn manchmal einfach nicht verstand. Weil sie nicht verstand, wie er dachte. Warum er etwas tat oder sagte. Und das machte ihr Angst. Einerseits war es natürlich schön, jedes Mal aufs Neue von einem Menschen überrascht zu werden, aber gleichzeitig … verunsicherte es sie.

»Sawyer«, murmelte sie und verflocht ihre Finger mit seinen. »Hast du dich damals von ihm verabschiedet? Von Gerry? Als du zur Army gegangen bist?«

Sawyer blickte zum Horizont und hob eine Schulter. »Er wusste, dass ich gehe. Ein Abschied … war nicht nötig.«

Ihr Griff um seine Hand wurde fester, während ein drückendes Gefühl der Beklemmung ihr Herz zusammenpresste. Er war gegangen, ohne sich zu verabschieden, und sein Onkel war gestorben, bevor er es hatte nachholen können. Vielleicht war das der eigentliche Grund, warum er zurückgekehrt war. Weil er nicht nur ihr einen Abschied schuldete. Weil er mehr als nur ihren letzten Streit wiedergutzumachen hatte. Er hatte es selbst gesagt …

Ich wollte dir nicht wehtun. Ich habe so ziemlich jeden Menschen verletzt, der mir irgendwann mal wichtig war. Und ich wollte es bei dir anders machen.

Kate schluckte und biss sich auf die Unterlippe.

Sawyer gab einen langen, frustrierten Seufzer von sich und entzog ihr die Hand, bevor er sich mit dem Rücken gegen die Tür lehnte und die Arme vor dem Oberkörper verschränkte. »Spuck es aus. Was möchtest du loswerden?«

Kate atmete tief aus, legte den Kopf in den Nacken und sah ihn dann wieder an. »Ich will nicht, dass du das Haus verkaufst, Sawyer«, sagte sie schlicht.

Er schnaubte laut. »Es ist aber nun einmal nicht deine Entscheidung, oder?«

»Nein, natürlich nicht, es ist nur …« Sie zupfte an den Ärmeln ihrer Jacke. »Du hast dich nie irgendwo wirklich heimisch gefühlt. Du hast immer nach einem Zuhause gesucht und … das hier könnte es werden. Es wäre perfekt, um …« Sie verstummte. Sie hatte *um Kinder zu bekommen* sagen wollen, aber das könnte Sawyer falsch auffassen. Sie räusperte sich. »Es wäre perfekt, um sich wohlzufühlen. Es ist nah an der Stadt, aber trotzdem in der Wildnis. Es bietet genau die richtige Distanz für dich. Du willst nicht allein sein, aber auch nicht dauernd unter Menschen. Du liebst die Natur, aber du magst es nicht, von der Zivilisation abgeschnitten zu sein. Dieses Haus vereint all das. Es ist wie du, Sawyer. Und ich weiß, du willst nicht sentimental werden, aber es ist Gerrys Haus. Deine einzige Verbindung zu ihm. Ich kann nicht glauben, dass es dir so leichtfällt, das alles wegzuwerfen. Er war deine einzige Familie.«

»Kate, lass es einfach gut sein«, sagte Sawyer abgehackt. »Das ist meine Sache. Meine Entscheidung.«

»Ja, aber es ist die *Falsche*«, sagte sie aufgebracht.

Sawyers Blick verdüsterte sich und vom einen Augenblick auf den nächsten war sein Gesicht so undurchdringlich wie eine stählerne Wand. »Die falsche Entscheidung aus *deiner* Sicht«, sagte er verkniffen. »Du siehst ein hübsches Haus mit großem Garten und genug Zimmern für eine Familie. Ich sehe das Haus, in dem ich meinem Onkel das Leben schwer gemacht habe. Aus dem ich nachts weggeschlichen bin, um mich mit Jare und Nathan zu treffen und illegale Autorennen zu veranstalten. Ich sehe das Haus, in dem ich Gerry angeschrien habe, weil er mich für meine schlechten Noten ausgeschimpft hat. Ich sehe den Garten, in dem er mich zum Arbeiten gezwungen hat, wenn ich mal wieder Mist gebaut hatte. Ich sehe das Haus, in dem ich tausende Male die Möglichkeit gehabt hätte, mich bei ihm dafür zu bedanken, dass er sein Leben für mich umgeschmissen und mich aufgenommen hat. Dafür, dass er versucht hat, mir ein Zuhause zu geben. Dafür, dass er mir immer wieder gezeigt hat, was das Richtige war, nur damit ich mich absichtlich für das Falsche entschieden habe, um ihn zu provozieren. Also, nein.« Er verzog verächtlich die Lippen. »Dieses Haus ist nicht das, was ich mir wünsche. Es ist nur eine der schlechten Erinnerungen, von denen ich schon viel zu viele mit mir herumtrage. Also werde ich es verkaufen und keinen Gedanken mehr daran verlieren.«

»Aber so verdrängst du es, Sawyer!«, fuhr sie ihn an. »So konfrontierst du dich nicht mit deinen Gefühlen, du vergisst sie einfach. Aber irgendwann werden sie dich wieder einholen und dann wirst du deine Entscheidung bereuen. Dein Onkel wollte, dass dieses Haus dein Zuhause wird. Du kannst seinen Wunsch noch immer erfüllen, du …«

»Nein«, unterbrach er sie laut und Kate sah deutlich, wie er die Nägel in die eigenen Arme grub. »Es reicht. Ich ticke anders als du, Kate. Ich halte nicht an Dingen fest. Fühle ich mich scheiße, weil ich meinem Onkel niemals den Dank ausgesprochen habe, den ich ihm geschuldet habe? Ja. Bereue ich es, dass ich mich nicht von ihm verabschiedet habe? Ja! Aber das lässt sich nicht mehr ändern. Also lasse ich es los. Und das musst du respektieren.«

Kate öffnete den Mund, um zu widersprechen, wurde jedoch von einem Klingeln unterbrochen. Die Unterbrechung willkommen heißend, stieß sich Sawyer von der Tür ab und sprang neben ihr die Verandastufen hinab, bevor er sein Handy aus der Tasche zog und abhob.

»Wright«, meldete er sich, während Kate ungeduldig dastand und ihn beobachtete.

Gott, es machte sie so verdammt wütend, wenn Sawyer vom sensiblen Traummann zur unkommunikativen Stahlmauer wurde! Er war nicht einmal bereit, darüber zu diskutieren. Er versuchte nicht einmal, ihre Perspektive zu verstehen.

Sie stopfte ihre Fäuste in die Jackentaschen und hob auffordernd eine Augenbraue in Sawyers Richtung, nachdem er aufgelegt hatte.

»Sorry«, meinte er. »Wir müssen los. Ich hab einen Einsatz mit der DEA, der nicht warten kann.«

»Aber ich habe das Haus noch gar nicht gesehen«, protestierte sie.

»Das wird warten müssen.«

Sie schnaubte und zog ihr eigenes Handy aus der Tasche, das gerade vibrierte und eine Textnachricht anzeigte.

Kannst du mir noch einmal das erste Haus zeigen? Ich will es gerne erneut sehen, bevor ich mich entscheide.
Mitch

Zuckersüß lächelnd sah Kate auf und lief die Stufen hinab zu Sawyers Wagen. »Weißt du was, das passt ganz wunderbar«, flötete sie betont fröhlich. »Dann kann ich mich mit Mitch treffen und ihm noch einmal ein Haus zeigen. Perfektes Timing, Sawyer.« Sie tätschelte ihm die Schulter, bevor sie auf den Beifahrersitz des Wagens glitt.

Sawyer blickte sie mit zusammengepressten Lippen durch die Windschutzscheibe hindurch an, dann stieg er zu ihr und rammte den Schlüssel ins Zündschloss. »Und ich dachte, die Zeiten, in denen du mich absichtlich provozierst, sind vorbei«, sagte er trocken.

»Ach, weißt du, Sawyer, ich ticke eben anders als du. Ich kann Sex mit dir haben und dich trotzdem provozieren. Und jetzt fahr, wir wollen ja nicht, dass du zu spät zu deinem Termin kommst.«

Kapitel 16

New York, 2007

Lieber Sawyer,

ich bin kein Fan von Überraschungen. Ich mag es lieber, wenn ich schon weiß, was in meinem Geschenk drin ist, damit ich eventuelle Gesichtsentgleisungen kontrollieren kann. Wenn jemand hinter einem Baum hervorspringt und Buh *schreit, haue ich ihm eine runter. Wenn das College eine plötzliche Nachzahlung verlangt, fechte ich diese an.*

So. Behalte diese Tatsachen im Hinterkopf, wenn ich dir jetzt erzähle, dass für mich gestern eine Überraschungsgeburtstagsfeier geschmissen wurde.

Lange Rede, kurzer Sinn: Ich bin nun 20 Jahre alt und hatte soeben die letzte Überraschungsparty meines Lebens. Gott sei Dank.

Lass dich nicht umbringen. Du schuldest mir noch eine Erklärung. Und einen Abschied.

Kate

»Also, wie ist er?«

»Ich verstehe die Frage nicht, Ava. Du kennst Sawyer, du weißt, wie er ist. Dickköpfig, zeitweilig distanziert und kühl, mit überraschend sanften Komponenten und übertrieben starken Armen.« Die einen sehr guten Job darin machten, einen zu halten.

Ava schnaubte laut und schlug ihr sacht auf den Hinterkopf. »Davon rede ich nicht. Wie ist er im *Bett*! Alle von uns haben sich schon einmal genau diese Frage gestellt und du hast das Privileg, sie beantworten zu können.«

Kate schnaubte und verdrehte die Augen. »Ihr habt euch nicht alle schon einmal vorgestellt, wie es wäre, mit Sawyer zu schlafen.«

Maya runzelte nachdenklich die Stirn. »Na ja …«

»Also, wenn du mich jetzt so fragst …«, sagte Harper vage.

»Ich träume nachts davon und kann an nichts anderes denken«, sagte Jax tonlos.

Ava grinste und warf mit Erdnüssen nach ihm. »Die Bedingung dafür, dass du bei uns sitzen darfst, war, dass du unsere Gespräche ernst nimmst, Jax.«

Sie saßen zu fünft an einem Tisch im *Sullivan's* – was sollten sie auch sonst an einem Donnerstagabend tun? – , aßen Nachos und tranken Cocktails. Eigentlich hatte das Ganze ein Mädelsabend werden sollen, aber weil Jax einsam an der Bar gesessen hatte und sie keine Unmenschen waren, hatten sie ihn an ihren Tisch eingeladen. Natürlich unter Auflage einiger Verhaltensregeln, die er bisher allesamt ignoriert hatte.

»Ist es wirklich das, worüber ihr Frauen redet?«, wollte Jax skeptisch wissen und ließ seinen Blick durch die Runde schweifen. »Darüber, wie gut eure Männer im Bett sind und wie die neue Sommerkollektion aussieht? Und da wird mir immer gesagt, ich solle aufhören, Frauen in Klischees einzuteilen.« Vielsagend sah er seine

Schwester an. »Ihr seid schlimmer als Klischees. Ihr seid real.«

Kate richtete über den Tisch hinweg den Zeigefinger auf ihn. »Das ist Schwachsinn. Wir reden fast nie über Mode.« Über Männer andauernd. »Außerdem haben wir tausend verschiedene Gesprächsthemen. Genau wie ihr Männer auch. Du hast nur einen schlechten Zeitpunkt erwischt.«

Weil ihre Freundinnen in den vergangenen Wochen über nichts anderes als Sawyer hatten sprechen wollen. Um ehrlich zu sein, war das mehr als nervig. Kate musste doch erst für sich selbst entscheiden, wo das Ganze hinführte, bevor sie es an ihre Freundinnen weitergeben konnte. Für sie war das alles sehr unsicheres Terrain. Hatte sie sich schon mal vorgestellt, wie es sein würde, mit Sawyer zusammen zu sein?

Natürlich. Ihr Unterbewusstsein war eine heimtückische Schlampe, die ihr jegliche Kontrollmacht über ihre Gedanken nahm. Aber das waren alles nur Fantasien gewesen, die meistens nicht über die erste gemeinsame Woche voller Sex hinausgegangen waren. Die Realität war eine ganz andere.

Die Realität war, dass sie die letzten zwei Stunden über nichts anderes als Sawyers kühlen Gesichtsausdruck heute Vormittag nachgedacht hatte. Die Realität war, dass sie Angst hatte, weil sie und Sawyer so unterschiedliche Menschen waren – und sie viel zu viel fühlte, wenn sie sich in seiner Gegenwart befand. Die Realität war, dass es ihr noch unangenehm war, Sawyer in der Öffentlichkeit zu küssen, weil es ihre … *Beziehung* so, nun ja, real machte. Die Realität war, dass sie andauernd nervös auf ihr Handy schielte, um zu sehen, ob Sawyer ihr geschrieben hatte, dass er heil von seinem Einsatz zurückgekehrt war.

Sie war immer etwas unruhig, wenn Sawyer auf einem seiner Außeneinsätze war. So war es schon gewesen, bevor sie mit ihm geschlafen hatte, und das hatte sich leider nicht geändert. Vor allem, da sie sich mit nichts anderem als einem verkniffenen Lächeln von ihm verabschiedet hatte … und nun nur daran denken konnte, dass Drogendealer keine netten Menschen waren. Dass sie Sawyer lieber hätte küssen und den Streit vergessen sollen.

Aber sie war so sauer gewesen. Darauf, dass Sawyer das Thema seines Onkels immer wieder abblockte. Darüber, dass morgen Gerrys Todestag war und sie einfach wusste, dass Sawyer sein Grab nicht besuchen würde. Darüber, dass sie so ungemein schlecht darin war, ihren Gefühlen Ausdruck zu verleihen, und darüber, dass sie so schnell ihren Kopf verlor, wenn es um Sawyer ging.

»Wäre es dir lieber, wenn wir darüber reden, wie *du* wahrscheinlich im Bett bist?«, fragte Ava Jax neugierig.

»Oh, ich weiß«, meldete sich Maya sofort. »Jax ist bestimmt ein wenig selbstsüchtig zu Anfang, aber sobald die Frau ihn …«

»Gott, bitte hört auf«, sagte Harper flehentlich. »Ich habe sieben Jahre lang im Zimmer direkt neben ihm gewohnt. Ich will nicht wissen, was ich da durch seine Wand gehört habe.«

»Ich bin *nicht* selbstsüchtig«, sagte Jax mit düsterem Blick in Richtung Maya. »Ich bin verdammt großzügig.« Selbstgefällig lehnte er sich in seinem Stuhl zurück und verschränkte die Hände in seinem Nacken. »Bis jetzt hat sich noch keine darüber beschwert, was ich im Bett tue, also vielen Dank. Wir können dann jetzt gerne weiter über Tampons oder euren Nagellack reden. Oder über sonst ein Thema, bei dem ich hin und wieder nicken werde, damit ihr denkt, es würde mich interessieren.«

»Wenn wir dir zu anstrengend sind, Jax, geh doch nach Hause«, schlug Ava mit geschürzten Lippen vor.

Er zog eine Grimasse. »Ich kann nicht nach Hause gehen. Eine Frau liegt in meinem Bett und ich hoffe, dass sie geht, wenn ich lang genug wegbleibe.«

Ungläubig riss Kate den Mund auf. »Ist das dein beschissener Ernst?«

»Er spricht von einer Katze«, hakte Harper grinsend ein. »Jax hat gestern eine hübsche Katzendame aus einem Baum gerettet und es ist unklar, wem sie gehört, deswegen schläft sie zeitweilig bei ihm.«

»Ich hab das kürzeste Streichholz gezogen«, grummelte er und nahm einen Schluck von seinem Bier. »Und das Viech hat mein Bett als seinen Schlafplatz auserkoren. Runterwerfen kann ich sie auch nicht ... Sie ist ja ohnehin schon traumatisiert von der ganzen Baumgeschichte.«

Kate senkte den Blick und schmunzelte. Unter all den Tattoos und seiner leicht frauenfeindlichen Einstellung war Jax doch nur ein riesengroßer Softie.

Ihr Handy klingelte auf dem Tisch und hastig zog sie es zu sich heran, in der Hoffnung, dass es Sawyer war, der den Bösewicht geschnappt hatte und gesund und munter zu Hause auf der Couch lag.

Doch es war nicht sein Bild, das ihr auf dem Display entgegenleuchtete. Es war das ihrer Mutter.

Zögerlich drehte Kate das Telefon in der Hand, während Maya mit Jax darüber diskutierte, warum Hunde die besseren Katzen waren.

Schließlich seufzte sie und legte das Telefon mit dem Display nach unten auf den Tisch, sodass sie das nervige Blinken nicht mehr sah. Sie hatte gerade keine Lust auf einen weiteren Streit.

»Ich *wusste*, dass du absichtlich nicht drangehst, wenn ich anrufe!«, erschallte plötzlich eine Stimme hinter ihr. »Das machst du bei deinem Vater doch bestimmt nicht.«

Kate zuckte so heftig zusammen, dass sie mit dem Ellenbogen gegen Avas Cocktailglas stieß und den Inhalt über den gesamten Tisch vergoss. Fluchend sprang sie auf, rettete ihr Handy vor der Flut und warf Servietten auf die Platte, bevor sie den Kopf herumriss.

»Mom!«, keuchte sie schockiert und starrte in das Gesicht ihrer Mutter, die mit missbilligendem Blick, die Hände in die Seiten gestemmt, vor ihrem Tisch stand.

»Schön, dass du mich noch erkennst, da du dich doch seit drei Wochen nicht mehr bei mir gemeldet hast«, sagte ihre Mutter säuerlich.

Hektisch sah Kate sich nach allen Seiten um. Sie brauchte Jared. Wo war er? Er war ihr Puffer.

»Schön, Sie wiederzusehen, Mrs. Sullivan«, mischte sich dankenswerterweise Ava ein, die aufstand, um Kates Mutter die Hand zu geben. »Meine Güte, wie lange ist es her, dass Sie hier waren? Doch bestimmt schon ein Jahr.«

»Anderthalb Jahre«, sagte ihre Mutter und nickte. »Viel zu lange also.«

»Wohl wahr«, sagte Ava aufmunternd und trat Kate dezent auf den Fuß. Vielleicht, weil sie ihre Mutter noch immer mit offenem Mund anstarrte. »Leute, das hier ist Mrs. Sullivan, Kates Mutter«, fuhr sie dann fort. »Mrs. Sullivan, das hier ist Maya. Jax und Harper kennen Sie ja bereits.«

»Natürlich.« Kates Mutter lächelte und hob die Hand. »Schön, dich kennenzulernen, Maya. Und schön, euch wiederzusehen, Harper, Jax.«

Ein allgemeines Hallo wurde ausgetauscht und Kate fing sich wieder. Na ja, fast.

»Was zum Teufel tust du hier, Mom?«, fragte sie verdattert, möglicherweise auch ein wenig panisch. Gott, sie hasste Überraschungen.

»Darf ich meine Kinder etwa nicht besuchen, wenn es mich danach verlangt?«, fragte sie in herausforderndem Tonfall und fuhr sich durch die blonden Haare. Kate wusste, dass sie ihrer Mutter sehr ähnlich sah. Sie hatten dieselben blauen Augen, dieselben blonden Haare und dieselben gebärfreudigen Hüften. Trotzdem war Kate klar, dass sie unterschiedlicher nicht hätten sein können.

»Doch, doch. Natürlich«, ruderte Kate hastig zurück. »Der Besuch kommt nur … überraschend. San Francisco liegt nun einmal nicht um die Ecke, also …«

»Ich habe euch vermisst und konnte nicht bis Thanksgiving warten«, sagte ihre Mutter verkniffen lächelnd, bevor sie einen Schritt nach vorne trat und Kate kurz umarmte. »Wo ist Jared? Ich will alles hören, was euch in den letzten Monaten passiert ist. Lasst kein Detail aus. Ich möchte nicht noch einmal über den Newsletter eures Vaters erfahren, dass bei dir eingebrochen wurde, Kate!«

Ah, das war es also. Ihr Vater hatte mehr über das Leben seiner Kinder gewusst als sie, das konnte Susan Sullivan nicht auf sich sitzen lassen. Schlagartig ergab der Spontanbesuch Sinn.

»Bei mir wurde nicht eingebrochen«, korrigierte Kate sie, hakte sich bei ihr unter und zog sie in Richtung Bar.

»Bei meinem Arbeitgeber wurde eingebrochen und ich bin zufällig darüber gestolpert.«

»Ist doch dasselbe«, sagte ihre Mutter kopfschüttelnd. »Dir hätte sonst was passieren können und du hältst es nicht einmal für notwendig, mit mir darüber zu …«

»Mom?«, unterbrach Jareds ungläubige Stimme sie. »Was zur Hölle …?« Er stand hinter dem Tresen, ein halb gezapftes Bier in der Hand, und sah ungläubig zwischen Kate und ihrer Mutter hin und her.

»Sie ist auf einen Spontanbesuch hier«, sagte Kate gezwungen gelassen und hob eine Schulter. »Sie wollte uns … überraschen, schätze ich.«

»Na, das ist dir gelungen«, sagte Jared immer noch verblüfft, doch er fing sich sehr viel schneller wieder als Kate. »Schön, dass du da bist, Mom! Sally, übernimmst du kurz den Tresen?«, rief er über die Schulter und lief im nächsten Moment um die Theke herum, um ihre Mutter in den Arm zu nehmen. »Alles okay, Mom? Wie war der Flug?«

Kate atmete erleichtert aus. Jared war so viel besser darin, sinnlosen Smalltalk mit ihren Eltern zu führen, als sie. Er hatte ihr mal gesagt, dass er irgendwann eingesehen hatte, dass Eltern auch nur Menschen waren und dass es danach leichter geworden war, über ihre Kindereien hinwegzusehen.

Kate glaubte ihm nicht wirklich. Viel eher war sie davon überzeugt, dass Jared gelernt hatte, seine Wut auf die beiden und ihre Kindheit tief zu vergraben und wegzusperren. Ganz davon abgesehen, dass er ein hervorragender Schauspieler war. Etwas, das Kate nicht von sich behaupten konnte.

»Mir geht es ganz wunderbar, Schätzchen, der Flug verlief reibungslos«, sagte ihre Mutter lächelnd und sank auf einen Barhocker, um erst Jared und dann Kate eingehend zu mustern. »Ihr seht toll aus«, stellte sie schließlich nickend fest. »Gut, dass meine Gene sich durchgesetzt haben. Wenn ihr nach eurem Vater gekommen wärt, hättet ihr furchtbare Akne und keine Haare mehr auf dem Kopf.«

Dass ihrem Vater die Haare ausfielen, war Kate neu, aber sie nickte dennoch. Über eine solche Aussage diskutierte man gar nicht erst.

»Habt ihr eigentlich gehört, dass euer Vater schon wieder verlassen wurde?« Susan Sullivan lächelte selbstgefällig. »Das ist nun schon die vierte Freundin nach mir, die endlich sein wahres Gesicht erkannt hat. Immerhin hat diese es fast ein Jahr durchgehalten. Das muss man ihr zugutehalten.« Sie seufzte und nahm das Wasserglas entgegen, das ihr Sally auf Jareds Wink hin gefüllt hatte. »Ich weiß nicht, wie ich damals so blind sein konnte. Natürlich ist euer Vater nicht für eine lange Beziehung geschaffen. Dafür ist er viel zu egoistisch.«

Jared und Kate warfen sich einen Blick zu und nickten dann unisono. So war es jedes Mal.

Euer Vater hier, euer Vater da. Die beiden waren seit mehr als zehn Jahren geschieden, aber noch immer besessen voneinander. Sie ergötzten sich am Leiden des anderen. Kate hatte schon vor langer Zeit aufgehört, sich zu fragen, wie sie jemals ein glückliches Paar gewesen sein konnten.

»Aber genug von mir«, sagte ihre Mutter kopfschüttelnd, auch wenn sie noch kein Wort über sich selbst verloren hatte. »Reden wir über euch: Was gibt es Neues in euren Leben?« Erwartungsvoll blickte sie in ihre Gesichter.

Warum hatte Kate ihren Drink nicht mitgenommen? Dann hätte sie wenigstens so tun können, als sei ihr Mund voll.

»Nun, wie du gerade schon erwähnt hast«, sagte sie schließlich langsam, »bei meinem Boss wurde eingebrochen und ganz Eden Bay ist deswegen in Aufruhr.«

»Aha«, sagte ihre Mutter mäßig interessiert. »Wurde denn jemand verletzt?«

»Nein.«

»Gut, dann ist es ja nur halb so schlimm. Wie sieht es denn mit eurem Liebesleben aus? Darüber redet ihr nie mit mir. Gibt es da etwas Neues?«

»Nein, eigentlich …« Kate verstummte. Oh, nein, das stimmte nicht. Sie war nur so daran gewöhnt, dass bei ihrem Liebesleben nichts Aufregendes passierte, dass sie um ein Haar vergessen hätte, dass sie jetzt in … ähm … in einer Beziehung steckte.

Merkwürdiger Ausdruck. In einer Beziehung stecken. Als könnte man nicht mehr loskommen. Als würde man festhängen.

Ja, sie könnte erwähnen, dass sie jetzt einen Freund hatte. Aber wenn sie es ihrer Mutter erzählte, dann …

»Kate ist mit Sawyer zusammen, Mom«, nahm ihr Jared die Entscheidung ab. »Bei mir ist alles beim Alten.«

Susan blinzelte verwirrt zu Kate hinüber, bevor sie erneut ihren Sohn fixierte. »Sawyer? Der Wright-Junge, mit dem du früher so viel Blödsinn getrieben hast? Ich dachte, der wäre in der Army.«

»War er. Aber jetzt wohnt er wieder hier und seit ein paar Wochen sind Kate und er ein … Paar.« Das letzte Wort kam Jared beeindruckend flüssig über die Lippen, das musste Kate ihm lassen.

»Ist das wahr, Kate?«, fragte ihre Mutter sofort, die Augen groß. »Warum hast du denn nichts gesagt?«

»Es ist noch frisch«, murmelte sie kleinlaut. »Ich gucke noch, wo das Ganze hinführt.«

»Und wo führt es hin?«, wollte Susan sofort wissen. Interessanterweise sah auch Jared sie fragend an.

»Ich … keine Ahnung, wir …« … *haben den besten Sex meines Lebens.* »Wir werden sehen.« Sie zuckte mit den Achseln.

Ihre Mutter nickte, wenn auch nicht überzeugt. »Wenn das das Richtige für dich ist, Schatz«, sagte sie skeptisch und tätschelte ihre Schulter.

Kates Mund wurde automatisch trocken und sie wollte ihn schon öffnen, um etwas zu erwidern, als Jared ihr zuvorkam.

»Wenn man vom Navy-Seal spricht«, murmelte er und nickte über Kates Schulter.

Abrupt fuhr sie herum und tatsächlich schlängelte sich Sawyer gerade durch die Menge auf sie zu. Er war vollkommen in Schwarz gekleidet, trug eine ausgebeulte Regenjacke – unter der Kate schwer mit einer kugelsicheren Weste rechnete – und hatte diverse Waffengurte um Hüfte und Beine geschlungen. Kein Wunder, dass es ihm so leichtfiel, sich einen Weg zu ihnen zu bahnen. Die Menschen wichen geradewegs vor ihm zurück, sobald sie ihn sahen.

Durch den Raum hindurch traf sein dunkler Blick ihren. Tiefe Erleichterung und … ja, Dankbarkeit durchfluteten sie.

Mit Sawyer an der Seite war alles besser. Leichter zu ertragen. Selbst ihre Mutter.

»Meine Güte, ich sehe, was du an ihm findest, Kate«, murmelte Susan anerkennend. »Er ist … groß geworden.«

»Oh Gott«, stöhnte Jared leise, doch Kate hörte ihn nicht mehr. Ihr Blick blieb an einer roten, getrockneten Spur hängen, die aus Sawyers Mundwinkel lief.

Ihr Herz sackte schlagartig in ihre Hose und hastig trat sie ihm entgegen. »Ist das Blut an deiner Lippe?«, fragte sie schockiert und hob die Hand, um sein Gesicht abzutasten.

»Was?«, fragte Sawyer, den Blick überrascht auf Kates Mutter gerichtet.

»Blut, Sawyer!«, fuhr Kate ihn an. »Da ist Blut an deinem Mund.«

Sawyer blinzelte und konzentrierte sich wieder auf sie. »Ach so. Ja. Mich hat der Knauf einer Beretta erwischt.«

Ungläubig riss sie die Augen auf.

»Der Knauf, Kate. Nicht die Kugel. Mir geht es gut.«

Er sah nicht aus, als würde es ihm gutgehen. Er sah erschöpft aus.

»Hey, Jared. Mrs. Sullivan«, sagte er und nickte Kates Mutter zu. »Ich wusste gar nicht, dass Sie vorhatten, zu kommen.«

»Es war eine spontane Idee«, sagte Kates Mutter nur lächelnd und ließ den Blick ungeniert über die Waffengurte an Sawyers Körper wandern.

»Was machst du hier, Sawyer?«, flüsterte Kate und zog ihn etwas von Jared und ihrer Mutter weg. »Warum stehst du nicht zu Hause unter der Dusche? Du bist … dreckig.« Und das war nicht gelogen. Dunkle Flecken, von denen Kate betete, dass sie nur Erde waren, zierten seine Stirn und Wange und eine dünne Staubschicht bedeckte seine Cargo-Hose und die Regenjacke.

Sawyer seufzte schwer. »Ja, ich weiß. Aber … keine Ahnung. Ich hatte ein komisches Gefühl nach dem Streit heute Morgen und wollte ihn nicht so stehen lassen.« Er presste die Lippen aufeinander und sah über ihre Schulter, während er nervös mit dem Fuß auf den Boden tippte.

Kates Herz zog sich warm zusammen und flatterte gleichzeitig nervös auf.

Er hatte auch über heute Morgen nachgedacht. Er gab sich Mühe. Er wollte, dass sie funktionierten. Er wollte das volle Programm. Das hatte er selbst gesagt.

Sie rieb sich mit der Hand über den plötzlich schmerzenden Magen und nickte. »Okay«, murmelte sie. »Du solltest trotzdem unter die Dusche. Ich fahr dich nach Hause, ja? Sonst tropfst du mit dem Blut noch Jareds Boden voll und er regt sich unnötig darüber auf. Ich sag nur kurz Bescheid.«

Sie drückte seine Hand, gab ihm einen flüchtigen Kuss auf die Wange und ging dann noch einmal zu ihrer Mutter und Jared.

»Entschuldige, Mom«, sagte sie zögerlich. »Sawyer ist etwas durch den Wind, er …«

»Mir geht es gut«, brummte Sawyer unzufrieden.

Sie verdrehte die Augen. »Ich bringe ihn nach Hause. Wir … frühstücken morgen miteinander, okay? Neun Uhr in der Bäckerei um die Ecke? Ich will sichergehen, dass Sawyer nicht noch mehr Verletzungen davongetragen hat. Jared kann dir heute Abend Gesellschaft leisten, er hat bestimmt noch ein freies Bett für dich.« Bedeutungsschwer sah sie zu Jared, der sie feindselig anfunkelte. Ja, damit musste er jetzt leben.

»In Ordnung, natürlich«, sagte ihre Mutter, den Blick noch immer interessiert auf Sawyer gerichtet. »Jared und ich werden Spaß zusammen haben. Mehr Spaß, als ihr je mit eurem Vater haben könntet.«

»Bestimmt«, sagte Kate und rang sich ein letztes Lächeln ab, bevor sie sich umwandte und Sawyers Hand packte, um ihn aus der Bar zu ziehen. Eine Problemzone nach der anderen.

Kapitel 17

New York, 2007

Lieber Sawyer,

ich hatte heute eine Epiphanie: Ich bin verdammt gut darin, Leuten das Geld aus der Tasche zu ziehen. Ich bin eine Verkäuferin. Die armen Leute glauben alles, was aus meinem Mund kommt. Das sollte ich möglicherweise zu meinem Vorteil nutzen. Wenn mir jemand widersprechen will, diskutiere ich ihn einfach tot. Kurzum: Ich habe mein Studium als Webdesignerin abgebrochen. Das ist mir ohnehin zu viel Computerarbeit. Ich werde Immobilienmaklerin. Ironisch, oder? Ich finde Fremden ihr neues Zuhause und bin selbst unfähig, mein eigenes zu finden. Aber das wird noch kommen. Da bin ich mir fast sicher.

Lass dich nicht umbringen. Du schuldest mir noch eine Erklärung. Und einen Abschied.

Kate

Sawyer fühlte sich ein wenig so, als hätte ihn ein Laster überrollt – dabei war es nur ein 150 Kilo schwerer Drogenkurier gewesen. Er hatte Pech gehabt. Der Typ hatte eine Waffe in der Hand gehalten und war damit bei seinem Fall unglücklich auf Sawyers Kinn gelandet, das jetzt schmerzte wie Hölle. Möglicherweise hatte er sich auch eine Rippe geprellt, zumindest war das Atmen nicht mehr ganz so fantastisch schmerzfrei wie sonst, und wenn er sich vorbeugte, so wie jetzt in Kates Wagen, drang automatisch ein Stöhnen über seine Lippen.

»Meine Güte, wen habt ihr festgenommen?«, fragte Kate kopfschüttelnd, ihr Gesicht bleicher als sonst. »Iron Man?«

»Gewicht von Iron Man, Statur eines erfolgreichen Sumoringers«, erklärte Sawyer und schloss die Augen, den Kopf gegen die Stütze gelehnt. Möglicherweise war es gut, dass er sein Auto vorm *Sullivan's* hatte stehen lassen. Seine Konzentration ließ zu wünschen übrig.

Kate schnalzte missbilligend mit der Zunge. »Ich verstehe es nicht. Was findet ihr Kerle so toll daran, Berufe anzunehmen, die euch umbringen könnten?«

»Großes Ego und kein Plan, wie man seine fantastischen Muskeln sonst einsetzen soll«, murmelte Sawyer und wusste, dass Kate lächelte, obwohl er ihr Gesicht nicht sah.

»Wenn du so auf den Adrenalinkick stehst, warum hast du dann in Eden Bay als Kleinstadtpolizist angeheuert?«

Weil er nicht bereit gewesen war, auf Kate zu verzichten. »Ich hatte meine Gründe.«

»Aber du magst es, an Kamikazemissionen teilzunehmen?«

»Jap. Nichts gibt dir ein solches Gefühl von Lebendigkeit.«

»Also eigentlich stehst du drauf, dich in Gefahr zu begeben«, sagte Kate, ein deutlich unzufriedener Unterton in ihrer Stimme.

»Ja, deswegen bin ich ja auch mit dir zusammen.«

Eine Faust traf ihn hart am Oberarm und er zuckte zusammen, als seine geprellte Rippe dabei in Mitleidenschaft gezogen wurde. »Autsch«, fluchte er und zog eine Grimasse.

»Du bist blöd, Sawyer«, sagte sie sachlich und er spürte, wie der Wagen anhielt, kurz bevor der Motor ausging.

»Ich bin verletzt, nicht blöd.«

»Nein, ich bin mir ziemlich sicher, dass du beides bist.«

Er lächelte und öffnete die Augen. Sie standen vor seinem Haus. Der Himmel war dunkel, die Sterne glänzten nur spärlich durch die dünne Wolkendecke und Kate saß neben ihm, die Hände im Schoß verschränkt. Ihr Blick war geradeaus, auf seine Haustür gerichtet, ihre Stirn gerunzelt. Sie schien angestrengt über etwas nachzudenken. Doch Sawyer konnte nicht bestimmen, ob er selbst eine tragende Rolle in diesen Gedanken spielte oder eine gänzlich andere Person.

»Deine Mutter ist zu Besuch«, murmelte er probehalber.

»Ich weiß.«

»Wie geht es dir damit, dass deine Mutter da ist, Katie?«

Mit verengten Augen drehte sie den Kopf zu ihm herum. »Gegenfrage: Wie geht es dir damit, dass morgen der Todestag deines Onkels ist?«

Ach, vielleicht war jetzt der richtige Moment, um auszusteigen.

Kate schnaubte laut, als er die Tür öffnete und aus dem Wagen kletterte. Sawyer hatte die Befürchtung, dass es kein gutes Schnauben war. Aber er war es leid, über seinen Onkel zu reden. Ihm war klar, dass Kate dachte, sie wüsste, was das Beste für ihn sei. Aber er war da anderer Meinung.

Im Bett, ja, da wusste sie definitiv, was das Beste war. Aber was die Sache mit Gerry anging, dachte sie einfach anders als er. Sawyer musste nicht an einem Grab stehen, um zu trauern. Und dass er nicht bei der Beerdigung gewesen war, obwohl er sich sehr wohl Urlaub hätte nehmen können … Das war seine Sache.

»Du bist so ein Dickkopf, Sawyer, weißt du das?«, erklang eine angesäuerte Stimme neben ihm. »Du wolltest das volle Programm? Nun, eine Freundin zu haben, die deine Entscheidungen anzweifelt, *ist* das volle Programm!« Sie nahm ihm die Schlüssel aus der Hand und schloss die Haustür auf.

Er folgte ihr, wenn auch etwas langsamer als sonst. Gott, sie würde darüber diskutieren wollen und normalerweise tat er das sehr gerne. Aber nicht heute. Nicht mit demselben Thema.

»Weißt du, alle sind davon überzeugt, dass du ein schweigsamer Typ bist«, sprach Kate weiter und kickte die Schuhe von ihren Füßen. »Aber du bist eine Labertasche! Du redest nur dann nicht, wenn es dir gerade passt. Das geht mir auf die Nerven, Sawyer! Denn du bist kein Eisblock. Du bist eine Panzertür, die manchmal offensteht und manchmal mit einer Schicht aus Diamant verbarrikadiert ist.«

Seufzend ging Sawyer an ihr vorbei in sein Wohnzimmer. Er hatte sich dieses Gespräch irgendwie anders vorgestellt. Er war ins *Sullivan's* gekommen, um den Streit von heute Morgen aus dem Weg zu schaffen. Nicht, um ihn weiterzuführen oder gar noch weiter anzufachen.

»Können wir es ruhen lassen, Kate?«, bat er ungeduldig und zog sich die Regenjacke über die Schultern, sodass seine kugelsichere Weste und sein Schulterholster zum Vorschein kamen.

»Nein, kann ich nicht, denn …« Kates Blick landete auf seiner Ausrüstung und augenblicklich verstummte sie. Mit geweiteten Augen starrte sie auf seine Montur. »Wie viele verdammte Waffen trägst du?«

Acht, wenn man die Messer an seinen Knöcheln mitzählte. Meistens brauchte er sie nicht, aber Sawyer war immer lieber auf der sicheren Seite, was Waffen anging.

Er öffnete den Schultergurt und atmete zischend aus, als er die Weste ablegte und dabei gegen seine Rippe stieß. Schließlich löste er die Waffengurte um seine Hüfte und um seine Beine und stapelte die Pistolen und Messer auf seinem Wohnzimmertisch.

Mit offenem Mund folgte Kate seinen Bewegungen und wenn er sich nicht irrte, verdunkelten sich ihre Augen.

Mhm, interessant. Offenbar machte es sie an, dass er gerade ein komplettes Waffenarsenal von seinem Körper entfernte.

Er legte das letzte Messer auf den Tisch und sah Kate dann mit festem Blick an. Er wusste genau, wie er dieses unangenehme Gespräch beenden konnte.

»Katie«, sagte er ruhig und winkte sie mit einem Finger heran. »Komm mal her.«

»Warum?«, fragte sie misstrauisch, machte aber einen Schritt auf ihn zu.

»Weil ich ein Aua an der Lippe habe und du es besser machen musst«, erklärte er leise, legte ihr eine Hand in den Nacken und küsste sie.

Er zuckte zusammen, als Kate wie automatisch eine Hand auf seine Brust legte und seine Rippe unangenehm pochte. Doch es war ihm egal. Mit diesem Schmerz konnte er leben. Nichts tat mehr weh als das vorherige Gespräch.

»Sawyer«, murmelte sie an seinen Lippen und schlang die Arme um seinen Hals. »Wenn wir gerade diskutieren, kannst du nicht einfach …«

»Ich weiß«, murmelte er und glitt mit den Fingern unter ihren T-Shirtsaum, ihre weiche Haut hinauf, bevor er erneut ihre Lippen für sich beanspruchte und mit der Zunge darüberstrich. Gott, niemand schmeckte so süß wie Kate Sullivan.

Sie seufzte wohlig auf und ließ sich vorsichtig in seine Arme sinken. Als wüsste sie, dass es ihn einige Konzentration kostete, geradezustehen.

»Schön«, murrte sie schließlich, als Sawyer mit den Daumen träge über ihre Nippel strich. »Aber ich will oben sein. Bis zum Schluss.«

»Das werden wir dann sehen«, sagte er vage.

»Nein!«, widersprach sie sofort. »Ich habe heute die Kontrolle und du tust, was ich dir sage, Soldat.«

»Deine Anweisungen sind mir immer etwas zu schwammig«, gab er zu bedenken und löste die Häkchen ihres BHs.

Kate verengte die Augen und zerrte ihm im nächsten Augenblick das schwarze Shirt über den Kopf. »Schön. Dann werde ich heute ein bisschen expliziter vorgehen«, versprach sie, nahm ihn an der Hand und zog ihn ins Schlafzimmer.

Und Sawyer musste zugeben, dass ihre Anweisungen mehr als klar waren. *Halt einfach die Klappe* war dann doch relativ eindeutig …

Am nächsten Morgen wachte Sawyer mit Haaren in seinem Mund und ohne Bettdecke auf. Und er war so verdammt zufrieden damit, dass sein Lächeln nur noch breiter wurde, als Kate ihre eiskalten Füße an seine drängte. Sie hatte die Angewohnheit, sich über Nacht vollkommen in die Decke einzumummeln und nur ihre Füße unten rauslugen zu lassen. Selbstverständlich brauchte sie daher am Morgen ein verlässliches Wärmekissen und Sawyer hatte kein Problem damit, diesen Job zu übernehmen.

Er zog ihre Haare aus seinem Gesicht und küsste sie sacht auf die Schläfe. Das Warten hatte sich gelohnt.

»Wie spät ist es?«, murmelte sie verschlafen und legte sich seinen Arm übers Gesicht.

»Zu früh.«

»Später als sieben?«

»Acht, fürchte ich.«

»Mist, ich muss aufstehen«, murmelte sie seufzend. »Ich frühstücke gleich mit meiner Mutter.«

»Ich mach dir Kaffee«, bot Sawyer an und richtete sich vorsichtig auf. Sein Körper protestierte, doch er ignorierte den dumpfen Schmerz. Er hatte schon sehr viel Schlimmeres durchlitten.

Als sein Blick erneut zu Kate glitt, hatte sie die Augen geöffnet und sah ihn unbewegt an. »Du machst mir Kaffee?«, wiederholte sie leise.

»Ja. Zwei Stück Zucker, keine Milch, richtig?«

Er sah sie schlucken, bevor sie nickte. Stirnrunzelnd sah er zu ihr hinunter und strich ihr eine Haarsträhne aus der Stirn. »Ist irgendwas?«

»Nein, alles gut«, sagte sie etwas zu hastig. »Danke.«

»Kein Problem.« Sie würde darüber reden, wenn sie bereit dazu war. Er gähnte, hievte sich aus dem Bett und zog sich eine Jogginghose über. Unterwäsche wurde überbewertet.

Helles Licht schien in seine Küche, sodass Sawyer mehrfach blinzeln musste, bevor er die Augen ganz öffnen konnte. Er schaltete die Kaffeemaschine an und rieb abwesend über sein schmerzendes Kinn.

Für immer.

Wann hatte er aufgehört, Angst davor zu haben?

Er nahm den Zucker und eine Tasse aus dem Schrank, bevor er ein Brot für sich in den Toaster schmiss. Sein Blick fiel auf den Kalender an der Wand und sein Herz stolperte. Nur kurz, kaum wahrnehmbar, aber dennoch … Sawyer atmete tief ein und aus.

Er würde zur Arbeit fahren, weiter in Adams Leben herumstochern, um einen möglichen Einbrecher zu identifizieren, und heute Abend würde er wahrscheinlich mit Nathan und Jared im *Sullivan's* sitzen und darüber diskutieren, ob die Red Sox eine Chance auf die World Series hatten.

Heute war ein Tag wie jeder andere. Nichts änderte etwas daran. Ein Datum war nichts weiter als eine Zahl.

Er riss den Blick vom Kalenderblatt und rieb sich mit der Hand über die Augen. Nur eine Zahl.

»Hey, alles okay?«

Kate stand im Türrahmen. Sie trug die Kleidung von gestern, einen ihrer engen Röcke, eine weiße Bluse, und einen besorgten Gesichtsausdruck.

»Klar ist alles okay«, sagte er leichthin und goss ihr etwas Kaffee ein.

Kate starrte ihn weiter an und schüttelte kaum merklich den Kopf. »Du bist nicht ehrlich, Sawyer.«

»Natürlich bin ich ehrlich.«

»Nein. Du denkst, dass du es bist, aber du belügst dich selbst. Und jetzt kannst du nicht mit mir schlafen, um vom Thema abzulenken. Ich habe mir nämlich gerade die Haare gemacht.«

Sawyer seufzte schwer und lehnte sich gegen die Anrichte. »Kate, komm schon …«

»Weißt du«, unterbrach sie ihn, »ich habe mir überlegt, dass wir heute Abend nach der Arbeit zusammen zum Friedhof fahren könnten, um …«

»Großer Gott, redest du schon wieder darüber?«, unterbrach er sie genervt.

»Nein. Ich rede *immer noch* darüber.«

Scheiße, er hätte wissen müssen, dass sie das Thema nicht fallen lassen konnte. Aber es war seine Sache. Wenn er den Todestag seines Onkels ignorieren wollte, dann war das sein verdammtes Recht.

»Ich verstehe es nicht, Kate. Ich habe dir gesagt, dass ich mit der Sache abgeschlossen habe. Herrgott, wenn ich das Haus verkauft habe, werde ich wahrscheinlich keinen Gedanken mehr an die Zeit mit meinem Onkel verschwenden. Ich halte nicht an der Vergangenheit fest, Kate.«

»Schwachsinn«, fuhr sie plötzlich wütend auf. »Sieh mich doch an! Ich bin deine Vergangenheit, Sawyer. Ich bin eine Verbindung zu deinem Onkel. Willst du mich auch verkaufen?«

Sie lag falsch. Sie war nicht seine Vergangenheit, sie war seine Zukunft. »Ich werde da nicht wieder drüber diskutieren«, sagte er gepresst.

»Sawyer, ich weiß, dass dich das wütend macht …«

»Warum zum Teufel redest du dann immer noch darüber?«, wollte er ungläubig wissen. »Wir drehen uns im

Kreis. Ich werde meine Meinung nicht ändern, du wirst deine Meinung nicht ändern. Also lass mich das Haus verkaufen, lass mich diesen Tag wie jeden anderen behandeln, und wir haben kein Problem.«

Kate verschränkte die Arme vor der Brust. »Lass mich dir eine Frage stellen: Bist du sicher, dass du das Haus verkaufst, weil du mit der Vergangenheit abschließen willst? Oder bist du zu feige, dich damit zu konfrontieren?«

»Es gibt nichts, womit ich mich konfrontieren müsste.«

»Du warst nicht einmal bei seinem Grab, Sawyer!«, sagte sie aufgebracht. »Nicht ein einziges Mal.«

»Woher zum Teufel willst du das wissen?« Mit jedem Wort aus ihrem Mund wurde er wütender.

»Weil ich jedes Jahr an seinem Todestag hingehe und Blumen pflanze«, rief sie laut. »Weil ich sie gieße, weil ich mich darum kümmere, und wenn du da gewesen wärst, hättest du mich schon längst danach gefragt.«

»Was? Warum kümmerst *du* dich darum?«

»Weil du es noch nicht kannst! Gott, wenn du mir nicht glaubst, dann frag doch deinen Therapeuten! Du musst mit deinem Onkel abschließen. Du darfst offen trauern, du …«

»Ich darf damit umgehen, wie ich es will, Kate«, fuhr er sie zornig an. »So wie *ich* es für richtig halte. Nicht du, nicht die Welt. Ich allein. Und ich weiß, es fällt dir sehr schwer, das zu verstehen, aber deine Meinung ist nicht immer die richtige!«

»Nicht *immer*«, schrie sie zurück. »Aber du solltest zumindest in Betracht ziehen, dass ich diesmal recht habe!«

Sie funkelte wütend zu ihm herauf – und Sawyer schwieg. Er hatte dazu nichts mehr zu sagen. Das Thema war für ihn beendet gewesen, bevor es überhaupt angefangen hatte.

»Natürlich«, murmelte Kate frustriert. »Jetzt verstummst du wieder. Jetzt, da es unangenehm wäre, zu sprechen, hältst du die Klappe.«

Sawyer schloss die Augen, suchte nach Worten, nach irgendetwas, das er sagen konnte, um dieses Problem aus der Welt zu schaffen. Doch er fand nichts.

»Schon klar«, sagte Kate kühl. Im nächsten Moment drehte sie sich um und verschwand aus der Tür.

Sawyer starrte ihr nach, unsicher, was gerade eben passiert war. Die Kaffeetasse, die er noch immer in der Hand hielt, brannte auf seiner Haut, während er langsam ein- und ausatmete.

Wie hatte ein guter Morgen so schnell den Bach runtergehen können?

Kapitel 18

New York, 2008

Lieber Sawyer,

wieso haben Eltern eigentlich eine solch große Macht über ihre Kinder? Ist ihnen überhaupt klar, was sie für eine riesige Verantwortung tragen?

Was sie sagen, wie sie reagieren, was sie nicht erwähnen, wie sie selbst ihr Leben meistern … Das alles hat Einfluss darauf, wie sich ihre Kinder entwickeln. Ich meine, sieh dir meine Eltern an: Selbstzerstörerisch bis zum Gehtnichtmehr und ständig aggressiv. Ergebnis: Jared zerstört sich selbst, ich bin ständig aggressiv.

Welch leuchtend schöne Zukunft wir doch vor uns haben. Lernresistent sind wir nämlich auch noch.

Ach ja, falls du dich fragst, wie Weihnachten dieses Jahr für mich war: Jared und ich werden ab jetzt immer allein feiern.

Schönes Fest, Sawyer!

Lass dich nicht umbringen. Du schuldest mir noch eine Erklärung. Und einen Abschied.

Kate

Kate hasste es.

Gott, wie sie es *hasste*, wenn Sawyer so wurde! Wenn er plötzlich verstummte, als hätte ihm eine böse Hexe die Stimme geklaut. Wenn er alles abblockte und zum gefühlskalten Klotz wurde. Wenn er die Diskussion sich absichtlich im Kreis drehen ließ, weil er darauf hoffte, dass sie es leid wurde, sie zu führen.

Ruckartig zog sie die Handbremse an und schaltete den Motor aus.

Sie atmete schwer durch und hob überrascht die Augenbrauen, als sie Jared auf sich zukommen sah. Schnell stieg sie aus. Eden Bays einzige Bäckerei lag wie alle Läden der Stadt auf der Main Street, die zum Pier führte. Seit Ewigkeiten führte Mrs. Lester den Laden. Es ging das Gerücht um, dass sie hundertunddrei Jahre alt war, doch Kate war sich da nicht sicher. Ihrem Aussehen nach zu urteilen, musste sie mindestens hundertundfünfzehn sein.

»Du kommst zu spät«, murmelte Jared grimmig. »Mom ist schon drin und fragt mich über mein Liebesleben aus. Und darüber, wann ich mich endlich zur Ruhe setzen will. Es ist, als wäre ich in meinen persönlichen Albtraum gestolpert.«

»Wieso? Sitzen drei Frauen am Tisch nebenan und beschuldigen dich, der Vater ihrer unehelichen Kinder zu sein? Und sitzt Jamie Oliver daneben und sagt dir ins Gesicht, dass dein Essen scheiße schmeckt?«

»Nicht. Lustig«, presste Jared zwischen den Zähnen hervor.

Kate schloss ihr Auto ab und stopfte den Schlüssel fahrig in ihre Handtasche. »Na ja. Zumindest hört es sich an, als hättet ihr zwei gestern einen schönen Abend miteinander verbracht.«

»Oh ja«, zischte Jared. »Ich musste mir ihre Hochzeitsfotos von damals angucken und sie hat jeden Fehler an Dads Erscheinungsbild näher beschrieben. Ich …« Er verstummte. Sein Blick war auf Kates Gesicht gefallen und augenblicklich machte er einen Schritt zurück. »Alles okay bei dir?«, wollte er besorgt wissen. »Du siehst unzufriedener aus als ich. Dabei hat Mom in *meinem* Bett geschlafen.«

»Ich will nicht drüber reden«, sagte sie kurz angebunden und schritt an ihm vorbei in die Bäckerei.

Ein paar weiße Plastikstühle standen am Fenster und dienten als provisorisches Café. Ihre Mutter saß in der hintersten Ecke und sprang lächelnd auf, als sie Kate erblickte. Eines musste man ihr lassen: Sie freute sich wirklich jedes Mal darüber, ihre Kinder zu sehen. Kate wünschte nur, sie würde die gemeinsame Zeit nutzen, um sie besser kennenzulernen, anstatt jedes Mal alte Dramen neu aufleben zu lassen.

»Hey, Mom«, sagte sie und zwang sich zu einem Lächeln, bevor sie Susan Sullivan kurz an sich drückte. »Wie hast du geschlafen? Hat Jared für dich gekocht? Du musst ihn dazu zwingen, seinen Wildlachs im Kräutermantel zu machen. Auch wenn Jared immer meint, er kocht jetzt nur noch fürs gemeine Volk, dieser Lachs hat mein Leben verändert.«

»Wirklich?« Susan sah überrascht zu ihrem Sohn. »Ich dachte, du beschränkst dich darauf, Burger zu braten, seitdem sie dich aus dem Culinary Institute geworfen haben.«

Kate sah einen Kiefermuskel in Jareds Gesicht zucken, bevor er betont gelassen den Kopf schüttelte. Er würde es nie zugeben, aber er war äußerst sensibel, was sein Essen anging. Jared war ein fantastischer Koch, doch in den letzten Jahren kam er kaum noch dazu, die Gerichte zu kochen, die er als *persönliche Herausforderung* betrachtete. Er wurde zu oft hinter der Bar gebraucht. Seiner eigenen Aussage nach liebte er seinen Job, doch Kate vermutete, dass er sich dennoch ab und zu danach sehnte, ein spontanes 5-Sterne-Menü zuzubereiten.

»Ich bin nicht rausgeworfen worden«, sagte Jared ruhig. »Ich bin gegangen.«

»Du hast abgebrochen, meinst du«, sagte ihre Mutter lächelnd und tätschelte seine Hand.

Jared schwieg und stand auf. »Ich hol mir was zu essen. Willst du auch was, Kate?«

»Kaffee und Donuts, bitte.«

»Welchen Donut?«

»Donuts, Jared. Mehrzahl. Boston Creme und glasiert.«

»Alles klar.« Im nächsten Moment stellte er sich an der mittlerweile bis nach draußen reichenden Schlange an. Es war Freitagmorgen, Eden Bay hatte nur eine Bäckerei, der Andrang war selbsterklärend.

»Alles okay, Schätzchen?«, fragte Kates Mutter, sobald Jared verschwunden war. »Du siehst etwas angespannt aus.«

Kate hob eine Schulter und zerpflückte eine Serviette zwischen ihren Fingern. »Ich … hatte einen schlechten Morgen.«

Ihre Mutter hob die Augenbrauen. »Geht es um Sawyer?«

Kate starrte auf die Serviettenfetzen auf dem Tisch, dachte an Sawyers versteinertes Gesicht und schloss die Augen. Warum waren Beziehungen so kompliziert? Warum musste man immer an ihnen arbeiten?

»Mom«, flüsterte sie. »Wie kann es sein, dass Dad und du jemals glücklich wart?« Sie hob den Blick und sah in Susans überraschtes Gesicht. »Ich meine … ich kann mich nicht mehr an die Zeit erinnern, in der ihr nicht gestritten habt. Habt ihr euch überhaupt jemals geliebt? Wie konntet ihr heiraten, wenn ihr doch offensichtlich keine Gemeinsamkeiten hattet?«

»Ach, Schätzchen.« Ihre Mutter seufzte schwer. »Natürlich haben wir uns geliebt. Dein Vater und ich hatten eine unglaublich … heiße, leidenschaftliche Liebe. Niemand hat so starke Gefühle in mir hervorgerufen wie er. Aber Hitze verglüht und zurück bleiben nur die Probleme.« Ein bitterer Zug entstand um ihren Mund. »Wir hatten gute Zeiten. Aber gestritten haben wir uns eigentlich schon immer. Damals waren wir nur naiv genug, zu glauben, dass wir die Streitereien unter den Teppich kehren und mit Sex umgehen könnten.« Sie lachte freudlos auf und Kates Magen zog sich unangenehm zusammen. »Aber Streit und unterschiedliche Meinungen verpuffen nicht. Sie müssen ausgefochten werden. Die unausgesprochenen Differenzen waren immer da, hingen über uns wie eine dunkle Wolke. Bis sie sich so aufgestaut hatten, dass sie alles kaputtgemacht haben.«

»Ich verstehe«, murmelte Kate und zerquetschte die Überreste der Serviette in ihrer Hand, während sich ein dicker Kloß ihren Hals hinaufwand. Auf einmal wünschte sie sich, sie hätte nie gefragt. Die Antwort war zu ehrlich gewesen. Zu logisch. Zu nah.

»Kate, dieser Sawyer … Macht er dich glücklich?«, hakte ihre Mutter vorsichtig nach.

»Doch, ja«, flüsterte sie. *Mehr als glücklich.* Die letzten Wochen über zumindest.

Sawyer war innerhalb so kurzer Zeit zu einer so wichtigen Komponente für ein glückliches Leben geworden, dass sie … Nein. Nein, das stimmte nicht. Sawyer war schon eine unendlich lange Zeit ein Faktor für ihr Glück gewesen. Sein Lächeln, seine Worte … Alles, was er sagte und tat, hatte eine Auswirkung auf Kates Gemütszustand. Er hatte schon immer in ihr Leben gehört. Selbst als er Tausende Meilen entfernt in Afghanistan gewesen war.

»Du hörst dich nicht überzeugt an, Schätzchen«, sagte ihre Mutter mitleidig.

Aber sie war überzeugt. Die letzten Wochen war sie so glücklich wie noch nie gewesen. Sawyer war … Er war ihr Sawyer. Endlich. Und gleichzeitig … gleichzeitig hatte sie eine so große Angst davor, was passierte, wenn es schiefging, dass ihr das Atmen schwerfiel. Denn es hing zu viel davon ab. Für sie beide.

Ihr seid in einer Probephase, Kate, redete sie sich selbst zu. *Ihr könnt immer noch entscheiden, nur Freunde zu sein. Es ist nur ein Experiment.*

»Kate, Liebes«, erhob ihre Mutter erneut das Wort. »Ich kenne Sawyer nicht gut, aber er sieht aus wie die Sorte von Mann, die jede Frau haben kann und sich gerne ausprobieren will.«

Nein, das stimmte nicht. Ihre Mutter hatte unrecht.

»Weißt du, er eignet sich bestimmt hervorragend für eine Affäre. Er ist nett und gutaussehend und sein Körper …« Ihre Mutter räusperte sich. »Nun, dazu muss ich nichts sagen, denke ich. Aber verbindet euch mehr als Sex? Ich will nicht, dass du eines Tages aufwachst und nichts als Reue empfindest. Eine Affäre ist schön und gut, aber sie kann keine wahre Liebe ersetzen. Sie …«

»So ist das nicht«, unterbrach sie plötzlich Jareds trockene Stimme. Mit flatterndem Herzen sah Kate zu ihm auf. »Sie haben keine Affäre, Mom. Sie sind zusammen. Denkst du nicht, dass ich Sawyer vorher nach seinen Absichten gefragt habe?« Er verengte die Augen. »Für immer oder gar nicht, das war unser Deal. Und er ist ein guter Kerl. Er ist Soldat. Er trifft keine leichtfertigen Entscheidungen. Er …«

»Was?«, fuhr Kate ihn ungläubig an. Sie musste sich verhört haben. Das konnte nicht Jareds Ernst sein. »Für immer oder gar nicht?«

»Natürlich.« Irritiert sah Jared sie an. »Kate, du bist meine Schwester, er mein bester Freund. Es ist doch klar, dass wir Regeln festgelegt haben.«

»*Für immer oder gar nicht?!*«, wiederholte sie mit erhobener Stimme und der Kloß in ihrem Hals wuchs an. »Das ist die Wahl, die du ihm gelassen hast?« Ihre Augen fingen an zu brennen, zornig sprang sie auf. »Das ist der Grund, warum er mich nie angerührt hat? Das ist der Grund, warum er nicht mit mir ausgegangen ist, als er wieder zurückgezogen ist?«

Abwehrend hob Jared eine Hand. »Er hätte jederzeit mit dir ausgehen können, Kate. Er hatte die Wahl. Er …«

»Nein! Hatte er nicht«, widersprach sie mit zitternder Stimme. »Er hatte gar keine andere Möglichkeit, als zu versprechen, mich zu heiraten und Kinder mit mir zu bekommen, wenn er es mit mir versuchen wollte!«

»Nein, also …« Unbehaglich kratzte Jared sich das Kinn und stellte den Teller mit den Donuts auf den Tisch. »So ist das nicht, Kate.«

»Wie ist es dann?«

»Sawyer will dich. Für immer. Er meint es ernst. Das war alles, was ich wissen musste. Ende.«

Für immer.

Eisige Panik breitete sich in ihrer Brust aus und überflutete ihr Inneres, schwappte bis in ihre Fingerspitzen.

Sawyer wollte für immer mit ihr zusammenbleiben? Aber er … und sie … Es war Chemie! Das hatte er doch gesagt. Und wie konnte er wissen, dass er *für immer* wollte?! Das war ein so unfassbar langer Zeitraum. Das war … das war verrückt!

»Ich muss gehen«, flüsterte sie und stieß ihren Stuhl zurück.

»Kate, warte.« Jared wollte nach ihrer Hand greifen, doch sie zog sie hastig weg.

»Ich muss gehen«, wiederholte sie und floh aus dem Café.

*

»Du siehst nicht gut aus, Sawyer«, begrüßte ihn Bart Simmons kopfschüttelnd.

»Es ist nur ein blauer Fleck«, murrte er und rieb sich über das Kinn.

Mr. Simmons legte den Kopf schräg und musterte ihn aufmerksam. »Nein, das meine ich nicht. Es war eher eine allgemeine Feststellung. Du siehst heute sehr unglücklich aus und das schadet deiner sonstigen Attraktivität.«

Großer Gott. »Na, dann ist es ja gut, dass ich den Schönheitswettbewerb um drei Uhr abgesagt habe«, meinte er düster und schob sich an Barts Schreibtisch vorbei zu seiner Bürotür.

»Ja, in der Tat sehr gut. Ich wüsste auch gar nicht, welches Talent du bei dem Talentwettbewerb zur Schau gestellt hättest.«

»Ich hätte Tontauben aus einer Distanz von vierhundert Metern abgeschossen.«

Bart nickte anerkennend. »Das wäre zumindest mal etwas Originelles gewesen.«

»Mhm«, machte Sawyer nur und verschwand in seinem Büro. Er fühlte sich gerade nicht sehr gesellig. Wenn er ehrlich war, war ihm eher danach, einen weiteren Drogenkurier zu schnappen und zu befragen. Dann wäre er wenigstens beruflich dazu verpflichtet, an etwas anderes zu denken als an Kates entnervtes Gesicht.

Wie hatte der Morgen so schnell von wundervoll zu beschissen kippen können?

Das war die Frage, die Sawyer sich seit einer Stunde stellte. Eine Antwort gefunden hatte er immer noch nicht. Ja, er wusste, dass er dickköpfig sein konnte, aber er hatte wirklich nicht über seinen Onkel reden wollen. Das musste Kate doch verstehen. Das hatte nichts damit zu tun, dass er versuchte, irgendwelche unterschwelligen Gefühle zu unterdrücken, sondern … Okay, nein. Das hatte *alles* damit zu tun, dass er unterschwellige Gefühle unterdrückte. Aber hätte sie es nicht einfach gut sein lassen können? Hätte sie ihn nicht einfach den Tod seines Onkels ignorieren lassen können? So wie er es erfolgreich seit Jahren tat?

Er fuhr sich mit der Hand übers Gesicht und sank in seinen Sessel.

Er hatte nicht gewusst, dass Kate sich um Gerrys Grab kümmerte. Denn sie hatte vollkommen recht: Bis zum heutigen Tag war er nicht da gewesen. Er sah keinen Sinn darin. Warum sollte er zu einem Stein an einem der deprimierendsten Orte der Welt gehen und seinen Onkel aktiv vermissen, wenn er das auch passiv das ganze Jahr über tun konnte, egal wo er sich befand?

Seufzend, auf der Suche nach Ablenkung, nahm er seine Post vom Schreibtisch und ging die Briefe durch.

Mrs. Rosenbaum wollte, dass er sich unverzüglich um den Birnendieb kümmerte, der ihr schon drei Früchte entwendet hatte. Sie zähle sie nämlich nach. Nun, der Fall war leicht zu lösen, da der Baum hundert Meter von der hiesigen High School entfernt stand und die Äste weit auf den Bordstein hinausreichten. Sawyer war nicht danach, mit ein paar Schülern über Obstdiebstahl zu quatschen, weshalb er beschloss, den Brief zu ignorieren.

Die zweite Nachricht kam von Benjamin Kavanagh, der wissen wollte, ob sich bei der Stelle als Teilzeitkraft der Polizei nicht etwas ergeben hätte, und der dritte Brief trug das Sawyer nur allzu bekannte blaue Siegel in der rechten, oberen Ecke. Diesmal jedoch war der Brief noch mit etwas anderem verziert. *Bitte öffnen*, stand in großen roten Lettern darauf.

Sawyer verdrehte die Augen, tat der CIA aber den Gefallen. Im Sessel zurückgelehnt, überflog er die Nachricht und schnaubte laut, als er die Summe sah, die ihm angeboten wurde. Meine Güte, er sollte sich geschmeichelt fühlen, dass sie ihn so sehr haben wollten. Aber alles, was er empfand, war Unruhe. Nicht wegen des Briefes, der war ihm egal, sondern wegen des ganzen Rests. Wegen dieses Tages. Wegen Kates Gesicht.

Er legte den Brief gerade wieder auf den Schreibtisch, da klingelte sein Handy.

»Wright.«

»Sawyer, langsam werde ich pissig«, drang Adams Stimme an sein Ohr. »Weißt du, meine Häuser sind mir egal. Sollen sie doch einbrechen, wo sie wollen. Das sind nur Gegenstände. Aber mein *Auto*? Das geht eine Spur zu weit!«

»Wovon zum Teufel redest du, Adam?«

»Sie haben mir die Reifen zerstochen, Sawyer!«

»Wer sind *sie*?«

»Ich habe keinen verdammten Schimmer. Ich dachte, es wäre dein Job, das herauszufinden!«

Sawyer seufzte schwer. Ihm ging es selbst gegen den Strich, dass er noch nicht hinter den Einbrecher gekommen war. Es wurde Zeit, das zu ändern. »Ich bin in zehn Minuten bei dir.«

Adams Auto, ähnlich wie sein Haus, war kein Kind falscher Bescheidenheit.

Der metallicblaue Porsche Spyder kostete in etwa so viel wie eine verdammt gute Collegeausbildung und passte so überhaupt nicht zu Adams sonstiger bequemer Lebensart. Aber Adam war sowieso etwas merkwürdig. In seinem Leben schien es keinen Normalzustand zu geben. Er kaufte im Supermarkt nur die billigen No-Name-Produkte, weil er sein Geld nicht verschwenden wollte, und erstand im nächsten Moment einen Heißluftballon in Form eines Smileys. Doch Sawyer würde seine Zweifel bezüglich Adams Geisteszustand niemals laut aussprechen. Dafür war Kate da.

»Es kotzt mich an, Sawyer!«, begrüßte Adam ihn wütend. »Du kannst einem Mann seinen Hund stehlen. Du kannst einem Mann ins Gesicht sagen, dass Nutella und Erdnussbutter mit dem Finger aus dem Glas zu essen kein Frühstück ist, aber du greifst nicht seinen verdammten Wagen an! Was für herzlose Psychos sind diese Einbrecher?«

»Dein Auto steht über dem unschuldigen Leben eines Hundes?«, hakte Sawyer nach.

Adam zuckte mit den Schultern. »Na ja, ein Hund kann bellen. Mein Wagen kann 345 Stundenkilometer fahren.«

Sawyer nickte. Das ergab Sinn. Er ließ die Sonnenbrille auf sein Gesicht gleiten und schloss seine Autotür, bevor er sich den Porsche genauer ansah.

Alle vier Reifen waren platter als ein Klopf-Klopf-Witz.

»Hast du irgendetwas gesehen, Adam? Etwas gehört? Ist dir irgendetwas aufgefallen?«, fragte Sawyer und sah sich in der Einfahrt um, auf der Suche nach einem Hinweis. Irgendetwas, das bewies, dass jemand hier gewesen war, der nicht hergehörte.

»Nein, nein und nein. Wenn ich arbeite, könnte ein Atomkrieg hinter mir losbrechen, ich würde es nicht mitbekommen.«

»Und du hast keine Kameras hier?«, fragte Sawyer und nickte zum Türeingang.

»Natürlich nicht. Das hier ist Eden Bay!«, meinte Adam genervt und warf die Arme in die Luft. »Meine Güte, hier passiert nie etwas Aufregendes oder Stressiges. Das ist doch der verdammte Grund, warum ich überhaupt hier bin!« Er zog eine Grimasse und raufte sich die Haare. »Ich verstehe es nicht. Warum sollte sich jemand mit mir anlegen? Wissen sie denn nicht, dass ich einen beschissen großen Einfluss in dieser Stadt habe? Dass ich der reichste Typ überhaupt bin, der jeden Auftragskiller anheuern könnte, den er wollte?«

Sawyer runzelte die Stirn und besah sich erneut die Reifen. Sie waren stumpf aufgestochen worden. Vermutlich mit einem Schraubenzieher. Doch das war halb so schlimm, Reifen waren leicht zu ersetzen.

Wenn der Vandale Adam richtig hätte anpissen wollen, hätte er das Auto zerkratzen müssen. Das wäre sehr viel teurer geworden. Aber jetzt, da Sawyer darüber nachdachte, waren insgesamt keine allzu großen Schäden entstanden. Weder beim ersten noch beim zweiten Einbruch. Es war nichts gestohlen worden, die Fernseher waren intakt geblieben, die Küchen unbeschädigt … Die Häuser waren nur durcheinandergebracht worden.

»Ich meine«, fuhr Adam wütend fort, »wenn ich wollte, könnte ich das FBI hier antanzen lassen. Wenn ich wollte, könnte ich einen Zirkuselefanten mieten, der bei der Aufklärung des Falls hilft. Wenn ich wollte, könnte ich Hunderte von Polizisten einstellen lassen, die Eden Bay verdammt noch mal überwachen!«

Sawyers Kopf fuhr in die Höhe und mit offenem Mund starrte er Adam an. Er hatte vollkommen recht. Adam könnte all das tun.

»Scheiße«, fluchte er. Die Lösung war so simpel. »Gott, vielleicht ist es ja das, was der Einbrecher will.«

»Einen detektivischen Zirkuselefanten?«

»Nein.« Sawyer lachte trocken auf. »Er will, dass du von deinem Einfluss auf die Stadt Gebrauch machst.« Stöhnend legte er den Kopf in den Nacken. Adam könnte dafür sorgen, dass das Präsidium eine Menge neuer Polizisten einstellte.

Es gab also doch jemanden mit einem Motiv. Einem dummen, dummen Motiv. Großartig.

»Wovon redest du?«, wollte Adam verwirrt wissen.

Sawyer öffnete den Mund, doch kam nicht zu einer Antwort. Sein Handy klingelte und mit erhobenem Finger in Adams Richtung hob er ab.

»Wright?«

»Sawyer, hier ist Bart. Bart Simmons.«

Er verdrehte die Augen. Als ob er eine Menge Leute mit dem Namen Bart kennen würde. »Was gibt es?«, fragte er ungeduldig.

»Nun …« Bart hielt kurz inne, bevor er mit gesenkter Stimme fortfuhr: »Du hast Besuch hier. Eine leicht aufgelöst wirkende junge Dame, die sich auf *Fate* oder auch *Late* reimt.«

Augenblicklich streckte Sawyer den Rücken durch. »Kate ist da?«

»Das habe ich nicht gesagt. Aber *falls* sie hier wäre … In dem Fall wäre ich mir nicht sicher, ob du sie unnötig lange warten lassen wollen würdest. Ich hab sie in dein Büro geschickt. Sie sah nicht glücklich aus.«

»Okay.« Ein Kloß bildete sich in Sawyers Hals und sein Griff um das Telefon wurde fester. »Ich bin gleich da.«

Er legte auf und atmete tief durch.

Das konnte nichts Gutes für ihn bedeuten.

Normalerweise mochte Sawyer es, rechtzuhaben. Aber in diesem Fall … In diesem Fall betete er, dass er falsch lag.

Kapitel 19

New York, 2008

Lieber Sawyer,

ich werde dir nicht mehr schreiben.

Ich hätte schon vor langer Zeit damit aufhören sollen, aber ich schätze, es tat mir gut, meine Gedanken auf Papier zu bringen und sie wortwörtlich in den Himmel zu schicken. Doch fünf Jahre sind eine lange Zeit. Zu lange, um dir noch immer nachzuhängen. Du bist wie ein Schatten auf meinem Herzen, den ich nicht loslassen kann – aber es ist nicht gut, seinen Geistern nachzujagen. Vielleicht hast du ohnehin keinen einzigen Brief bekommen. Vielleicht sitzt du in irgendeinem Loch in Afghanistan fest und niemand kann dich erreichen.

Du hast mir zumindest nie zurückgeschrieben. Aber das ist in Ordnung. Mir geht es gut. Ich bin fast mit der Ausbildung zur Maklerin fertig und Websites gestalten kann ich dank meines abgebrochenen Studiums auch ein bisschen. Ich werde mir eine Maklerlizenz in Maine besorgen und zurück nach Eden Bay ziehen. Lustig, wie man einen Ort manchmal erst verlassen muss, um zu erkennen, dass er sein Zuhause ist. Jared will übrigens mitkommen. Ich glaube, er macht das meinetwegen. Weil er mich nicht allein lassen will. Aber schlecht fühle ich mich deswegen auch nicht. Ihn hat ohnehin nichts mehr in New York gehalten.

Mach's gut, Sawyer. Wer weiß? Vielleicht sehen wir uns sogar irgendwann wieder. Wenn du aufhörst, vor mir wegzulaufen oder dich vor mir zu verstecken.

Wunder gibt es immer wieder, habe ich mir sagen lassen. (Ja, richtig. Das waren Avas Worte.)

Lass dich nicht umbringen. Du schuldest mir noch eine Erklärung. Und einen Abschied.

Kate

Kate saß in Sawyers Stuhl und drehte sich um die eigene Achse. Als sie Bart Simmons gefragt hatte, ob es wirklich okay war, in Sawyers Büro auf ihn zu warten, hatte der lediglich gemeint, dass Sawyer nur was gegen hässliche Männer in seinem Stuhl habe. Sie hatte zwar nicht gewusst, was das bedeuten sollte, aber nicht widersprochen.

Sie ließ ihren Blick über die Aktenschränke an Sawyers Wänden schweifen und atmete gleichmäßig ein und aus. Der Sessel roch nach ihm. Nach frisch gemähtem Gras und Laub. Die Augen schließend, zählte sie ihre eigenen Herzschläge.

Sie dachte an das Gespräch mit ihrer Mutter. Sie kannte die Gefühle, die sie beschrieben hatte. Jedes Einzelne. Es war, als hätte Susan Sullivan in ihren Kopf gesehen.

Kates Puls fuhr in die Höhe, ihr Hals zog sich unangenehm zusammen und als sie die Augen öffnete, tanzten weiße Punkte in ihrem Sichtfeld.

Für immer.

Sawyer konnte unmöglich *für immer* im Blick haben. Klar, wenn man eine feste Beziehung einging, sollte man schon die Ewigkeit als Ziel vor Augen haben, aber … was, wenn es schiefging? Was, wenn ihre Beziehung in Flammen aufging?

Sie würden alles kaputtmachen. Ihren Freundeskreis, Eden Bay als Zuhause, ihre Freundschaft.

Kate presste die Lippen aufeinander. Auf der Suche nach Ablenkung griff sie nach dem Bogen Papier, der auf dem Schreibtisch lag. Ein großes, blaues Siegel prangte in der rechten oberen Ecke und erst beim zweiten Hinsehen erkannte Kate, dass es das Wasserzeichen der CIA war.

Ungläubig riss sie die Augen auf. Was zum Teufel wollte denn der amerikanische Geheimdienst von Sawyer?

Sie überflog den Brief und blieb an einer sechsstelligen Summe hängen, die rot unterstrichen worden war. Ihr klappte die Kinnlade herunter. Die CIA bot Sawyer einen Job an. Und die Bezahlung war … übermenschlich! Wieso zum Teufel wusste sie nichts davon? Wieso …

»Hey.«

Ihr Kopf fuhr in die Höhe. Sawyer stand im Türrahmen. Abrupt hüpfte ihr das Herz in die Luftröhre und hastig sprang sie vom Stuhl auf. Da waren sie wieder. Die Gefühle, die ihr Inneres kaperten, wild umherflogen, sich vermischten und bis zur Unkenntlichkeit verzerrten.

Ihr Herz war so … voll.

Voll von Unsicherheit. Von Angst. Von Liebe.

Aber es war zu viel. Kate hatte das Gefühl, sie könnte vor Glück zerbersten oder vor Panik zusammenbrechen.

»Katie?« Besorgt sah Sawyer sie an und trat um den Tisch herum. »Was ist los? Du siehst aus, als würde ich mit einer Schrotflinte auf dich zielen.«

Sie schluckte den Kloß in ihrem Hals hinunter, doch er wurde sofort von einem neuen ersetzt.

Sie war aus einem bestimmten Grund hierhergekommen. Doch sie konnte sich nicht mehr daran erinnern, welcher es gewesen war.

»Was ist das hier?«, fragte sie deshalb und hielt den Brief der CIA hoch.

Sawyer hob eine Schulter. »Ein Jobangebot. Aber ich werde es nicht annehmen.«

Verwirrt blinzelte sie ihn an. »Warum nicht? Das ist ein unglaublich gutes Angebot. Du bist genau der Richtige für den Job und die Bezahlung ist … Sie ist …«

»Ich weiß«, sagte Sawyer gelassen.

»Aber …«

»Ich will hierbleiben, Kate«, unterbrach er sie. »Bei dir.«

Sie presste die Lippen zusammen und nickte steif. »Für immer? So, wie Jared es dir aufgetragen hat?«

Sawyer zog die Augenbrauen zusammen und stützte sich mit der Hand auf dem Schreibtisch ab. »Nein«, sagte er dann schlicht. »Für immer … so, wie ich es seit Ewigkeiten plane.«

Kate presste die zitternden Lippen aufeinander. »Wie kannst du schon von *für immer* sprechen? Wir sind doch erst seit ein paar Wochen zusammen.«

Für immer war zu groß. *Für immer* barg zu viel Druck.

»Manchmal sind ein paar Wochen genug, Kate.«

Sie lachte trocken auf, wich seinem Blick aus, atmete zitternd ein und aus und fand doch nicht die richtigen Worte.

Sie dachte an den Streit von heute Morgen. Sie dachte an ihre Eltern. Sie dachte an Sawyers Lächeln. Ihr Herz war so schwer, dass es drohte, durch sie hindurchzufallen und hart auf dem Boden aufzuschlagen.

Sie holte tief Luft, hob das Kinn und sah Sawyer in die Augen. »Sawyer, ich …«

»Du willst aufgeben«, unterbrach er sie tonlos und rieb sich mit Daumen und Mittelfinger über die Augen. »Du willst *uns* aufgeben.«

Kates Magen verkrampfte sich. Ja, Sawyer hatte schon immer gewusst, was sie dachte. »So ist das nicht«, erwiderte sie mit erstickter Stimme und grub ihre Fingernägel in den Stoff ihres Rockes. »Ich gebe nicht auf. Ich möchte uns retten.«

»Nein. Das ist eine Lüge, die du dir erzählst. Du lässt deine Angst gewinnen, Kate.« Sawyer schloss die Augen und schüttelte kaum merklich den Kopf. »Du hast deine Mutter getroffen und bist panisch geworden. Du läufst weg.«

»Sawyer«, sagte sie ernst und zwang ihre Stimme zur Ruhe. »Wir sind ein denkbar furchtbares Paar. Das weiß jeder hier.«

»Blödsinn«, sagte er abgehackt. »Wir sind das Beste, was uns passieren konnte. Wir würden jedem verdammten anderen Paar in den Arsch treten! Ich weiß, du warst von Anfang an mit einem Fuß aus der Tür, aber …«

»War ich nicht!«, widersprach sie sofort. »Ich war …«

»Katie, in deinem Kopf sind wir Freunde, die miteinander schlafen!«, rief er laut und seine dunklen Augen blitzten zornig auf. »Aber das stimmt nicht. Gott, wir waren *nie* nur Freunde. Wir waren schon immer mehr. Nur dass wir es uns jetzt endlich eingestehen. Ich habe es dir nie gesagt, weil ich wusste, dass du Angst bekommen wirst. Weil ich wusste, dass du weglaufen würdest, aber … Du bist es, Kate. Du warst es schon immer für mich. Aber ich musste mich gedulden. Denn ich hätte es kaputt gemacht, wenn wir es direkt nach der Army miteinander probiert hätten. Wir hätten es *beide* kaputtgemacht. Aber wir haben lange genug gewartet. Ich will dich, und ich will dich für immer. Und du willst mich genauso!« Er umfasste ihre Schultern. »Ich weiß, dass du denkst, dass du nicht bereit bist, aber wir werden nie so weit sein! Wir müssen es versuchen und hart daran arbeiten. Aber es lohnt sich. Das weißt du.«

Nein. Nein, das wusste sie nicht. Das war doch das Problem. Warum erkannte Sawyer das nicht?

»Wir haben Chemie«, flüsterte sie. »Wir haben Leidenschaft. Aber Hitze verglüht, Sawyer.« Es war so, wie ihre Mutter gesagt hatte. »Hitze reicht nicht.« Fahrig wischte sie die ersten Tränen von ihren Wangen. »Irgendwann werden wir aufwachen und uns fragen, wo unsere guten Zeiten geblieben sind … und das Risiko kann ich nicht eingehen.«

»Das ist Schwachsinn«, sagte er mit ernster Stimme, legte fest die Hände um ihr Gesicht und wischte mit dem Daumen die Salzspuren fort. »Ja, wir haben Chemie. Aber wir sind mehr als Leidenschaft und heiße Luft. Wir kennen uns.«

»Ja … so gut, dass wir jede einzelne Schwäche des anderen ausnutzen würden!«

»Nein. So weit würde es nie zwischen uns kommen. Weil wir reden.«

»Reden?«, sagte sie bitter. »So, wie wir gestern Abend geredet haben? Wie wir heute Morgen geredet haben?«

Sawyer stieß einen Seufzer der Frustration aus. »Wir sind nicht perfekt, Kate. Aber wir würden immer zu einer Lösung kommen. Manche Dinge brauchen nur ihre Zeit. Einzeln sind wir gut, Katie, aber zusammen … zusammen sind wir *mehr*.«

»Aber nicht genug«, wisperte sie und biss sich fest auf die Unterlippe. »Wir sind so unterschiedlich. Wir regeln unsere Probleme anders. Ich will sie totreden, du sie totschweigen. Wir gehen verschieden mit unseren Gefühlen um. Wir sind uns so selten einig …«

»Aber das ist nichts Schlechtes, Kate«, sagte er eindringlich und schluckte. »Unterschiede sind *nichts* Schlechtes. Wir ergänzen unsere Lücken.«

»Nein!«, widersprach sie mit zitternder Stimme. »Wir streiten nur, Sawyer. Wir diskutieren andauernd.«

»Ja, weil es Spaß macht. Weil wir so unsere Probleme aus dem Weg schaffen. Weil wir unseren Gefühlen Luft machen müssen. Aber wir vertragen uns genauso oft, wie wir uns streiten.«

»Sawyer, wir streiten selbst im Bett noch!«, fuhr sie ihn an und biss die Zähne aufeinander. »Wir … Wir machen uns etwas vor. Wir sind nicht für die Ewigkeit bestimmt. Nicht als Paar. Das, was wir haben, wird irgendwann nicht mehr reichen. Und …« Neue Tränen füllten ihre Augen und rannen ihre Wangen hinab. »Und ich will dich nicht hassen lernen, Sawyer«, flüsterte sie. »Ich *kann* nicht. Ich will nicht irgendwann aufwachen und den Mann, den ich liebe, verachten. Nicht *dich*. Du machst mich glücklich … und ich könnte es niemals ertragen, wenn sich das plötzlich ändern würde. Wenn du plötzlich der Grund dafür wärst, dass ich unglücklich bin.«

»Du liebst mich«, wiederholte er hölzern ihre Worte. »Und läufst trotzdem weg?«

Kate lachte freudlos auf. »Natürlich liebe ich dich! Aber Liebe allein reicht nicht. Meine Eltern haben sich geliebt – und sieh, was aus ihnen geworden ist.«

»Wir sind nicht deine Eltern, Kate. Wir sind erst seit ein paar Wochen wirklich zusammen. Du musst uns wenigstens eine Chance geben. Ich weiß, dass ich kein leichter Mensch bin. Ich weiß, dass wir uns zoffen werden … aber so sind wir gestrickt. Wir streiten, um uns dann zu versöhnen. Und mich stört es nicht. Weil es bedeutet, dass uns die Meinung des anderen so wichtig ist, dass wir über sie diskutieren. Weil wir ein Problem nie ausschweigen werden. Weil wir beide zu verdammt dickköpfig sind, um einen Streit ins Leere laufen zu lassen.«

Sie schüttelte den Kopf. Sawyers Gesicht verwischte unter dem Tränenschleier. Er verdrehte ihre Worte. Er wollte nur das Gute sehen. »Es ist zu endgültig«, murmelte sie. »Wenn wir weitermachen und alles zerstören …«

»Aber was ist, wenn wir weitermachen und es *nicht* kaputtmachen?«

»Es ist zu viel, Sawyer!«, schrie sie ihn an. »Wir beide sind … nein. Ich kann nicht. Wenn ich jetzt nicht aussteige, kann ich nicht mehr umdrehen. Und wenn wir nicht umdrehen können … dann ist es zu spät.«

»Aber das ist es doch schon längst!«, fuhr Sawyer sie an und ließ seine Hände von ihrem Gesicht fallen. »Wir sind schon viel zu weit gegangen. Du möchtest … was? Aufgeben und mit mir befreundet bleiben? So funktioniert das nicht, Kate. Ich *liebe* dich. Ich möchte nicht dein Freund sein. Ich möchte nicht aufhören, dich zu küssen. Ich möchte keine neuen Regeln aufstellen. Ich möchte nicht wieder an den Punkt zurück, an dem wir noch vor drei Wochen standen. Ich bin doch schon längst an der Ausfahrt. Ich bin seit zwei Jahren an der Ausfahrt!« Er griff fest um ihre Handgelenke. »Wenn du uns jetzt aufgibst, wird es nie wieder wie vorher. Wenn du jetzt aufgibst, machst du unsere Beziehung kaputt, bevor wir ihr eine Chance geben konnten.«

»Nein«, widersprach sie und machte sich von ihm los. »Wir brauchen nur Zeit. Ich liebe dich schon viel länger als du mich, Sawyer. Es ist noch nicht zu spät. Du wirst darüber hinwegkommen und dann … dann können wir einfach befreundet sein. Dann muss ich dich nicht verlieren.«

»Du irrst dich«, sagte er bitter und presste die Lippen aufeinander, sodass sie weiß hervortraten. »Mit allem. Es ist zu spät. Wir können nicht zurück.«

»Das denkst du jetzt, aber das wird sich ändern«, flüsterte sie beinahe flehentlich. Denn er musste es verstehen. »Du bist zu mir zurückgekommen, weil du dich schuldig gefühlt hast. Weil du deinen Onkel falsch behandelt und verloren hast, und es bei mir anders machen wolltest. Du wolltest es wiedergutmachen. Alles, was du der Stadt und ihm angetan hast. Aber jetzt schuldest du mir nichts mehr. Ich habe meine Erklärung … und wenn wir nur miteinander befreundet sind, brauche ich keinen Abschied.«

»Kate, das ist Schwachsinn«, sagte Sawyer kopfschüttelnd. Sie sah das Glänzen in seinen Augen. »Ich bin deinetwegen hier. Nicht wegen meines Onkels. Nicht wegen meiner Freunde. *Deinetwegen.* Dass ich nach Eden Bay gezogen bin, hat rein gar nichts mit Schuldgefühlen zu tun. Nur mit dir.«

Neue Tränen füllten ihre Augen und immer wieder schüttelte sie den Kopf. »Das glaube ich nicht. Die Stadt ist dein Zuhause.«

»Nein«, sagte er tonlos. »*Du* bist mein Zuhause.«

Kates Lippen zitterten und sie schloss die Augen.

Er würde darüber hinwegkommen. Er würde es verstehen. Er würde sie nicht mehr lieben … aber er würde sie auch niemals hassen.

»Es tut mir leid, Sawyer«, flüsterte sie. Dann drängte sie sich an ihm vorbei und floh aus dem Büro.

Kate hielt es für keine gute Idee, heftig weinend Auto zu fahren, also ließ sie ihren Wagen kurzerhand stehen und lief zu Fuß die Hauptstraße hinab.

Scheiße.

Scheiße, Scheiße, Scheiße.

Sie rieb sich mit den Handballen unter den Augen her, doch es half nicht. Sie sah den Weg vor sich trotzdem nur verschleiert. Eigentlich war sie nicht zu Sawyer gegangen, um die Beziehung zu beenden. Aber alles, was sie gefühlt hatte, alles, was er gesagt hatte … Es war zu viel gewesen. Zu viel für ein so ungeübtes Herz wie ihres.

Sawyer würde es verstehen. Irgendwann.

Ihre Beine trugen sie weiter die Straße entlang. Sie hielt den Blick gesenkt, sodass sie niemanden, der ihr entgegenkam, grüßen musste. Als plötzlich dennoch jemand ihren Namen rief, schrak sie zusammen.

»Kate! Warum gehst du nicht an dein Handy? Du musst mich wenigstens erklären lassen.«

Es war Jareds Stimme und Kate atmete einmal tief durch, bevor sie sich zu ihm umwandte.

»Was zum Teufel ist los?«, fragte Jared prompt, die Lippen entsetzt geöffnet. Er kam nicht gut mit Tränen zurecht. Seiner Meinung nach waren sie Wasserverschwendung.

»Nichts«, sagte Kate in dem Versuch, ihre Würde zu wahren, und lief weiter den Weg hinab in Richtung Pier. »Wo ist Mom?«

»Blumen kaufen, weil sie bei meiner farblosen Wohnung Augenkrebs bekommt«, sagte Jared abwesend. Dann verengte er die Augen und hielt Kate an der Hand zurück. »Sieh mich mal kurz an.«

Augenverdrehend blieb sie stehen. »Ich weine, Jared! Das ist mir klar.«

»Das sehe ich«, sagte er ungeduldig und betrachtete ihre Züge, bevor er scharf fragte: »Was hat Sawyer gemacht?«

Allein der Name ließ einen kleinen Schluchzer über Kates Lippen quellen. »Gar nichts.«

»Kate, was hat er getan?«, wiederholte er verbissen. Der Griff um ihre Hand wurde unangenehm fest.

»Er … Er …«

»Er hat dich geschlagen?«

»Gott, nein, er … er …«

»Hat dich unnötig angeschrien?«

»Nein, er … er liebt mich.«

Abrupt ließ Jared sie los. Vorsichtig neigte er den Kopf zur Seite und kratzte sich an der Schläfe. »Ähm, okay … Also bringe ich ihn qualvoll um?«, bot er unsicher an.

»Nein«, flüsterte sie und presste die Fäuste auf ihre Augen, sodass die Tränen seitwärts ihr Gesicht hinabliefen. »Du machst überhaupt nichts.«

Jared legte einen warmen Arm um ihre Schultern und zog sie fest an sich. »Ich verstehe es nicht. Was ist passiert?«

»Das, was passieren musste!«

»Du hilfst mir hier überhaupt nicht, Kate«, sagte Jared entschuldigend. »Was ist los? Solltest du nicht glücklich darüber sein, dass er dich liebt? Ich meine … er hat einen Job. Er hat schöne Haare. Ich dachte, darauf steht ihr Frauen.«

Sie gab einen Lachhickser von sich und versuchte, den Kloß in ihrem Hals hinunterzuschlucken. Doch er bewegte sich nicht. Er drückte auf ihr Herz, ließ alles eng und grau werden.

Jared hatte recht. Sie sollte glücklich darüber sein. Aber im Moment brach es ihr eher das Herz. »Wir sind so verschieden, Jared«, flüsterte sie mit erstickter Stimme. »Er ist ein dickköpfiger Vollidiot …«

»Und du bist nicht dickköpfig?«, hakte Jared zweifelnd nach.

»Er will mich nur für immer, weil er mich sonst gar nicht haben könnte«, fuhr Kate ihn an. »Weil du ihn vor die Wahl gestellt hast!«

»Das glaube ich nicht. Sawyer lässt sich nicht herumschubsen, Kate. Wenn er sagt, dass er dich liebt und mit dir zusammen sein will … dann meint er es auch.«

Ja, das fürchtete sie auch. Und das machte alles nur noch schlimmer. »Er ist immer so rational«, erklärte sie weiter.

»Und du furchtbar subjektiv«, ergänzte Jared. »Weißt du, nicht dass ich große Ahnung davon hätte, aber ist es nicht praktisch, jemanden zu haben, der eine vollkommen andere Sicht auf die Dinge hat?«

Kate schluckte und starrte zornig zu Jared hoch. »Bist du auf seiner Seite?«

»Ach, Kate.« Ein müdes Lächeln zog an seinen Mundwinkeln. »Ich bin auf *deiner* Seite. So wie immer. Aber ich kenne dich. Manchmal … manchmal stehst du dir selbst im Weg. Und wenn du mit ihm Schluss gemacht hast, wovon ich gerade ausgehe, dann solltest du das vielleicht noch einmal überdenken. Sawyer ist ein guter Kerl. Ich weiß, ich wollte erst nicht, dass ihr zusammen seid, aber … lieber er als ein Depp von der Straße. Bei Sawyer weiß ich zumindest, dass er dich nicht schwängern und dann sitzen lassen würde.«

Sie lachte freudlos auf und schüttelte den Kopf. »Wir sind wie Mom und Dad, Jare«, flüsterte sie, schloss die Augen und lehnte den Kopf an seine Schulter. »Wir streiten, bis wir uns kaputtmachen. Und ich möchte nicht irgendwann zwei Kinder haben, die mich nicht anrufen oder zu Besuch haben wollen, weil ich so bitter geworden bin, dass ich der Luft jegliches Glück entziehe.«

Jared seufzte leise … und ausnahmsweise schien er keine Lösung für das Problem zu haben.

Kapitel 20

Eden Bay, 2008

Lieber Sawyer,
ich … Ach so, nee. Ich wollte dir nicht mehr schreiben.

»Alles okay, Chef?«, fragte eine vorsichtige Stimme.

Sawyers Hände lagen zu Fäusten geballt auf der Schreibtischplatte. Bewegungslos starrte er die weiße Wand an, den Rücken zur Tür gerichtet.

Er hätte es kommen sehen sollen. Er hätte die Beziehung nicht erzwingen dürfen. Er wusste doch, dass Kate aus dem fahrenden Auto springen würde, sobald ihr jemand die Tür öffnete. Deswegen hatte er doch zwei verdammte Jahre gewartet! Deswegen hatte er sich 678 Tage gequält.

Schwer atmete er ein und aus, während er die Augen schloss.

Ja, er hätte es kommen sehen sollen. Er hätte besser vorbereitet sein sollen. Trotzdem kamen die Wände näher, trotzdem wurde es dunkel um ihn herum, trotzdem fühlte sich seine Brust auf einmal leer an. Als hätte Kate sein Herz mitgenommen.

Er wusste, dass das verdammt noch mal kitschig war, aber er konnte nicht mehr klar denken! Er hatte diese eine Chance gehabt … und er hatte es vermasselt. Weil er einmal zu oft mit ihr über seinen Onkel diskutiert hatte. Weil er sie nicht davon hatte überzeugen können, dass sie niemals so enden würden wie ihre Eltern. Dass sie unterschiedlich, aber gut zusammen waren.

»Sawyer?«, wiederholte die Stimme leise.

Wieder atmete er tief ein und aus, während er sich mit zitternden Fingern über das Gesicht fuhr. »Warum haben Menschen eine solche Angst vor *Für immer*, Bart?«, fragte er leise.

»Weil sie Fehler machen und es keine Garantie gibt«, sagte der ältere Mann, ohne nachzudenken.

Sawyer wandte sich mit zusammengepressten Lippen um. »Eine Garantie wofür?«

»Für eine Liebe, die *für immer* hält«, sagte er traurig lächelnd. »Die Menschen haben Angst davor, dass alles vergänglich ist.«

»Dann sind die Menschen dumm«, sagte Sawyer leise. »Denn es ist besser, etwas auszuprobieren und zu versagen, als sich immer zu fragen, wie es gewesen wäre, wenn.«

»Menschen verlieren nur ungern, Sawyer.«

»Wenn man versagt, verliert man nicht. Wenn man versagt, bekommt man die Chance, es besser zu machen.«

Er lief an Bart vorbei und öffnete die Tür der Wache.

»Sawyer, wo gehst du hin?«, fragte Bart alarmiert.

»Meinen Job machen.«

»Nun, du siehst aus, als würdest du gerne Menschen umbringen … Bist du sicher, dass du da eine Waffe in der Hand halten solltest?«

Nein. Aber bevor er wusste, wie er die Sache mit Kate wieder geradebog, würde er sich selbst auch keine Feder in die Hand drücken, also …

Er warf die Tür hinter sich zu und stapfte über den Hof, direkt auf das rote Gebäude der Feuerwehr zu. Alles war besser, als dumm herumzusitzen und sich den Kopf darüber zu zerbrechen, was er falsch gemacht hatte. Da konnte er die Zeit auch genauso gut dafür nutzen, den lästigen Einbruchsfall zu lösen.

In der Lagerhalle war es überraschend kalt, doch er achtete gar nicht darauf. Stattdessen lief er an den Feuerwehrautos vorbei und steuerte geradewegs auf die Couchecke zu, in der nur eine Person lag.

»Weißt du, wo ich deinen Bruder finde?«, fragte er schroff.

Harper fuhr in die Höhe und sah ihn erschrocken an. »Wieso schleichst du immer wie eine verdammte Katze?«

»Weil ich gut darin bin. Also, dein Bruder?«

»Von welchem Bruder redest du?«, wollte sie verwirrt wissen und strich sich die kurzen Haare aus der Stirn. »Ich hab zu viele.«

»Benjamin.«

»Oh, der könnte gerade beim Seniorencenter sein. Er kutschiert die Damen und Herren öfter mal rum.«

»Alles klar.« Sawyer wandte ihr den Rücken zu und ging.

»Hey!«, rief sie ihm hinterher. »Was willst du von ihm?«

Sawyer antwortete nicht. Stattdessen lief er aus der Tür und in Richtung der Hauptstraße.

Er war wütend. Er war so verdammt wütend!

Auf sich selbst. Darauf, dass er das Ganze nicht langsamer angegangen war. Darauf, dass er nicht genug war. Darauf, dass Kate ihre Angst gewinnen ließ. Darauf, dass er alles gehabt und dann verloren hatte.

Kate *liebte* ihn.

Das hatte er bereits gewusst, aber es war trotzdem schön gewesen, die Worte aus ihrem Mund zu hören. Es war einfach nur unfair von ihr, sie ihm an den Kopf zu werfen und dann als Grund zu nehmen, die Beziehung zu beenden. Als hätte sie noch einmal seinen Kopf getätschelt, nur um ihn dann abzureißen.

Gott. Sie liebte ihn zu sehr, als dass sie ihn jemals hassen könnte.

Was war das bitte für eine Aussage?!

Sawyer lief mit langen Schritten die Straße hinab, an deren Ende man von Weitem bereits das Meer glitzern sah. Das Seniorenzentrum lag nicht weit vom Pier entfernt und er beschleunigte seinen Schritt noch. Er musste etwas tun, bevor er platzte! Bevor Kates Worte einsickern konnten. Bevor sein Kopf verstand, dass sie aufgegeben hatte, bevor sie überhaupt richtig anfangen hatten.

Sein Hals kratzte unangenehm und er schluckte mehrfach, um das hässliche Gefühl zu vertreiben, als eine blonde Frau seine Aufmerksamkeit weckte. Sein Kopf fuhr herum und mit verengten Augen betrachtete er Kates Mutter dabei, wie sie aus dem Blumenladen kam. Kurzerhand überquerte er die Straße und lief ihr entgegen.

»Sie haben sie verdammt noch mal verkorkst!«, fuhr er sie an.

Susan Sullivan riss verblüfft die Augen auf. »Wie bitte?«

»Sie haben Kate verkorkst!«, erklärte er wütend und stopfte die Fäuste in die Hosentaschen. »Sie glaubt nicht daran, dass wir glücklich werden können, weil sie denkt, dass sie mich irgendwann hassen wird!«

Verwirrt machte Kates Mutter einen Schritt zurück. »Okay … offensichtlich habt ihr leichte Beziehungsprobleme. Aber was hat das mit mir zu tun?«

Sawyer schnaubte laut. »Ich bitte Sie! Sie hassen Ihren Ex-Mann so sehr, dass Sie nicht aufhören können, darüber zu reden! Gott, mich regt es Scheiße noch mal auf, dass ich das auf offener Straße sagen muss, aber Kate hat Angst vor der Liebe – und Liebe ist verdammt noch mal nichts, wovor man sich fürchten sollte.«

Ein Lächeln breitete sich auf dem Gesicht seines Gegenübers aus. »Angst vor der Liebe? Kate ist einer der furchtlosesten Menschen, die ich kenne. Nein, ich glaube, Sie versuchen hier die Schuld auf mich abzuwälzen. Es tut mir leid, aber wenn Kate nicht glaubt, dass Sie der Richtige für sie sind, dann müssen Sie ihre Entscheidung akzeptieren«, sagte Susan entschuldigend.

»Einen Scheiß muss ich!«, schrie Sawyer. Ihm war egal, dass bereits ein paar Leute stehen geblieben waren. Ihm war egal, dass er immer noch seine Polizeiuniform trug und die Bewohner von Eden Bay ihn mit großen, ängstlichen Augen ansahen. So, als könnte er jeden Moment mit seiner Waffe wild umherschießen.

Es war alles scheißegal, denn Susan Sullivan lag falsch.

»Ich bin mehr als nur der Richtige für Kate. Ich bin das verdammt Beste, was Ihrer Tochter passieren kann.«

Spöttisch hob Susan die Augenbrauen. »Da hat aber jemand ein Ego.«

»Nein, da hat aber jemand recht«, korrigierte er sie mit knackendem Kiefer. »Ich verstehe sie. Ich weiß, was sie sich wünscht, ich weiß, was sie braucht. Ich *kenne* sie. Etwas, das Sie offensichtlich nicht tun. Aber wie sollten Sie auch? Kate erzählt Ihnen schon seit der Scheidung nichts Wichtiges mehr.«

Susan verengte die Augen. Jeglicher Spott war aus ihrer Miene gewichen.

»Sie sollten für einen Moment aufhören, an sich selbst zu denken«, presste Sawyer zwischen den Zähnen hervor. »Aufhören, einen beschissenen Wettbewerb daraus zu machen, wer seine Kinder mehr sieht oder mehr mit ihnen redet, und anfangen, an Kate zu denken. Von mir aus auch an Jared, wenn Sie schon einmal dabei sind! Der ist weiß Gott noch viel verkorkster! Die beiden kotzt Ihre ewige Streiterei nämlich verdammt an. Jared und Kate sind dank Ihnen unfähig, der Liebe zu vertrauen.«

»Aber der Liebe ist nun einmal nicht zu trauen!«, gab Susan kopfschüttelnd zu bedenken. »Ist es da verwunderlich, dass Kate sich schützen will?«

»Das Leben ist nichts wert, wenn man keine Risiken eingeht«, erwiderte er schroff. »Sollten Sie das Glück Ihres Kindes nicht über Ihr eigenes stellen? Zurzeit läuft das nämlich genau andersherum. Schönen Tag noch.«

Sawyer wandte ihr den Rücken zu, überquerte die Straße und ignorierte die neugierigen Blicke der Passanten. Er hatte ihnen nichts zu sagen.

Das Seniorencenter lag keine zweihundert Meter weiter zu seiner Rechten, und als er dort ankam, lief gerade eine Horde schnatternder alter Damen aus dem Eingang.

»Oh, seht mal, der anbetungswürdige Cop beehrt uns!«, rief Mrs. Rosenbaum, eine alte Dame mit stahlgrauen Locken, deren Alter Sawyer aus Höflichkeit nicht schätzen würde.

Ein lautes Rascheln ertönte, als sich die Oldies – die merkwürdigerweise alle komische Puschel aus Papier trugen, die Sawyer an Pompons erinnerten – zu ihm umdrehten.

»Oh, Chief«, bemerkte Mrs. Lesiki mit den Wimpern klimpernd. »Sorgen Sie für Recht und Ordnung?«

»Unter anderem«, sagte er vage. »Ich suche Benjamin Kavanagh. Ist er zufällig hier?«

Mrs. Rosenbaum nickte sofort. »Oh ja, er ist noch drin. Er ist unser Fahrer.«

»Alles klar.« Sawyer nickte den kichernden Damen zu und lief zur Tür, die sich automatisch vor ihm öffnete.

Ein kahler, hellblau gestrichener Flur tat sich vor ihm auf, an dessen Ende er Benjamin erkannte, der gerade mit einem brüchig aussehenden Ghettoblaster kämpfte, der wohl schwerer war als gedacht.

»Hey«, sagte Sawyer laut, sodass Ben überrascht den Kopf hob.

»Oh, hey«, erwiderte er und lächelte knapp. »Kann ich dir irgendwie helfen?«

Wunderbar. Er kam direkt zum Punkt. So mochte Sawyer das. »Ja, du könntest mir verraten, was zur Hölle du dir dabei gedacht hast, Adams Autoreifen aufzustechen«, sagte er sachlich und verschränkte die Arme vor der Brust.

Bens Augen weiteten sich und das Blut floss aus seinem Gesicht. »Was?«, fragte er schwach.

»Und wenn du schon mal dabei bist«, fuhr Sawyer unbeirrt fort. »Erklär mir doch, warum du es für eine gute Idee gehalten hast, in all diese Häuser einzubrechen.«

»Es waren nicht *all diese*, es waren nur zwei!«, wehrte Benjamin sich sofort.

Sawyer neigte den Kopf zur Seite und hob eine Augenbraue.

»Scheiße«, fluchte Ben, als ihm klar wurde, was er da gerade von sich gegeben hatte.

»Ja, du hast Scheiße gebaut«, bestätigte Sawyer nickend. »Und ich müsste dich eigentlich mit auf die Wache nehmen und wegen Einbruchs und Vandalismus festnehmen, Ben.«

Das Gesicht des jungen Mannes wurde immer blasser. Erschöpft ließ er sich auf den Ghettoblaster fallen, bevor er sich mit der Hand über die Stirn strich. »Ich bin kein Krimineller, Sawyer«, sagte er mit zitternder Stimme. »Ich wollte doch nur, dass Adam sich bei der Polizei beschwert und dafür sorgt, dass ihr mehr Leute einstellt. Ich habe niemandem wehgetan, ich habe nichts gestohlen … Ich wollte Adam nur nerven. Weil er doch den größten Einfluss hier hat. Weil er dafür sorgen könnte, dass Eden Bay … na ja, noch einen dritten Polizisten bekommt.«

»Es ist egal, warum du es getan hast«, sagte Sawyer kühl. »Es war eine Straftat. Aber vor allem war es dumm. Zu zeigen, dass du gerne Polizist werden willst, indem du kriminell wirst, ist mehr als dämlich.«

Trotzig hob Benjamin das Kinn. »Na ja, mein Dad sagt immer, dass man nicht so früh aufgeben darf. Dass man für das kämpfen muss, was man wirklich will. Auch wenn man dafür vielleicht Dinge tun muss, die man wirklich nicht tun möchte. Also dachte ich …«

Sawyer lachte freudlos auf. »Ich bin mir ziemlich sicher, dass dein Vater illegale Machenschaften aus dieser Regelung ausschließen würde.«

Benjamin zuckte mit der Schulter. »Ja, vielleicht. Aber es ändert nichts, oder? Man muss über Stöcke und Steine springen, um zu bekommen, was man will. Und jetzt weißt du zumindest, dass ich es wirklich, wirklich will.« Hoffnungsvoll sah er zu ihm auf. Als würde diese Aussage irgendetwas ändern.

Seufzend schloss Sawyer die Augen.

Kämpfen. Man musste für das kämpfen, was man wirklich wollte. Über Stöcke und Steine springen.

Dafür, dass Ben mit den Einbrüchen die dümmste Aktion des Jahrhunderts gestartet hatte, gab er halbwegs intelligente Dinge von sich.

Ja, Sawyer war noch längst nicht bereit, aufzugeben. Er hatte nicht die letzten fünfzehn Jahre auf Kate gewartet, um sie jetzt einfach so gehen zu lassen.

»Schön«, sagte er abgehackt und machte eine fahrige Handbewegung in Bens Richtung. »Wir regeln das wann anders. Ich werde mit Adam darüber reden, ob er Anzeige erstatten will.«

Ben wurde bleich. »Anzeige?«

»Du hast das verdammte Gesetz gebrochen, Benjamin. Dreimal. Der Schaden, den du angerichtet hast, beläuft sich auf mehrere tausend Dollar. Du kannst froh sein, dass ich dich nicht sofort mit aufs Revier nehme. Und nur so als Tipp: Die Police-Academy hat es nicht so gerne, wenn man sich mit einer Reihe von Vorstrafen bei ihr bewirbt.«

Verwirrt runzelte Benjamin die Stirn. »Hä? Aber wie bist du denn dann Polizist geworden?«

Da war auch wieder was dran. Aber Sawyer hatte ja auch den Umweg über die Army nehmen müssen. »Hör einfach auf, Mist zu bauen, bevor ich mit deiner Mutter sprechen muss.«

»Wow.« Schockiert sah Benjamin ihn an. »Jetzt wirst du aber hässlich.«

»Ja, und ich meine es so. Ich will, dass du Montag um acht auf die Wache kommst. Adam werde ich auch einladen. Dann besprechen wir deine Strafe und Adam kann entscheiden, was er wegen der Anzeige machen will.«

Benjamin schluckte hörbar. »Meinst du, es hilft, wenn ich hinfahre und mich entschuldige?«

Sawyer verdrehte die Augen. »Es schadet zumindest nicht!«

»Okay.« Er seufzte schwer. »Es ist nur … Ich will hierbleiben. Eden Bay ist mein Zuhause. Und ich wäre ein guter Polizist, das weiß ich, ich …«

»Ben«, unterbrach Sawyer ihn ungeduldig. »Halt die Klappe. Ich habe es verstanden. Mach einen Bachelorabschluss, bewirb dich bei der Academy und wir reden in fünf Jahren noch einmal darüber. Violet muss auch irgendwann in Rente gehen … aber bis dahin wirst du bei Adam eine Menge abarbeiten müssen. Er ist angepisst!«

»Das mach ich, ich schwöre«, sagte Benjamin sofort und hielt zwei Finger in die Höhe. »Solange er mich nicht anzeigt und …«

»Darüber reden wir später«, sagte Sawyer und drehte sich auf dem Absatz um. Er hatte da jetzt keine Geduld für.

Gott, wenn er nur alle Probleme in seinem Leben so effizient lösen könnte. Aber so funktionierte das leider nicht. Nein, Kates und sein Weg war nie gerade verlaufen. Er musste Kurven nehmen, Berge überwinden … über Stöcke und Steine springen.

Sawyer wich einem großen Stein aus und trat einen Stock aus dem Weg, während er die Hände in seinen Hosentaschen vergrub und auf den Kies vor ihm starrte. Unkraut spickte die Ränder des Weges und wiegte sich im Wind. Sawyers Füße fühlten sich schwerer an als sonst und seine Schritte wurden langsamer.

Er wusste genau, warum er noch nie hier gewesen war. Alles an diesem Ort war beklemmend. Der graue Kies, der unter seinen Stiefeln knirschte, die quadratischen Steine, die anders und doch alle gleich aussahen. Die Sonne, die sich in den Inschriften darauf verfing. Das ausgeblichene Gras, das alles Leben verloren zu haben schien – so wie jeder einzelne Mensch, der unter ihm lag.

Sawyer verzog das Gesicht, straffte dennoch die Schultern und hob den Blick. Er hatte keine Ahnung, wo sein Onkel lag. Wenn er es herausfinden wollte, würde er wohl oder übel die Grabsteine lesen müssen.

Er war in seinem Leben nur einmal auf einem Friedhof gewesen. Bei der winterlichen Beerdigung seiner Eltern. Es war so kalt gewesen, dass die Tränen an seinen Wangen festgefroren waren. Die Erinnerungen an diesen Tag waren nur noch eine einzige verschwommene Masse. Blumen, Taschentücher, leere Worte, die ein erfülltes Leben nicht hatten einfangen können. Der Pfarrer, der die Rede in der Kirche gehalten hatte, hatte seine Eltern nicht gekannt – und Sawyer hatte jede einzelne Floskel, die über seine Lippen gekommen war, gehasst. Denn sie waren wertlos gewesen. Genau wie seine Tränen.

Sie hatten nichts daran geändert, dass er seinen Vater nie wieder vor dem Fernseher fluchen hören würde. Seine Mutter nie wieder dabei beobachten würde, wie sie den Löffel aus dem Nutellaglas ableckte. Er hatte geweint, bis er sich leer gefühlt hatte. Bis auch die letzte Träne in der Erde unter seinen Füßen verschwunden war … so wie die Körper seiner Eltern. Danach hatte er nie wieder eine Träne über sie vergossen.

Warum hätte es bei seinem Onkel anders sein sollen?

Die Endgültigkeit des Todes war nichts Neues für Sawyer. Menschen starben, die Welt drehte sich weiter. Sie nahm keine Rücksicht auf ein zerrüttetes Leben, auf ein elternloses Kind oder eine Horde zurückgebliebener Schuldgefühle.

Die Vergangenheit war nicht zu ändern – deswegen hatte Sawyer sich immer darauf konzentriert, die Zukunft zu gestalten. Er hatte nie einen Sinn darin gesehen, zu trauern.

Er vermisste seine Eltern. Er vermisste seinen Onkel. Aber keiner von ihnen hätte gewollt, dass er sein Leben pausierte, um ihnen nachzuweinen. Er wusste, dass das pragmatisch und rational war, aber so tickte er nun einmal. Seine Eltern und sein Onkel waren genauso gewesen.

Und Kate … Kate, die so anders war als er. Die so viel geweint hatte, als sich ihre Eltern hatten scheiden lassen. Die sich so sehr nach einer heilen Vergangenheit sehnte, dass sie zu viel Angst vor einer glücklichen Zukunft hatte … Kate war schon immer sein Gegenstück gewesen.

Als Sawyer nach Eden Bay gekommen war, hatte er zuerst seinen Onkel getroffen. Dann Jared. Dann Kate.

Gerry, der Bruder seiner Mutter, den er zuvor nur zweimal gesehen hatte, hatte ihm auf die Schulter geklopft, »Wird schon« gemurmelt und ihn dann mit zum Einkaufen genommen.

Vor dem Supermarkt war ein Gehege mit fünf kleinen Golden Retriever-Welpen aufgebaut worden, bei dem sein Onkel ihn hatte warten lassen. Jared hatte davor gestanden und die Gerichte aufgezählt, zu denen man die Hunde verarbeiten könnte. Die zwölfjährige Kate hatte neben ihm auf dem Boden gesessen und geweint.

Sawyer war das äußerst unangenehm gewesen und als er sie gefragt hatte, warum sie denn weine, hatte sie ihn mit großen Augen angesehen und schlicht geantwortet: »Die Tiere sind allein hier. Ohne ihre Mutter. Das macht mich traurig. Und wenn ich traurig bin, dann weine ich.«

Dieses Konzept war Sawyer so merkwürdig vorgekommen, dass er mehrere Tage lang über ihre Worte hatte nachdenken müssen.

Wenn er traurig war, dann weinte er nicht. Wenn er traurig war, dann schwieg er oder wurde wütend.

Und doch hatte er Kates verblüfftes Gesicht nicht vergessen können.

Eine Woche später, als er mit Jared und Nathan Basketball gespielt hatte, war Kate in einer Pause zu ihm getreten und hatte ihn mit großen, ernsten Augen angesehen. »Ich hab das von deinen Eltern gehört. Das tut mir wahnsinnig leid. Aber … es ist okay, wenn du weinen willst, weißt du«, hatte sie geraunt. »Dad sagt immer, dass Jungs nicht weinen sollten. Aber Jared tut es trotzdem manchmal. Ich könnte dich trösten. Ich bin sehr gut darin.«

Er war zu verblüfft gewesen, um ihr zu antworten. Aber er hatte ihr geglaubt.

Sawyer hielt inne. Zu seiner Rechten stand ein schwarzer, runder Stein mit der Aufschrift:

Gerry Wright
Ein pragmatischer Mann, der meistens recht hatte.

Seine Mundwinkel zuckten. Das hätte seinem Onkel gefallen. Er würde ihm sogar zutrauen, dass er diese Worte exakt so angeordnet hatte. Sein Blick wanderte zu dem Beet vor dem Grabstein, auf dem tatsächlich jemand Blumen gepflanzt hatte. Irgendwelche roten. Sawyer kannte ihre Namen nicht. Er hockte sich auf den Boden und legte seine eigenen Blumen ab – Rosen, er war einfach nicht kreativ.

Dann richtete er sich wieder auf und starrte den Stein an. Als könnte er ihn so zum Sprechen bringen. Doch das tat er natürlich nicht. Denn Gerry würde nie wieder ein Wort über die Lippen kommen.

»Hey«, flüsterte Sawyer und kratzte sich am Kinn. »Du … hast mir verziehen, oder? Für all den Scheiß, den ich als Jugendlicher verzapft habe? Für die bösen Worte? Für den abschiedslosen Abgang? Du hast mir … Du hast mir doch verziehen, oder?« Ein unangenehmes Brennen setzte in Sawyers Augen ein, doch er schluckte es zusammen mit dem Kloß in seinem Hals hinunter. »Ja, ich glaub, du hast es schon längst vergessen. Du warst immer sehr pragmatisch. Du hättest mich wahrscheinlich rausgeschmissen, wenn ich nicht gegangen wäre. Dir wäre es auch nicht wichtig gewesen, dass ich dein Grab anstarre und trauere. Ich meine mich sogar daran erinnern zu können, dass du Friedhöfe als unnötigen Schnickschnack bezeichnet hast.« Sawyer lächelte matt und steckte seine Hände zurück in die Hosentaschen. »Aber wenn ich schon einmal hier bin … Ich bin traurig, Gerry«, murmelte er. »Darüber, dass ich nicht mehr mit dir sprechen konnte. Dass du nicht weißt, zu welcher Art von Mann ich geworden bin. Dass ich mich nicht bei dir bedanken konnte. Denn ich war dir dankbar. Ich wusste es damals nur noch nicht.« Ein kleines Seufzen drang über seine Lippen und er schloss die Augen. »Du hast mir immer gesagt, dass ich es irgendwann schon auf die Reihe bekommen würde. Dass ich mir irgendwann schon ein gutes Leben verdienen würde. Und weißt du … ich glaube jetzt daran, dass ich es verdiene. Aber ich will es mit *ihr*. Und ich bin nicht bereit, noch einmal mit dem Leben zu verhandeln. Ich habe Mom und Dad verloren, ich habe dich verloren … aber ich werde Kate nicht verlieren. Ich kann Kompromisse eingehen. Aber nicht bei ihr.« Er fuhr sich mit beiden Händen übers Gesicht, rieb sich die ersten Tränen aus den Augenwinkeln und atmete tief durch. »Hast du mir das nicht immer gesagt? Dass man die wichtigen Dinge in seinem Leben daran erkennt, dass man nicht bereit ist, sie aufzugeben? Selbst wenn es leichter wäre? Ist das nicht der Grund, warum du mich nicht aufgegeben hast?«

Wieder zuckten seine Mundwinkel. »Ja, ich weiß. Ich bin ziemlich redselig heute. Alles, was ich noch sagen wollte, ist … Danke. Für alles. Und jetzt hole ich mir Kate zurück.«

Sawyer wusste genau, was er tun musste. Es wurde Zeit, die harten Geschütze aufzufahren.

Kapitel 21

Es war still um sie herum.

Sie hörte nichts als das Rascheln der Blätter und ihre eigenen Gedanken.

Kate zog die Beine an und legte ihren Kopf auf die Knie, während sie durch die brüchigen Holzlatten zu ihrer Seite auf das goldrote Farbspiel des Waldes starrte. Die Blätter tanzten im Wind, als würden sie sich über die kühle Erfrischung freuen.

Sie hatte vergessen, wie einsam das Baumhaus war. Früher hatte sie sich nach dieser Einsamkeit gesehnt. Nach der Ruhe und der Friedlichkeit, die der Wald ausstrahlte. Heute kam ihr die Umgebung viel zu kalt vor. Der Holzboden des Baumhauses zu hart. Der Wald zu still.

Sie wollte nicht mehr allein sein – auch wenn sie das Gefühl hatte, sie müsste es.

Mit zittrigen Fingern wischte sie die Salzspuren von ihren Wangen und blinzelte gegen die hartnäckigen Tränen an, die immer noch nicht aufgegeben hatten.

Es war die richtige Entscheidung gewesen. Sie konnte nicht mit dem Gedanken leben, Sawyer irgendwann zu hassen. Aber ebenso wenig konnte sie mit dem Gedanken leben, ihn nicht mehr zu lieben. Denn sie war so verdammt gut darin! Sie tat es seit Jahren. Es war schwer, eine solche Angewohnheit abzulegen.

Sie schloss die Augen, presste sich die Hände auf die Brust, als könnte sie ihr Herz somit dazu zwingen, ruhiger zu schlagen, und lauschte dem Wind. Es war dunkel hier drin, die Abenddämmerung hatte bereits eingesetzt, und obwohl das Dach und die Wände des Hauses löchrig und brüchig waren, fiel kaum Licht hinein.

Etwas knackte und Kates Kopf fuhr in die Höhe. Ihr Puls beschleunigte sich, als sie mit zusammengepressten Lippen in den Wald horchte. Wieder raschelte etwas, dicht gefolgt von einem Knarzen. Im nächsten Moment hörte sie eine allzu vertraute, männliche Stimme.

»Kate?«

Ihr Herz zog sich abrupt zusammen und trieb Übelkeit in ihren Magen. Nein. Sie konnte nicht mehr. Sie wollte nicht mehr.

»Bitte geh weg, Sawyer«, flüsterte sie, die Finger um ihre Knie geklammert.

»Ich werde niemals weggehen, Katie«, murmelte er sanft. »Du bist hier, damit ich dich finde. Du warst immer hier, damit ich dich finde.«

Mit brennenden Augen schüttelte sie den Kopf. Es war egal, ob Sawyer es sehen konnte oder nicht. Er würde ohnehin wissen, was sie tat.

»Kate?«, wiederholte er. »Kannst du runterkommen?«

»Geh einfach, Sawyer. Du machst es nicht besser«, wisperte sie.

»Komm bitte runter. Es ist … verdammt dunkel und eng da oben.«

Sie schwieg, auf einmal froh darum, dass Sawyer klaustrophobisch war. So würde er sie wenigstens allein lassen.

»Ach, verfluchter …«, drang seine gedämpfte Stimme von unten herauf und keine Sekunde später knarzte das Holz.

Erschrocken richtete sich Kate auf. »Sawyer! Du wiegst über neunzig Kilo. Das Baumhaus ist nicht für Hünen gemacht!«, rief sie unruhig.

»Was du nicht sagst«, erwiderte er gepresst, als sein Kopf in der Luke erschien, die als Eingang fungierte. »Fuck«, fluchte er und schloss die Augen. Schweißperlen glänzten auf seiner Stirn und sein Atem ging schneller als sonst. »Kannst du zumindest ein bisschen Licht machen?«

»Was tust du, Sawyer?«, fragte sie kopfschüttelnd, ihre Stimme fast flehentlich.

»Ich springe über Stöcke und Steine«, sagte er und verzog das Gesicht.

»Du hast Angst in dunklen und engen Räumen!«

»Ach, deswegen habe ich dieses beklemmende Gefühl von Panik in meiner Brust. Fantastisch zu wissen.«

Ungläubig starrte Kate sein bleiches Gesicht an, dann griff sie nach ihrem Handy und schaltete die Taschenlampenfunktion ein. Ihr Körper schrie danach, über Sawyers Stirn zu streichen und ihm den Schweiß wegzuwischen, doch sie klemmte die Hand in ihre Kniekehle, um sich davon abzuhalten.

Sawyer atmete scheinbar erleichtert aus und hievte sich uneleganter, als sie es von ihm erwartet hätte, in das Baumhaus. Sein Blick flog unruhig zu den Wänden und er rieb sich die Handflächen an der Hose ab, sodass seine Taschen knisterten. »Ich schwöre, das Baumhaus war früher größer.«

»Nein«, widersprach Kate. »Du warst nur kleiner.«

Sawyer zuckte mit den Achseln, kniete sich hin und fixierte Kate. Sein Puls schlug heftig an seinem Hals, wieder wischte er sich die Hände ab und brachte seine

Taschen zum Knistern. Als würde er Brausepulver dort verstecken.

»Sawyer, was tust du hier?«, fragte sie erschöpft. »Du musst dir das nicht antun. Du musst nicht tapfer sein und gegen deine Panik ankämpfen. Ich habe alles, was ich heute gesagt habe, ernst gemeint.«

»Ich weiß. Aber ich meine Worte auch.«

Sie presste die Lippen zusammen. »Das ändert nichts. Ich werde mich nicht umentscheiden. Ich will dich lieber für immer als Kumpel als für kurze Zeit als festen Freund.«

»Nun, du bist hier aber nicht die Einzige, die das entscheiden darf, Kate«, sagte er gereizt.

»Doch, bin ich. Wenn ich …«

»Ich war beim Grab meines Onkels«, unterbrach er sie und sank in einen Schneidersitz, bevor er unruhig hin- und herrutschte.

»Was?«, fragte Kate verwundert.

»Ich war bei Gerrys Grab und …« Wieder huschte Sawyers Blick zu den Wänden. »… können wir unten weiterreden?«

»Nein.«

Sawyer rieb sich mit den Händen übers Gesicht, nickte jedoch. »Schön. Ich war bei seinem Grab. Ich habe sogar Blumen hingelegt. Ich weiß, dass ich es verdränge, Kate. Ich belüge mich nicht selbst. Aber die Tatsache, dass ich mir nicht erlaube, allzu lange über die Dinge, die ich falsch gemacht habe, nachzudenken … Das ist der Grund, warum ich weitermachen kann. Ich kann meine Fehler nicht ändern. Ich kann nur versuchen, sie nicht zu wiederholen. Und dich gehen zu lassen, ist einer dieser Fehler. Du gehörst zu mir. Und es ist mir egal, was du denkst. Denn du liegst falsch.« Er holte tief

Luft. »Es wird Dinge geben, über die ich nicht reden will. Über den Krieg, über meine Angst, über meinen Onkel. Ich weiß, dass ich dich damit nerven werde. So wie du mich damit nerven wirst, immer wieder nachzufragen! Aber wir sind nun einmal beide nicht perfekt und wir werden einen Kompromiss finden. Denn so machen erwachsene Leute das.«

Kate biss sich auf die Unterlippe. »Denkst du, mir fällt das leicht?«, sagte sie mit zitternder Stimme. »Das tut es nicht. Es ist scheiße. Ich habe ewig auf unsere Chance gewartet. Auf *dich* gewartet. Aber wenn es nicht funktioniert …« Mitten im Satz hielt Kate inne. Irritiert blickte sie zu Sawyer – der angefangen hatte, leise zu lachen. »Was ist so witzig?«, fragte sie verwirrt.

Mit Daumen und Zeigefinger rieb Sawyer sich über die Augen, dann schüttelte er noch immer lächelnd den Kopf. »Und wieder liegst du falsch. Du denkst, dass du auf mich gewartet hast, Kate. Aber es war andersherum. Die ganze Zeit über. Ich wusste schon immer, dass du die richtige Frau für mich bist. Ich habe darauf gewartet, dass *du* so weit bist. Dass du bereit bist, tiefe Liebe zuzulassen. Weil deine Eltern dich verdammt noch mal verkorkst haben. Ich habe keine Angst vor *für immer*, Katie. Wenn es um dich ging, hatte ich nie Angst. Ich vertraue dir. Ich liebe dich mein halbes Leben lang und ich werde nicht damit aufhören. Du bist es, die sich fürchtet. Du mochtest die sichere Vorstellung von uns lieber als die unsichere Wirklichkeit. Aber das hier ist die Realität, Kate.« Eindringlich sah er sie an und deutete mit den Händen zwischen ihnen beiden hin und her. »Du musst nur entscheiden, ob du sie leben willst.«

Kate öffnete den Mund, wollte etwas sagen … doch konnte nicht.

»Ich werde das Haus nicht verkaufen, Kate«, fuhr Sawyer fort. »Aber nur, wenn du mit mir dort einziehst. Ich weiß, ich sollte dir keinen Druck machen. Ich weiß, du hast Angst. Aber ich will weitermachen. Ich will seit fünfzehn Jahren weitermachen – und du musst mir entgegenkommen. *Für immer* ist eine scheiß Arbeit. Aber sie lohnt sich.«

Kate legte die Hand auf den Mund und spürte, wie neue Tränen über ihre Fingerknöchel rollten. Sie konnte sie nicht aufhalten. »Ich weiß nicht, ob ich das kann, Sawyer. Ob ich darauf vertrauen kann. Auf *uns* vertrauen kann.«

»Ich weiß«, sagte Sawyer mit fester Stimme. »Du willst einen Beweis haben. Dafür, dass ich dich immer lieben werde. Du willst eine Garantie dafür haben, dass wir immer glücklich sein werden. Aber ich kann dir keins von beidem geben, denn das Leben kommt ohne Garantie und die Liebe ohne jeden Beweis. Aber … ich habe zumindest das hier.«

Er griff in seine Hosentasche und zog einen länglichen, weißen und zerknitterten Umschlag daraus hervor. Den Blick auf ihr Gesicht gerichtet, ließ Sawyer ihn vor ihre Füße fallen.

»Was ist das?«, fragte sie leise.

»Meine Antwort. Ich weiß, es sind nicht dreiundsechzig Briefe, aber …« Er hob eine Schulter. »Ich war nie Mann großer Worte. Ich habe ihn bei der Army geschrieben, nachdem ich deinen Ersten erhalten habe … aber niemals abgeschickt.« Wieder atmete er schwer durch, die Lippen zu einer dünnen, weißen Linie gepresst. »Ich kann dir nicht versprechen, dass wir nie Probleme haben werden. Ich kann dir nicht versprechen, dass wir uns für immer bedingungslos lieben werden. Aber ich kann dir zumindest beweisen, dass ich es die letzten fünfzehn Jahre getan habe.«

Kate öffnete die Lippen und sah verblüfft von dem Papier zu Sawyers Gesicht und wieder zurück.

»Glaub mir, ich bin nicht wegen Gerry nach Eden Bay zurückgekehrt«, murmelte Sawyer. »Ich bin allein deinetwegen hier.«

Und dann verschwand er durch die Luke in die Dunkelheit des Abends. Das Holz knarzte, das Laub raschelte, und dann war es still.

Mit noch immer feuchten Augen hob Kate den Brief vom Boden auf und hielt ihn vor ihr Gesicht. Ihr Name stand darauf. Nichts weiter.

Sie kaute auf ihrer Unterlippe herum, drehte das Papier in ihren Händen, unschlüssig, ob sie ihn öffnen … Ach bitte, als ob sie ihn nicht öffnen würde!

Mit dem Finger fuhr sie unter die Lasche des Briefes und riss ihn auf. Zwei Bögen Papier fielen heraus und landeten in ihrem Schoß.

Mit klopfendem Herzen faltete sie die Seiten auseinander und begann zu lesen.

Ich glaube, ich darf den Ort nicht verraten, 2003

Liebe Katie,

kennst du diese Momente, in denen du das Gefühl hast, auf einer einsamen Straße zu stehen und den Laster zu hören, der auf dich zukommt? Du siehst nach vorne, erkennst die Scheinwerfer, weißt, dass du ausweichen solltest oder für immer verloren bist … und kannst dich dennoch nicht von der Stelle bewegen?

Du warst schon immer dieser Laster für mich.

Ich hab dich gesehen und du hast mich umgehauen, bevor ich mich ducken konnte. Ich weiß, du bezeichnest dich gerne als leicht-

füßige Elfe … aber Bulldozer beschreibt dich so viel besser. Auf die gute Art und Weise.

Weißt du, ich habe in meinem Leben schon eine Menge Menschen verletzt – und ich schätze, ich habe dir nie gesagt, wie ich mich fühle, damit du niemals zu ihnen gehören wirst. Vielleicht war ich auch einfach zu feige. Aber dieser Gedanke kratzt an meiner Männlichkeit, deswegen werde ich bei Ersterem bleiben. Es ist auch egal. Es ist, wie es ist. Ich habe getan, was ich getan habe … und ich werde es mir nicht zur Angewohnheit machen, allzu genau zurückzublicken. Es würde mich vermutlich kaputtmachen.

Ich weiß, dass du wütend auf mich bist. Du hast jedes Recht dazu. Aber ich hätte mich nicht verabschieden können. Du hättest deinen Mund nur öffnen müssen und ich wäre geblieben. Was die Sache mit dem Kuss angeht … Ja. Ich bin primitiv und ein Kerl. Was soll ich sagen? In dem Moment erschien es mir wie eine gute Idee.

Katie, ich will nicht, dass du auf mich wartest … während ich die ganze Zeit hoffe, dass du es doch tust. Ja, so verdammt selbstlos bin ich dann auch nicht. Also werde ich diesen Brief vermutlich nie abschicken. Weil es unfair von mir wäre, dir Hoffnungen zu machen, obwohl vielleicht gar keine bestehen. Weil ich Hunderte Meilen entfernt bin und dir nicht geben kann, was du willst und was du brauchst und was du verdienst. Noch nicht. Aber wenn ich hier fertig bin, werde ich dich finden. Ich habe dich schon immer gefunden. Es ist meine spezielle Gabe.

Wenn du glücklich verheiratet bist und zwei Kinder hast, dann ist das okay. Scheiße, aber okay. Ich werde dir nicht im Weg stehen. Aber wenn es nicht so ist … wenn du noch niemanden gefunden hast, dann … dann werde ich dich wohl heiraten müssen.

Auch wenn ich dir vermutlich erst ein bisschen Zeit geben muss, in der du dich an den Gedanken gewöhnen kannst, dass du nicht deine Mutter bist. Aber wir werden es schon hinkriegen. In der Army ist alles etwas unsicher, aber zumindest das weiß ich: Wir würden es immer irgendwie hinkriegen. Weil wir beide zu verdammt dickköpfig sind, um aufzugeben. Und geübt darin, uns zu lieben.

Ich werde dich wiedersehen, Katie. Ich schulde dir noch eine Erklärung. Aber ganz sicher keinen Abschied.

Sawyer

P.S. Danke für das Herz, auch wenn mir ein Anhänger in Form einer Pistole oder auch einer Avocado lieber gewesen wäre. Ich werde täglich deswegen ausgelacht, aber ich trage es trotzdem. Weil … ach, du weißt schon.

Sie gelangte ans Ende des Briefes, starrte auf die Zeilen und fing wieder von vorne an. Las sie wieder und wieder, bis ihre Augen trocken und es vollkommen dunkel war. Dann überflog sie die Worte erneut.

Es war, als würde sie sie sehen, aber nicht verstehen. Das war absurd. Sawyer konnte nicht … Er war nie …. Wie hatte er …

Ein erneutes Rascheln riss Kate aus ihrer Trance und erschrocken fuhr sie hoch. »Sawyer?«, fragte sie automatisch in die Dunkelheit.

»Nein, ich bin es«, drang eine weibliche Stimme zu ihr herauf.

Mehrfach blinzelnd richtete Kate sich auf alle viere auf und blickte durch die Luke zum Waldboden. »Mom?«, fragte sie ungläubig. »Was zum Teufel tust du hier?«

»Ich suche dich«, sagte sie ungeduldig. »Könntest du runterkommen, Schätzchen? Ich gehe auf die Sechzig zu und diese Holzleiter sieht verboten brüchig aus.«

Mit noch immer flatterndem Herzen faltete Kate Sawyers Brief zusammen, steckte ihn sorgfältig in ihre Rocktasche und kletterte die Leiter hinunter.

Ihre Mutter hielt eine Taschenlampe wie eine Waffe vor ihre Brust und sah argwöhnisch in das dunkle Loch, aus dem Kate gekommen war. »Hier hast du dich also all die Jahre versteckt? Es ist … unheimlich hier.«

Nicht, wenn Sawyer neben einem saß. »Mom«, sagte Kate und wischte sich mit dem Handrücken über die Augen. »Was tust du hier? Und woher weißt du von dem Ort?«

»Ach, dein Freund kam ins *Sullivan's* und hat mir gesagt, dass ich dich hier finden könnte und auch finden *sollte*. Er hat das ganz merkwürdig betont.« Sie stieß laut einen Atemzug aus. »Außerdem meinte er, dass er sich nicht wohl damit fühlen würde, dich allein im dunklen Wald zu lassen, aber er nicht bei dir sein könne und sich gedulden müsse … Weißt du, was er damit gemeint hat?«

Kate hickste laut und nickte fest. »Ja. Lass uns gehen.« Sie flocht ihren Arm durch den ihrer Mutter und zog sie in den Wald hinein, in Richtung des Sees.

»Kate …«, sagte ihre Mutter nach einer Weile. »Ist es wahr, dass du mir seit der Scheidung von deinem Vater nichts Wichtiges aus deinem Leben mehr erzählt hast?«

Kate öffnete den Mund, wollte lügen … besann sich dann jedoch eines Besseren. Ja, man sollte Gefühle nicht absichtlich verletzen. Aber manchmal half es, die Wahrheit zu sagen. »Ja«, flüsterte sie deswegen. »Du hast immer sehr beschäftigt gewirkt und wenn du zu Besuch gekommen bist, gab es ohnehin nur das eine Thema, also … ja. Ich habe aufgehört, dir wichtige Dinge zu erzählen.«

Ihre Mutter schwieg für eine Weile und da die Taschenlampe auf den Waldboden vor ihnen gerichtet war, war es zu dunkel, um die Regungen ihres Gesichtes auszumachen.

»Das war mir nicht bewusst«, sagte sie schließlich mit heiserer Stimme. »Es ist nur … Ich habe keine Freunde mehr aus der Zeit mit deinem Vater. Ich könnte mit niemandem sonst darüber reden.«

»Es ist zwölf Jahre her, Mom. Und ihr hängt noch immer aufeinander fest. Ihr müsst es einfach ruhen lassen.«

»Vielleicht«, sagte sie vage, auch wenn Kate wusste, dass es eine leere Floskel war. Ihre Mutter würde nicht aufhören, darüber zu schimpfen, was ihr Vater tat. Aber vielleicht war jetzt die Zeit gekommen, in der Jared und Kate zumindest offen sagen konnten, dass es sie ankotzte.

»Schätzchen, weißt du, ich bin sehr froh, dass du nicht wie ich bist.«

Verwirrt sah Kate zu ihrer Mutter. »Was?«

»Du und ich … wir sind sehr verschieden, und das hat mich schon immer sehr glücklich gemacht. Du bist vorsichtiger als ich, sehr viel klüger und du scheust nicht davor zurück, deine Emotionen zu zeigen.« Ihre Mutter seufzte. »Weißt du, wenn ich wütend auf deinen Vater war, habe ich ihm das meistens nicht gesagt. Wenn er mich traurig gemacht hat, wollte ich mir nicht die Blöße geben, vor ihm zu weinen. Aber du … Ich habe das Gefühl, dass du nie ein Problem damit hättest, diesem Sawyer zu sagen, wie sauer du auf ihn bist oder dass er dich verletzt hat.«

Kate presste die Lippen aufeinander und ihr Herz hüpfte unruhig in ihrer Brust auf und ab. »Nein. Wir sind da sehr offen, was unsere Wut angeht. Und wenn ich traurig bin … dann weine ich.«

»Genau das meine ich.« Susan drückte Kates Arm an sich, während zwischen den spärlicher werdenden Baumstämmen hindurch der glitzernde See in ihr Sichtfeld rückte. Doch Kate beachtete ihn nicht. Stattdessen betrachtete sie mit zusammengezogenen Augenbrauen das Profil ihrer Mutter.

»Warum sagst du mir das, Mom?«, fragte sie schließlich.

Ihre Mutter machte eine wegwerfende Handbewegung. »Ach, weil mich dein Freund auf offener Straße angefallen und behauptet hat, dass ich Schuld daran habe, dass du zu ängstlich seist, eine feste Beziehung einzugehen.«

Kate riss die Augen auf. »Sawyer? Sawyer wurde laut? Auf offener Straße?«

»Ja, und er kann einem ganz schön Angst einjagen, wenn du mich fragst.«

Kates Mundwinkel zuckten. Wärme flutete ihren Magen, breitete sich in ihrem Körper aus und zog bittersüß an ihrem Herzen. »Ich muss los, Mom«, flüsterte sie und entwand ihr den Arm.

»Los? Wohin?«

»Jemand …« Sie schluckte. »Jemand wartet auf mich«, murmelte sie, bevor sie hastig den Autoschlüssel aus ihrer Tasche zog und zu ihrem Wagen rannte.

Sie fand keinen Parkplatz.

Warum fand sie nie einen Parkplatz, wenn sie wirklich dringend einen brauchte?!

Hektisch sah Kate von der einen Straßenseite zur anderen, wendete … und fand schließlich eine Lücke fünfhundert Meter vom *Sullivan's* entfernt. Fluchend schaltete sie den Motor aus und sprang aus dem Wagen. Dann fing sie an zu rennen. Denn auf einmal hatte sie es furchtbar eilig.

Kates Schritte klatschten auf den Asphalt und mehrere Leute sprangen ihr erschrocken aus dem Weg, doch darauf konnte sie jetzt keine Rücksicht nehmen. Sie hatte schon viel zu viel Zeit verschwendet. Sie wollte keine Sekunde länger als nötig mehr warten.

Ava und Harper standen vor der Bar und hoben die Hand, als sie Kate erkannten. »Hey, Kate, sag mal, was ist besser: Schokoladenkuchen zum Frühstück oder Pancakes zum Abendessen?«

»Keine Zeit«, keuchte sie Ava zu und stürzte zur Tür. Sie riss sie auf … hielt inne, rief »Immer der Schokoladenkuchen!« über die Schulter und drängte sich in den überfüllten Innenraum.

Sie stellte sich auf die Zehenspitzen, versuchte über die Köpfe der Menschen hinwegzusehen, doch sie war wie immer viel zu klein … aber Gott sei Dank war Sawyer es nicht. Er saß an der Bar.

Das Herz sprang ihr in den Hals. Erneut hastete sie durch die Menge, benutzte hier und da einen Ellenbogen und drängelte sich zur Bar vor.

Vielleicht spürte Sawyer ihren Blick, vielleicht hörte er auch nur ihr Keuchen, doch bevor sie ihn erreicht hatte, drehte er sich schon zu ihr um.

»Kate? Alles okay?«, fragte er besorgt und stand von seinem Hocker auf. »Du atmest, als würdest du gleich entbinden wollen.«

»Alles gut«, sagte sie keuchend und stützte die Hände in die Seiten. »Ich … Ich bin gerannt.«

»Warum?«, fragte er verwirrt.

»Ich wollte dich nicht länger warten lassen«, flüsterte sie. Dann stellte sie sich auf die Zehenspitzen, schlang die Arme um seinen Hals und küsste ihn.

Für ein paar Momente stand Sawyer überrascht und bewegungslos da, dann seufzte er: »Endlich«, ließ die Hände in ihre Haare gleiten und erwiderte den Kuss.

»Hey!«, rief eine Stimme. »Was habe ich euch zum Küssen in der Öffentlichkeit gesagt?«

»Sei leise, Jared, ich bin beschäftigt«, murmelte Kate und sank gegen Sawyers Oberkörper. Seine Wärme drang durch ihre Haut, setzte sich wohlig, flauschig in ihrem Magen fest und zauberte ein Lächeln auf ihr Gesicht.

Ja, es gab keine Garantie in der Liebe. Aber auch kein Ablaufdatum. Und solange es sich lohnte, zu kämpfen, würde sie es mit Sawyer versuchen. Denn ohne ihn … ohne ihn war sie sehr, sehr unglücklich gewesen.

»Es war eine dumme Idee, mit dir Schluss zu machen«, flüsterte sie und fuhr mit der Hand über seine Schulter, bevor sie auf seiner Brust, direkt über seinem Herzen, zum Liegen kam. »Dumme, dumme Idee.«

»Das ist schon okay. Dafür bin ich ja da. Um dir die dummen Ideen auszureden.«

Sie schnaubte und öffnete die Augen, um ihn anzusehen. »Bulldozer? Du hast mich als Bulldozer bezeichnet«, sagte sie kopfschüttelnd und schlug ihm auf den Arm. »Und du hast mein Baumhaus verraten.«

»Du brauchst kein Baumhaus mehr, um dich zu verstecken«, flüsterte er. »Ich will nicht, dass eine geheime Ecke im Wald für immer unser Ort bleibt. Ich will, dass überall unser Ort ist.«

Kate schniefte und wischte sich die Tränen von den Wangen. Die waren heute einfach unglaublich lästig.

»Weißt du, wenn du so rational romantische Dinge sagst, nimmt mir das komplett den Wind aus den Segeln.«

Sawyer lächelte breit und küsste sie erneut. »Ich weiß«, flüsterte er an ihren Lippen. »Deswegen tue ich es ja.«

»Oh Gott«, sagte Jared stöhnend. »Wird das jetzt für immer so laufen? Ihr küsst euch und sagt schmalzige Dinge in der Öffentlichkeit?«

»Ja«, sagte Kate grinsend und sah in Sawyers dunkle Augen. »Für immer.«

Epilog

Eden Bay, 2018

Lieber Sawyer,

ich weiß, du liegst gerade neben mir im Bett und es ist super dämlich, einen Brief zu schreiben, aber ich tue es trotzdem. Weil es mir manchmal leichter fällt, meine Gefühle zu Papier zu bringen, als sie laut auszusprechen.

Weißt du, die Sache mit der Angst ist, dass sie nicht sofort verschwindet. Man kann sie nicht abschalten, nur weil man es gerne möchte. Aber ich finde, du machst einen verdammt guten Job darin, sie mich vergessen zu lassen. Du stellst mir abends das Bier kalt. Du machst mir morgens Kaffee. Du hast einen super gruseligen Radar dafür, wann es mir schlecht geht, und du … findest mich. Immer und überall. Das liebe ich an dir.

Und ich weiß, dass du mit mir zusammenziehen willst und … wenn ich ehrlich bin, finde ich das okay. Wir werden uns wegen der Einrichtung streiten, aber so auch eine Menge Versöhnungssex haben. Damit komme ich klar.

Wusstest du eigentlich, dass ich dich gestern als meinen festen Freund vorgestellt habe – ohne zusammenzuzucken? Und es fühlt sich auch fast gar nicht mehr merkwürdig an, dich in der Öffentlichkeit zu küssen. Außer wenn Jared neben uns steht und Würgegeräusche macht.

Übrigens ist Ava davon überzeugt, dass der Leuchtturm uns zusammengebracht hat. Ich halte das für super bescheuert, aber will ihr den Spaß nicht verderben. Vielleicht sollten wir Jared mal hinschicken. Dann kann er seine große Liebe finden und monogam werden. (Denk dir hier bitte mein hysterisches Gelächter. Jared würde sich eher vom Laster überfahren lassen, als sich auf ewig an eine Frau zu binden. Wenn ich genauer darüber nachdenke … Das mit dem Laster ist gar nicht so unwahrscheinlich. Irgendeine seiner Verflossenen wird wohl hinterm Steuer sitzen.)

Auf jeden Fall, ich finde, wir beide machen das ganz fantastisch mit diesem Für immer-*Kram, wir …*

»Was machst du da?«

Kate sah auf. »Was?«

»Was du da machst«, wiederholte Sawyer gähnend und legte das Buch beiseite, das er bis eben gelesen hatte.

»Ähm …« Kates Wangen verfärbten sich rosa und hastig faltete sie das Papier zusammen. »Ich schreibe dir einen Brief.«

Sawyers Mundwinkel zuckten. »Aber ich liege direkt neben dir.«

»Na und? Schriftlich klingen Worte immer schöner als ausgesprochen.«

»Aha. Es ist also ein Liebesbrief?«

»An deinen Körper, ja«, bestätigte Kate nickend.

Sawyers Lächeln wurde breiter und er schob den Arm unter ihren Kopf, um sie näher an sich heranzuziehen. »Damit habe ich überhaupt kein Problem«, stellte er klar und strich mit den Fingerkuppen ihre Seite hinab, nahm ihr Bein und legte es um seine Hüfte. »Mein Körper wird sich darüber freuen.«

Er küsste sie leicht auf die Lippen, bevor er sich mit dem Mund den Weg ihren Hals hinabbahnte. Kate lachte leise und warf den angefangenen Brief über ihre Schulter.

»Willst du gar nicht wissen, was ich über deinen Körper geschrieben habe?«, fragte sie, während sie ihre Hände über seine Schultern zu seiner Brust wandern ließ.

»Nein«, meinte Sawyer schlicht und rollte sich mit einem Mal auf sie, den Mund zu einem verschmitzten Lächeln verzogen. »Zeig mir lieber, über welche Körperteile du alles geschrieben hast …«

Kate schlang die Arme um seinen Hals und zog seinen Kopf zu sich heran.

Ja, Briefe, Träumereien und Vorstellungen waren schön und gut. Aber sie in der Realität auszuleben, war sehr viel besser.